IMAGINACIÓN Y FANTASÍA

Cuentos de las Américas

HOLT, RINEHART AND WINSTON
New York Chicago Philadelphia San Francisco Montreal
Toronto London Sydney Tokyo Mexico City Rio de Janeiro Madrid

Dedication

This book—
for
Dotty and Joanne

Address any correspondence to:
383 Madison Avenue
New York City 10017

Printed in the United States of America
Published simultaneously in Canada

Library of Congress Cataloging in Publication Data
Main entry under title:
Imaginación y fantasía.
English and Spanish.
«Cuentos de las Américas»—T.p verso.
1. Spanish language—Readers. I. Yates, Donald A. II. Dalbor, John B.
PC4117.I39 1982 468.6'421 82-15389
ISBN 0-03-061481-3

Permissions and acknowledgments
appear at the end of this book.

CBS COLLEGE PUBLISHING
Holt, Rinehart and Winston
The Dryden Press
Saunders College Publishing
7 8 9 10 059 10 9 8 7 6

CONTENTS

Preface vi

Jorge Luis Borges Los dos reyes y los dos laberintos 1

Conrado Nalé Roxlo Trabajo difícil 7

Enrique Anderson Imbert El fantasma 15

Pepe Martínez de la Vega El muerto era un vivo 23

Manuel Rojas El hombre de la rosa 35

María Elena Llana Nosotras 49

W. I. Eisen Jaque mate en dos jugadas 61

Rómulo Gallegos El piano viejo 73

Alfonso Ferrari Amores El papel de plata 81

Augusto Mario Delfino El teléfono 89

Juan José Arreola El guardagujas 99

Horacio Quiroga La gallina degollada 111

Marco Denevi Las abejas de bronce 123

Alfonso Reyes La mano del comandante Aranda 135

Vocabulary 145

PREFACE TO THE FOURTH EDITION

Once again we have examined the contents of this intermediate Spanish American reader and, guided by the suggestions of teachers who have had extensive experience in using it with their students, we have subjected *Imaginación y fantasía* to a revision. The publishers conducted a widespread survey in 1981, and the results have suggested to us which stories of the third edition appear to be the most successful in the classroom and which the least.

Taking into account this sampling of opinion, we have included five new stories that replace selections from the previous edition. In the case of the Uruguayan author, Horacio Quiroga, we have withdrawn his «Juan Darién» and introduced in its place what is probably that author's most celebrated and unforgettable tale, «La gallina degollada.» In addition, we have added to this new edition four stories by the Argentine Conrado Nalé Roxlo, the Mexican Pepe Martínez de la Vega, the Venezuelan Rómulo Gallegos, and the Cuban María Elena Llana—the first woman writer to be represented in our reader.

We believe that all of these stories will enhance the merits of *Imaginación y fantasía* as an especially enjoyable introduction to contemporary Spanish-American imaginative fiction. In these pages, readers will encounter Denevi's super-efficient bronze bees, Martínez de la Vega's dandy, tongue-in-cheek detective, Reyes' mischievous severed hand, and Delfino's haunting account of a father's love for his family. They will also read of Arreola's allegorical railway system,

Ferrari Amores' opportunistic vagabond, and Anderson Imbert's chilling version of life after death.

Each story is prefaced with a section called *A Preliminary Look at Key Expressions.* Included here are vocabulary items that the student might profitably review before reading the selection that follows. This review will make the story more easily accessible and will point toward the exercises following the reading selection where this vocabulary will be reinforced and practiced.

The exercises following the stories have been prepared with definite purposes in mind. Exercise A, the *Cuestionario,* is not only a series of questions, but also a drill (that may be either written or oral) designed to lead to a full comprehension of the most significant features of the respective story. Also, it provides, at times, the opportunity to call into use a particular idiom, verb, or expression.

Exercise B, the *Verb Exercise,* deals with verbal patterns taken from each story. Some of them, to be sure, are essentially vocabulary items, but many are also idiomatic in their English rendition and deserve special attention. In requiring, in most cases, the use of the verb in two tenses, it is our purpose to increase the possibility of mastering the new form as well as opening new avenues of expression. Calling for the use of the verb twice has, moreover, allowed us to give more than a single English translation. We have attempted throughout (in the notes as well as in the exercises) to give good, natural, and where appropriate, colloquial English for the Spanish term.

Exercise C, *Drill on Expressions,* beginning with the second story, is slightly revised from its previous form, with less translation from English to Spanish being required of the student. It serves to stress the most important expressions and idioms found in each story. Its main purpose is to add to the student's passive vocabulary.

Exercise D, *"Context" Exercise,* is a new feature of this edition. It is offered as a new way of encouraging one's individual expression in Spanish. There is no single "correct" response here; students are urged to "think themselves into" the contexts described and then find, on their own, an appropriate way of expressing the given idea, without the inhibiting limitation of a specific *translation* being called for.

Finally, various additional and self-explanatory *Review Exercises* have been included at the end of the first story and follow every other story.

Since the narratives in this collection have been arranged according to relative level of difficulty, it is advisable that they be read in the order in which they appear. Moreover, the exercises draw vocabulary to some degree from previous exercises. Only if the stories are read in the order in which they are presented can this feature be appreciated.

It is our hope that the exercises and other features described in this preface will increase the value of this text as a language-learning tool and that they will effectively complement its purpose of serving as an entertaining introduction to the reading of Spanish-language fiction.

D. A. Y.
J. B. D.

A PREFATORY NOTE TO THE READER

There are not many things that can seriously delay you from developing, early in your acquaintanceship with the Spanish language, a considerable ability in reading Spanish prose. The stories that follow are presented with the purpose in mind of demonstrating this point. The first story, «Los dos reyes y los dos laberintos», by the Argentine writer Jorge Luis Borges, provides an excellent illustration of certain immediate advantages which the English-speaking student enjoys.

The author, Borges, who received his education in Europe, is one of the most cultured literary figures of his country. His prose is by nature quite formal, and the vocabulary is notable for the use of many «learned» words. You will find that words of this latter type are among the easiest to translate on sight, for a large number of them are English cognates—they resemble their corresponding terms in English.

Thus it is that we start off with a story written in Spanish by a cultured Argentine which has the promise of being quite easy to understand. The total vocabulary of the story runs to approximately 300 words. Of these, roughly one-fifth are nouns. Of the 56 individual nouns, 23 are recognizable cognates. A good part of the remaining nouns will likely already be known to you. The balance will be new nouns to be learned and retained for future readings.

More than a tenth of the words are verb forms. Of the roughly 30 individual verbs, a third are cognates, and another third will very likely already be known.

The great majority of the remaining words will be familiar to you. Therefore, we feel that you may turn to the Borges story with some feeling of confidence.

As you will see, there are numerous other ways besides spotting cognates of rapidly building up a reading vocabulary in Spanish. In the exercises following several of the stories these techniques will be discussed.

We are confident that you will find ahead of you much pleasurable and rewarding reading.

LOS DOS REYES Y LOS DOS LABERINTOS

JORGE LUIS BORGES

JORGE LUIS BORGES (1899-   ) was born in Argentina, educated in Europe, and returned to Buenos Aires in 1921 to begin forging one of the most respected literary reputations ever attained by a Spanish American writer. A leading poet in his early years, he moved in the Thirties into prose expression with essays and stories that have firmly established him as one of the finest literary stylists writing in the Spanish language today. He was for years Director of the Biblioteca Nacional in the Argentine capital—a position comparable to that of our Librarian of Congress.

Of the numerous metaphysical themes which run through the prose and poetry of Borges, one of the most striking is that of the maze, or labyrinth. A maze is, of course, a system of winding paths designed to confuse all who set foot in it. In Borges, however, the labyrinth becomes a symbol of the universe, an image of what the design of human existence might be. In «Los dos reyes y los dos laberintos» the author conjures up one more labyrinth, proposing for it a new form—perhaps the most terrifying form it may acquire on this earth.

A PRELIMINARY LOOK AT KEY EXPRESSIONS

The following expressions are found in the story and are used in the exercises that follow. By studying these expressions before you read the story, you will accomplish two ends. First, this preliminary study will facilitate your comprehension and enjoyment of the story as you encounter the expressions in context. Second, it will help you do the exercises that follow more quickly and accurately since all constructions and terms used in the exercises appear here first with definitions and, in some cases, further explanation and examples. The expressions are listed here in the same order in which they occur in the story.

1. **mandar** + *infinitive* When there is no indirect object the expression means *to have + past participle*. For example, **El rey mandó construir un laberinto.** *The king had a labyrinth built.* But if there is an indirect object, the English wording changes: **El rey les mandó construir un laberinto.** *The king ordered them to build (made them build) a labyrinth.*
2. **hacer burla de** *to make fun of*
3. **hacer** + *infinitive* The expression is similar to number 1: **El rey hizo construir un laberinto.** *The king had a labyrinth built,* but **El rey les hizo construir un laberinto.** *The king had (made) them build a labyrinth.*
4. **dar con** *to find, come across, hit upon* (usually by accident)
5. **dar a conocer** *to make known* For example, **Te lo daré a conocer.** *I'll make it known to you.*
6. **tener a bien** *to see fit* This phrase is followed by an infinitive with no change of subject: **Dios ha tenido a bien terminarlo.** *God has seen fit to end it.* But it is followed by the subjunctive when there is a change of subject: **Dios ha tenido a bien que yo lo termine.** *God has seen fit that I end it.*

LOS DOS REYES Y LOS DOS LABERINTOS

Cuentan los hombres dignos de fe (pero Alá[1] sabe más) que en los primeros días hubo un rey de las islas de Babilonia que congregó a sus arquitectos y magos y les mandó construir un laberinto tan perplejo y sutil que los varones más prudentes no se aventuraban a entrar, y los que entraban se perdían. Esa obra era un escándalo, porque la confusión y la maravilla son operaciones propias de Dios y no de los hombres. Con el andar del tiempo vino a su corte un rey de los árabes, y el rey de Babilonia (para hacer burla de la simplicidad de su huésped) lo hizo penetrar en el laberinto, donde vagó afrentado y confundido hasta la declinación de la tarde. Entonces imploró socorro divino y dio con[2] la puerta. Sus labios no profirieron queja ninguna, pero le dijo al rey de Babilonia que él en Arabia tenía un laberinto mejor y que, si Dios era servido, se lo daría a conocer[3] algún día. Luego regresó a Arabia, juntó sus capitanes y sus alcaides y estragó los reinos de Babilonia con tan venturosa fortuna que derribó sus castillos, rompió sus gentes e hizo cautivo al mismo rey. Lo amarró encima de un camello veloz y lo llevó al desierto. Cabalgaron tres días, y le dijo: «¡Oh, rey del tiempo y substancia y cifra del siglo!, en Babilonia me quisiste[4] perder en un laberinto de bronce con muchas escaleras, puertas y muros; ahora el Poderoso ha tenido a bien[5] que te muestre el

[1] *Alá:* Allah (the Moslem name for God). [2] *dio con:* he came across. [3] *se . . . conocer:* he would make it known to him. [4] *quisiste:* you tried. [5] *ha tenido a bien:* has seen fit.

mío, donde no hay escaleras que subir, ni puertas que forzar, ni fatigosas galerías que recorrer, ni muros que te veden el paso.»[6]

Luego le desató las ligaduras y lo abandonó en mitad del desierto, donde murió de hambre y de sed. La gloria sea con[7] Aquel que no muere.

EXERCISES

A. Cuestionario

1. ¿Qué mandó construir un rey de las islas de Babilonia?
2. ¿Por qué era un escándalo esa obra?
3. ¿Quién vino a la corte del rey?
4. ¿Con qué propósito hizo penetrar en el laberinto a su huésped?
5. ¿Qué hizo el rey árabe antes de pedir socorro?
6. ¿Qué dijo el rey árabe que tenía en Arabia y que le daría a conocer algún día al primer rey?
7. ¿Quién hizo cautivo al rey de las islas de Babilonia?
8. ¿Hasta dónde llevaron al rey después de amarrarlo encima de un camello?
9. ¿Es el desierto un laberinto de veras?
10. ¿Cree Vd. que «Dios era servido» en este cuento? ¿Por qué?

B. Verb Exercise

The exercise deals exclusively with important verbal expressions (many are idiomatic) which rightly belong in the active conversational vocabulary of the Spanish student. All of them are listed in *A Preliminary Look at Key Expressions*, which precedes the story. Using the verbs in the right-hand column, give the Spanish for the English sentences on the left.

1. a) Pedro never makes fun of his friends. — *hacer burla de*
b) I used to make fun of his sister.

2. a) Yesterday we found a new stairway. — *dar con*
b) She'll never come across the door.

3. a) The king has seen fit to abandon the work. — *tener a bien*
b) The Arabs saw fit to return to their kingdom.

[6] *que . . . paso:* that block your way. [7] *La gloria sea con:* Glory be to.

4. a) The guest made known his complaints. *dar a conocer*
b) The man will make his faith known to all.
5. a) They had a new wall built. *mandar* or *hacer*
b) I will have them brought to your house. + infinitive

C. "Context" Exercise (oral or written)

Express in Spanish the ideas described in the following sentences, avoiding wherever possible a word-for-word translation. The purpose here is to get you to think in Spanish and arrive at your own way of communicating the thought.

1. Say that you are going to have a new house built.
2. State that one of the kings made a fool of the other.
3. Suggest that perhaps the desert is truly a labyrinth.
4. Indicate that the king of Arabia returned and captured his enemy.
5. Express the idea that no one likes to be in a labyrinth.

D. Review Exercise

The following words from the story are cognates that you may have been able to recognize because of their resemblance to familiar English words. Review them now and see if you can give their meanings on sight. Check the end vocabulary, if necessary.

Nouns: *islas, arquitectos, laberinto, escándalo, confusión, maravilla, operaciones, corte, árabes, simplicidad, capitanes, fortuna, castillos, camello, desierto, substancia, cifra, bronce, galerías, gloria, Babilonia, Alá.*

Verbs: *congregar, construir, aventurarse, entrar, penetrar, implorar, forzar, abandonar.*

Adjectives: *perplejo, sutil, prudente, confundido, divino.*

Can you now make any generalizations on how certain groups of English words appear in Spanish? What form, for example, do many English words with the following endings take in Spanish: *-tion, -ty, -nce, -ent?*

Can a Spanish word begin with *sc-, sl-, sm-, sp-,* or *st-*? What is characteristic of the form of the Spanish equivalents of many English words of this type?

TRABAJO DIFÍCIL

CONRADO NALÉ ROXLO

CONRADO NALÉ ROXLO (1898–1971) won recognition as a poet, playwright, prose writer and (rare among Spanish-American authors) humorist. The exuberant poem «El grillo» (1923) is an established anthology piece, and his comedy "Una viuda difícil" is widely known in the United States and has been adapted, translated, and performed on Broadway. His charming novel *Extraño accidente* (1960) has as the principal character an earthbound angel who is readily incorporated into everyday reality. The fanciful way in which the author viewed life, as we can see, quite naturally allows room for supernatural or fantastic occurrences to take place. Nalé, it should be noted, was one of dozens of influential Argentine writers to have contributed to developing the most extensive literature of fantasy to be produced by a Spanish-American nation.

Nalé was also an especially gifted writer of inspired nonsense. He drew cartoons and illustrated many of his books and articles in a style that compares favorably with that of the distinctive drawings of the late American humorist, James Thurber. The author is in top form in the piece included here, a zany narrative called «Trabajo difícil.»

A PRELIMINARY LOOK AT KEY EXPRESSIONS

Be sure to study these expressions before you read the story.

1. **extrañar** *to surprise, seem strange* The person surprised is the indirect object: **Le extrañó mucho.** *She was very surprised by it.*
2. **pasar por alto** *to overlook, omit*
3. **en regla** *in order, proper form*
4. **al fin** *finally, at last*
5. **acabar de** + *infinitive* *to have just* + *past participle* This expression occurs mainly in the present or imperfect tense with this meaning: **Acaba (acababa) de partir en un rápido.** *He has (had) just left on a fast train.* When used in the preterit, it means *to finish* + *present participle:* **Acabó de buscar por todos los paraguas.** *He finished looking through all the umbrellas.*
6. **de ida** *one way,* as in **un boleto de ida** *a one-way ticket*
7. **poner** + *direct object* + **a prueba** *to give someone* (or *something*) *a try, put someone* (or *something*) *to the test*
8. **al principio** *at first*
9. **presentarse** *to appear, show up*
10. **como** *since, because*
11. **tratarse de** *to be a question* (*matter*) *of:* **Se trata de un paraguas grande y negro.** *It's a question of* (*we're talking about*) *a large, black umbrella.*
12. **escasear** *to be scarce*
13. **a menos que** *unless* Always followed by the subjunctive: **A menos que quiera otro.** *Unless you want another one.*
14. **pongo por caso** *let's say, for example*
15. **conformarse (con)** *to agree, give in, resign oneself* (*to*): **Me conformaré con el paraguas de otra persona.** *I'll agree to* (*take*) *someone else's umbrella.*
16. **darse vuelta** *to turn around*
17. **ya no** *no longer*
18. **agotársele a uno** *to run out* The person whose supply of food, items, etc., has run out is the indirect object, and the food or items is the subject: **Se le agotaron los tomates.** *She ran out of tomatoes.*
19. **según** *according to* (*what*) This preposition can precede either a noun: **según el empleado** *according to the clerk,* or an entire clause directly: **según dijo el empleado** *according to what the clerk said*
20. **un tanto** *a little, somewhat*

TRABAJO DIFÍCIL

El jefe de personal del ferrocarril, después de leer la carta de recomendación que yo le había presentado, me miró con aire pensativo y me dijo:

—Hay un pequeño inconveniente. Yo no sé quién es esta persona que lo recomienda tan calurosamente.

—No me extraña —respondí—, pues él también me dijo que no lo conocía a usted, pero que me daba la carta para que no dudara de su buena voluntad y deseo de serme útil.[1]

—Eso demuestra que es una persona de buen corazón, y como yo también lo soy, pasaré por alto ese detalle y obraré como si la carta estuviera en regla.[2] No hay vacantes.

En ese momento entró el jefe de estación y dijo:

—Señor, se ha perdido el encargado de la oficina de objetos perdidos.

—¿Lo han buscado bien entre los objetos a su cargo?[3] Recuerde el caso de Martínez, al que se encontró tres días después debajo de una pila de impermeables.

—No; en este caso sabemos dónde está, pero es como si se lo hubiera tragado la tierra para el servicio.[4] Es toda una historia. Resulta que una señorita fue a quejarse de que había perdido a su novio en un empalme y una palabra

[1] *para ... útil:* so I wouldn't doubt his good intentions and his desire to be of some use to me. [2] *en regla:* in order. [3] *a su cargo:* that he's in charge of. [4] *como ... servicio:* as if the earth had swallowed him up on us.

trajo la otra[5] y al fin empalmaron ellos[6] y acaba de partir en un rápido[7] con la señorita y boleto de ida solamente.

—Sí; creo que ese hombre está perdido —exclamó tristemente el jefe de personal.

—Se casarán —murmuró melancólicamente el jefe de estación—; el caso es que no hay quien atienda la oficina y se siguen amontonando los paraguas.

—Dispense —dije— pero ¿y yo?

Es verdad —dijo el jefe de personal—; aquí está este joven que me ha sido recomendado muy efusivamente y parece buena persona. Póngalo a prueba.[8]

Y así me vi instalado ante un largo mostrador, con una gran cantidad de paraguas a mi espalda y unas rápidas instrucciones dándome vueltas en la cabeza.[9] Lo más importante —me había dicho el jefe— es que las personas identifiquen bien los objetos. Tiene usted que ser psicólogo, tener golpe de vista e intuición,[10] pues nadie le va a presentar el título de propiedad de un paraguas o de un par de guantes color patito.[11] Y hay que tratar de darle a cada cual lo suyo.[12]

Al principio se presentaron muchas personas reclamando paraguas negros con cabo de hueso. Como había muchos y parecían gente de buena fe, yo descolgaba uno y le decía:

—Sírvase,[13] y que le garúe finito.[14]

Era una fórmula cortés que había adoptado, porque tratándose de paraguas me parecía un contrasentido darlos a secas.[15] Pero al rato comenzaron a escasear y decidí ser más cauto. Así, cuando vino una dama entrada en años y en carnes[16] y reclamó el consabido paraguas, le dije:

—¿Para la lluvia?

—Naturalmente, joven.[17]

—No tan naturalmente, señora; tengo un amigo que usa un paraguas para espantar a los perros, porque vive en un barrio de mucho porvenir,[18] pero que ahora es todo de potreros perrosos.[19] Déme otros datos.

—Era negro y se abría apretando un resorte.

[5] *una . . . otra:* one word led to another. [6] *empalmaron ellos:* they made their own "connection" (a jocular reference to the earlier word *empalme* "road junction" or "crossroad"). [7] *un rápido: un tren rápido.* [8] *Póngalo a prueba:* Give him a try. [9] *dándome . . . cabeza:* spinning around in my head. [10] *tener . . . intuición:* be able to judge people on sight, just by your intuition. [11] *color patito:* light yellow (i.e., the color of a duckling; in Spanish, *patito*). [12] *lo suyo:* what is rightfully his. [13] *Sírvase:* Be my guest. [14] *que le garúe finito:* may the rain fall gently on you. [15] *darlos a secas:* to hand them out without saying a word (*A secas* "simply, without a word," is a pun since it involves both *paraguas* "umbrellas" and *seco* "dry."). [16] *entrada . . . carnes:* well along in years and poundage. [17] *joven:* young man (a standard way of addressing young men or adolescents in Spanish America). [18] *un . . . porvenir:* an up and coming neighborhood. [19] *potreros perrosos:* fields where dogs roam.

—Todos los paraguas son de ese color y se abren así, a menos que estén descompuestos.

—El puño está formado por una cabeza de perro, en hueso.

—¡Oh, señora, la cabeza de perro es casi la cabeza natural del paraguas!

—No sé qué decirle, pero el paraguas es mío.

—¿Qué paraguas?

—Uno como todos.

—No sirve.[20] Tiene que darme algunas señas personales.

—¡Pero si[21] el paraguas no es una persona!

—Ese es el inconveniente. Si usted hubiera perdido un chico, todo era[22] más fácil. Usted me diría el nombre del niño; yo gritaría Juancito, pongo por caso,[23] y lo veríamos salir corriendo y brincando de algún estante. Habría una hermosa escena de familia. Algo así como el regreso del hijo pródigo, pero un paraguas ayuda poco.

—No crea; en los días de lluvia ayuda bastante.

—Creo, señora, que se está desviando de la cuestión.

—¿Le parece? Bueno, déme un paraguas cualquiera y terminamos.

—¿Y si no es el suyo?

—No importa, me conformaré.

—¿Y si viene el dueño a reclamarlo?

—Le hace un interrogatorio como a mí y es casi seguro de que prefiere comprarse otro. Yo soy muy paciente porque tengo cinco yernos.

—¿Y un solo paraguas? Hay evidentemente una gran desproporción, pero le voy a dar uno porque no me gusta hacer perder a nadie el tiempo.

Me di vuelta, pero, ¡ay!, ya no quedaba un solo paraguas. Con mi sistema intensivo de devolución se me había agotado la existencia.[24] Le rogué que volviera al día siguiente, pues la empresa, según le dije, renovaba constantemente el stock. Y, efectivamente, al otro día pude darle un muy hermoso paraguas con mango de oro, funda de cuero de cocodrilo y una hermosa tela de seda natural. Se fue muy contenta. El que no se conformó fue un caballero que decía ser[25] el dueño del paraguas de oro y a quien para arreglarlo[26] le quise dar una faja de goma, que nunca se supo cómo fue a dar allí.[27] Era un tanto gritón y parecía persona influyente. Digo esto porque el puesto volvió a quedar vacante. Y lo siento porque yo pensaba hacer carrera.

[20] *No sirve:* That's no good. [21] *si:* do not translate. [22] *era:* would be (the imperfect is used colloquially to replace the conditional *sería*). [23] *pongo por caso:* for example. [24] *se ... existencia:* my supply had run out. [25] *decía ser:* said he was. [26] *para arreglarlo:* to straighten things out. [27] *fue a dar allí:* it came to end up there.

EXERCISES

A. Cuestionario

1. ¿Adónde había ido a buscar trabajo el narrador?
2. ¿Le sirvió de algo su carta de presentación?
3. ¿Qué pasó con el encargado de la oficina de objetos perdidos?
4. ¿Qué empleo le dieron por fin al narrador?
5. ¿Qué objeto perdido era el más reclamado por la gente que acudía a su oficina?
6. ¿Cómo era el paraguas que había perdido la dama «entrada en años y en carnes»?
7. Según la mujer, ¿por qué era ella muy paciente?
8. ¿Se marchó contenta la señora que reclamaba su paraguas perdido?
9. ¿Qué le ofreció el narrador al caballero que había perdido su paraguas?
10. ¿Por qué lamentó al final el narrador que hubiera fracasado como encargado de objetos perdidos?

B. Verb Exercise

Using the verbs in the right-hand column, give the Spanish for the English sentences on the left.

1. a) That doesn't surprise me at all. *extrañar*
b) It strikes me as odd that Sara didn't say anything.

2. a) Pepe says he's out of clean shirts. *agotársele a uno*
b) Yesterday we ran out of salt.

3. a) I'll overlook that comment. *pasar por alto*
b) Don't disregard what Jorge told you.

4. a) I have just seen something marvellous. *acabar de*
b) They had just arrived when it started to rain.

5. a) Give it a try! *poner a prueba*
b) I'll try it out for a week.

6. a) Gas was scarce during the war. *escasear*
b) Good employees are scarce nowadays.

7. a) O.K., I'll go along with that. *conformarse (con)*
b) Finally, he resigned himself to the idea.

8. a)	I turned around and there she was.	*darse vuelta*
b)	Turn around and look at me.	
9. a)	Be here Monday at 5:00.	*presentarse*
b)	They wanted me to show up that afternoon.	
10. a)	It's a serious matter.	*tratarse de*
b)	It was a question of earning more money.	

C. Drill on Expressions

From the expressions on the right, select the one corresponding to the italicized English words on the left and rewrite the entire sentence in Spanish.

1.	Seguiremos, *unless* ellos se quejen.	**en regla**
2.	*According to* lo que dijo Ana, llegaron ayer.	**al fin**
3.	La conferencia era *a little* aburrida.	**de ida**
4.	Pueden estudiar portugués, *for example,* o español.	**al principio**
5.	Ese plan *no longer* me interesa.	**como**
6.	Parece que sus documentos están todos *in order.*	**a menos que**
7.	*At first,* no se llevaban muy bien.	**pongo por caso**
8.	*Since* se levantaron tarde, perdieron el tren.	**ya no**
9.	*Finally,* terminaron la lección.	**según**
10.	Se compró un boleto *one-way.*	**un tanto**

D. "Context" Exercise (oral or written)

1. Say you have just lost your black umbrella.
2. Indicate that your brother wasn't surprised that Diego didn't get the job.
3. Express the idea that last year student apartments weren't so scarce.
4. Tell a job applicant that you'll overlook his lack of experience.
5. Say that you've run out of patience.

EL FANTASMA

Enrique Anderson Imbert

ENRIQUE ANDERSON IMBERT (1910-   ) is a native Argentine who came to the United States nearly four decades ago to continue a successful and fruitful career as teacher, author, and literary critic and historian. His novels *Vigilia* (1934) and *Fuga* (1953) and his collection of short stories *Las pruebas del caos* (1946) firmly established him as one of his country's most gifted writers. In 1954 he published his *Historia de la literatura hispanoamericana*, a basic work that has since been revised and translated. Professor Anderson, now retired from the faculty of Harvard University, continues to be one of the most frequent and respected contributors to the pages of the principal literary journals of both North and South America.

«El fantasma», taken from *Las pruebas del caos*, is one of Anderson's most celebrated stories. In but a few lucid pages the author accustoms the reader to a dimension beyond death. It all is made to seem so surprising at the outset, then so logical. The dead man at first seems to adjust himself reasonably well to his new condition. But then the final realization comes over him . . . What reader can fail to be moved by the stoic resignation of this story's final lines?

A PRELIMINARY LOOK AT KEY EXPRESSIONS

1. **con que** *so*
2. **sobre todo** *especially, above all*
3. **igual** *the same*
4. **callarse** *to be quiet, shut up*
5. **echar a perder** *to spoil*
6. **de golpe** *suddenly*
7. **poco a poco** *little by little*
8. **acercarse** *to approach, come closer*
9. **al rato** *in a little while* **A** with time units means *after* or *at the end of.* Compare: **a los dos días** *after two days.*
10. **echarse a** + *infinitive* *to start to* + *verb* This is used only when what is begun involves movement or activity of the body: **Se echó a volar por el aire.** *He began to soar through the air.* Otherwise **empezar** or **comenzar** can be used: **Comenzó a llover.** *It began to rain.*
11. **sentirse** *to feel* This expression is often used with an adjective: **Se sentía casi vivo.** *He felt almost alive.* **Sentir** is used with a noun: **Sentía el frío.** *He felt the cold.*
12. **a su alrededor** *all around him* (or **a mi alrededor** *all around me*, etc.).
13. **junto a** *next to* This expression is a preposition and thus unchangeable in form. Thus we can have **dos niñas junto a su mamá** (no agreement).
14. **los suyos** *the members of his family* (or **los tuyos** *the members of your family*)
15. **aburrirse** *to get (be) bored*
16. **hacerle compañía a uno** *to keep someone company*
17. **morirse** *to die* **Morir** alone is a rather objective and impersonal way of reporting a death. When the speaker uses the reflexive, **morirse,** it usually means that he or she is affected in some way by the death, possibly that of a friend or relative. In this case the indirect object is also used: **Se me murió mi madre.** *My mother died.*
18. **claro** *of course, naturally*
19. **conseguir** + *infinitive* *to get to, be able to, manage to* + *verb:* **Nunca consiguió encontrar la paz.** *He never managed to find peace.*
20. **deber de** + *infinitive* *probably* + *verb:* **Deben de ser las ocho.** *It is probably (must be) eight o'clock.*

EL FANTASMA

Se dio cuenta de que acababa de morirse cuando vio que su propio cuerpo, como si no fuera el suyo sino el de un doble, se desplomaba sobre la silla y la arrastraba en la caída.[1] Cadáver y silla quedaron tendidos sobre la alfombra, en medio de la habitación.

¿Con que[2] eso era la muerte?

¡Qué desengaño! Había querido averiguar cómo era el tránsito al otro mundo ¡y resultaba que no había ningún otro mundo! La misma opacidad de los muros, la misma distancia entre mueble y mueble, el mismo repicar de la lluvia sobre el techo ... Y sobre todo ¡qué inmutables, qué indiferentes a su muerte los objetos que él siempre había creído amigos!: la lámpara encendida, el sombrero en la percha ... Todo, todo estaba igual. Sólo la silla volteada y su propio cadáver, cara al cielo raso.

Se inclinó y se miró en su cadáver como antes solía mirarse en el espejo. ¡Qué avejentado! ¡Y esas envolturas de carne gastada![3]

—Si yo pudiera alzarle los párpados quizá la luz azul de mis ojos ennobleciera otra vez el cuerpo —pensó.

Porque así, sin la mirada, esos mofletes y arrugas, las cuevas velludas de la nariz y los dos dientes amarillos mordiéndose el labio exangüe estaban revelándole su aborrecida condición de mamífero.

—Ahora que sé que del otro lado no hay ángeles ni abismos me vuelvo a mi humilde morada.

[1] *la ... caída:* dragged it down with him as he fell. [2] *¿Con que:* So. [3] *¡Y ... gastada!:* And all wrapped up in aged flesh!

Y con buen humor se aproximó a su cadáver —jaula vacía— y fue a entrar para animarlo otra vez.

¡Tan fácil que hubiera sido! Pero no pudo. No pudo porque en ese mismo instante se abrió la puerta y se entrometió su mujer, alarmada por el ruido de silla y cuerpo caídos.

—¡No entres! —gritó él, pero sin voz.

Era tarde.[4] La mujer se arrojó sobre su marido y al sentirlo exánime lloró y lloró.

—¡Cállate! ¡Lo has echado todo a perder![5] —gritaba él, pero sin voz.

¡Qué mala suerte! ¿Por qué no se le habría ocurrido[6] encerrarse con llave durante la experiencia? Ahora, con testigo, ya no podía resucitar: estaba muerto, definitivamente muerto. ¡Qué mala suerte!

Acechó a su mujer, casi desvanecida sobre su cadáver; y a su propio cadáver, con la nariz como una proa entre las ondas de pelo de su mujer. Sus tres niñas irrumpieron a la carrera como si se disputaran un dulce, se frenaron de golpe,[7] poco a poco se acercaron y al rato todas lloraban, unas sobre otras. También él lloraba viéndose allí en el suelo, porque comprendió que estar muerto es como estar vivo, pero solo, muy solo.

Salió de la habitación, triste.

¿Adónde iría?

Ya no tuvo esperanzas de una vida sobrenatural. No. No había ningún misterio.

Y empezó a descender, escalón por escalón, con gran pesadumbre.

Se paró en el rellano. Advirtió que, muerto y todo, por creer[8] que se movía como si tuviera piernas y brazos, había elegido como perspectiva la altura donde antes llevaba sus ojos físicos. ¡Puro hábito! Ahora quiso probar las nuevas ventajas y se echó a volar por las curvas del aire. Lo único que no pudo hacer fue traspasar los cuerpos sólidos, tan opacos, tan insobornables como siempre. Chocaba contra ellos. No es que le doliera: simplemente no podía atravesarlos. Puertas, ventanas, pasadizos, todos los canales que abre el hombre a su actividad, seguían imponiéndole direcciones a sus revoloteos. Pudo colarse por el ojo de una cerradura, pero a duras penas.[9] No era una especie de virus filtrable para el que siempre hay pasos: sólo podía penetrar por las hendijas que los hombres descubren a simple vista. ¿Tendría[10] ahora el tamaño de una pupila

[4] *Era tarde*: It was too late. [5] *¡Lo . . . perder!:* You've spoiled everything! [6] *¿Por qué . . . ocurrido:* Why hadn't it occurred to him. (The conditional tense is used here to suggest probability or conjecture in the past.) [7] *Sus . . . golpe:* His three little girls burst in as if they were fighting over a piece of candy, they stopped suddenly . . . [8] *por creer:* because he thought. [9] *a duras penas:* with great difficulty. [10] *¿Tendría:* (Note again the use of the conditional to suggest conjecture.)

de ojo? Sin embargo, se sentía como cuando vivo, invisible, sí, pero no incorpóreo. No quiso volar más, y bajó a retomar sobre el suelo su estatura de hombre. Conservaba la memoria de su cuerpo ausente, de las posturas que antes había adoptado en cada caso, de las distancias precisas donde estarían su piel, su pelo, sus miembros. Evocaba así a su alrededor[11] su propia figura; y se insertaba donde antes había tenido las pupilas.

Esa noche veló al lado de su cadáver, junto a su mujer. Se acercó también a sus amigos y oyó sus conversaciones. Lo vio todo. Hasta el último instante, cuando los terrones del camposanto sonaron lúgubres sobre el cajón y lo cubrieron.

Él había sido toda su vida un hombre doméstico. De su oficina a su casa, de casa a su oficina. Y nada, fuera de su mujer y sus hijas. No tuvo ahora tentaciones de viajar al estómago de la ballena o de recorrer el gran hormiguero.[12] Prefirió hacer como que se sentaba[13] en el viejo sillón y gozó de la paz de los suyos.

Pronto se resignó a no poder comunicarles ningún signo de su presencia. Le bastaba con que su mujer alzara los ojos[14] y mirase su retrato en lo alto de la pared.

A veces se lamentó de no encontrarse en sus paseos con otro muerto siquiera[15] para cambiar impresiones. Pero no se aburría. Acompañaba a su mujer a todas partes e iba al cine con las niñas.

En el invierno su mujer cayó enferma, y él deseó que se muriera. Tenía la esperanza de que, al morir, el alma de ella vendría a hacerle compañía. Y se murió su mujer, pero su alma fue tan invisible para él como para las huérfanas. Quedó otra vez solo, más solo aún, puesto que no pudo ver a su mujer. Se consoló con el presentimiento de que el alma de ella estaba a su lado, contemplando también a las hijas comunes . . . ¿Se daría cuenta[16] su mujer de que él estaba allí? Sí . . . ¡claro! . . . qué duda había . . . ¡Era tan natural!

Hasta que un día tuvo, por primera vez desde que estaba muerto, esa sensación de más allá,[17] de misterio, que tantas veces lo había sobrecogido cuando vivo: ¿y si toda la casa estuviera poblada de sombras de lejanos parientes, de amigos olvidados, de fisgones, que divertían su eternidad espiando a las huérfanas?

Se estremeció de disgusto, como si hubiera metido la mano en una cueva de gusanos. ¡Almas, almas, centenares de almas extrañas, deslizándose unas encima de otras, ciegas entre sí pero con sus maliciosos ojos abiertos al aire que respiraban sus hijas!

[11] *a su alrededor:* all around him. [12] *recorrer el gran hormiguero:* to mingle with the teeming throng (literally, "anthill"). [13] *Prefirió . . . sentaba:* He preferred to pretend he was sitting down. [14] *Le . . . ojos:* It was enough for him that his wife raised her eyes. [15] *siquiera:* if only. [16] *¿Se daría cuenta:* (see note 6.) [17] *más allá:* (the) great beyond.

Nunca pudo recobrarse de esa sospecha, aunque con el tiempo consiguió despreocuparse: ¡qué iba a hacer!

Su cuñada había recogido a las huérfanas. Allí se sintió otra vez en su hogar. Y pasaron los años. Y vio morir, solteras, una tras otra, a sus tres hijas. Se apagó así, para siempre, ese fuego de la carne que en otras familias más abundantes va extendiéndose como un incendio en el campo.[18] Pero él sabía que en lo invisible de la muerte su familia seguía triunfando, que todos, por el gusto de adivinarse juntos, habitaban la misma casa, prendidos a su cuñada como náufragos al último leño.

También murió su cuñada.

Se acercó al ataúd donde la velaban, miró su rostro, que todavía se ofrecía como un espejo al misterio, y sollozó, solo, solo, ¡qué solo! Ya no había nadie en el mundo de los vivos que los atrajera a todos con la fuerza del cariño. Ya no había posibilidades, de citarse en un punto del universo. Ya no había esperanzas. Allí, entre los cirios en llama, debían de estar[19] las almas de su mujer y de sus hijas. Les dijo «¡Adiós!», sabiendo que no podían oírlo, salió al patio y voló noche arriba.[20]

EXERCISES

A. Cuestionario

1. ¿Cuándo se dio cuenta el narrador de que acababa de morirse?
2. ¿Adónde quería volver cuando supo que no había ángeles del otro lado?
3. ¿Qué trató de gritar a su esposa cuando ésta abrió la puerta?
4. ¿Cómo se movía el fantasma?
5. ¿Cómo pasó la noche?
6. ¿Qué tipo de vida había llevado cuando era un hombre?
7. Después que murió su mujer, ¿fue ésta su compañera en la muerte?
8. ¿Qué sensación tuvo el fantasma un día por primera vez?
9. ¿Cómo se sintió cuando murió su cuñada?
10. ¿Qué hizo el fantasma al final?

[18] *Se apagó ... campo:* A reference to the fact that the dead man no longer had descendants to give him a type of immortality. [19] *debían de estar:* must have been. [20] *noche arriba:* out into the night.

B. Verb Exercise

Using the verbs in the right-hand column, give the Spanish for the English sentences on the left.

1. a) The ghost was silent. — *callarse*
   b) The mother said to her daughters: "Be quiet!"
2. a) You've spoiled everything! — *echar a perder*
   b) They ruined all our plans.
3. a) Why don't you get closer? — *acercarse*
   b) The wife approached the body.
4. a) The ghost began to fly through the air. — *echarse a*
   b) When they see him, they'll start to run.
5. a) How do you feel? — *sentirse*
   b) They all felt sad after his death.
6. a) I would be bored. — *aburrirse*
   b) People that work a lot don't get bored.
7. a) Why can't you keep her company? — *hacer compañía*
   b) Nobody can keep a ghost company.
8. a) They cried when their father died. — *morirse*
   b) Little by little all his relatives are dying.
9. a) When will he manage to be happy? — *conseguir*
   b) We were able to find all the money.
10. a) Their souls must have been near him. — *deber de*
    b) The ghost probably knows the truth by now.

C. Drill on Expressions

From the expressions on the right, select the one corresponding to the italicized English words on the left and rewrite the entire sentence in Spanish.

1. *Of course!* Ahora lo entiendo perfectamente.
2. *So* te parece que el pobre cayó muerto.
3. Es triste, *above all* cuando se considera lo joven que era.
4. A mí me parece *just the same.*
5. *In a little while,* abandonaron la casa.
6. Empezaban a comprender *little by little.*
7. ¿Y cómo están *the rest of your family?*
8. El vio los otros fantasmas *all around him.*
9. Las niñas se sentaron *next to* su tía.
10. *Suddenly,* ella comprendió lo que había pasado.

igual
junto a
de golpe
los suyos
sobre todo
a su alrededor
claro
poco a poco
con que
al rato

D. "Context" Exercise (oral or written)

Express in Spanish the ideas described in the following sentences, avoiding a word-for-word translation. The purpose here is to think in Spanish and arrive at your own way of communicating the thought.

1. Say that you believe that Horacio always got bored because he didn't like television.
2. Tell your friend that you know she'll feel better tomorrow.
3. Say that you hope that the rain doesn't spoil your plans for a picnic.
4. Indicate to the children that if they don't quiet down, they'll have to leave.
5. Tell Diego to come closer so you can show him something.

E. Review Exercise

The following nouns that appeared in «El fantasma» are easily guessable if you recognize the common adjectives to which they are related. Give the adjective for each. Check the end vocabulary to confirm your answer.

opacidad	presencia	eternidad	cariño
actividad	ruido	sospecha	altura

The following adjectives from this story are related to nouns that you probably know by now. Give the noun form for each. Once again check the end vocabulary.

alarmado	sólido	ausente	velludo
enfermo	abundante	olvidado	extraño

EL MUERTO ERA UN VIVO

PEPE MARTÍNEZ DE LA VEGA

PEPE MARTÍNEZ DE LA VEGA (1908–1954) was one of Mexico's most popular humorists, and for years he wrote for a series of successful radio comedy shows. There is a certain irreverent flavor to his work that his Mexican audience responded to enthusiastically. When he turned to writing short stories and created Péter Pérez, it was inevitable that his detective would not belong to the traditional school of detection. Sure enough, the Péter Pérez tales are one leg pull after another. Consider his solution of a locked-room mystery that had positively baffled the Mexico City police. Called to the scene of the crime, Péter confirmed that the dead man had indeed been found in a locked room, with all the windows and doors locked and secured. No secret passages, no trap doors... Clearly an impossible crime. But not for Péter. "Elementary, my dear chaps," he observed calmly. "I have the solution. You will note that the sealed room in question has no ceiling."

The author's friend and compatriot, the distinguished Mexican literary critic and writer, María Elvira Bermúdez, has accurately described the character of these stories. She writes: "Péter Pérez is wise and gracious and always solves the crime, but his methods are broad caricatures of traditional detective fiction techniques. With generous doses of popular humor, he effectively expresses scorn for everything that represents precision, fastidiousness, and routine," which the reader may observe in the amusing adventure entitled «El muerto era un vivo.»

A PRELIMINARY LOOK AT KEY EXPRESSIONS

1. **delatar** *to betray, reveal, give away*
2. **en efecto** *in fact, as a matter of fact*
3. **frente a** *in front of* This also means *across the street from.*
4. **nuevamente** *again*
5. **más allá** *beyond, farther,* an adverb of place. There is also an expression used as a noun: **el más allá,** meaning *the great beyond.*
6. **al punto** *at once, instantly*
7. **dirigirse a** *to turn to, go up to, go toward; to speak to, address.* This expression can be used with people or things: **Se dirigió a Péter Pérez** or **Se dirigió al teléfono.**
8. **por lo pronto** *meanwhile, for the present*
9. **darse cuenta (de)** *to know, realize* What is realized is the object of the preposition **de: Al momento me di cuenta.** *Right away I knew;* **Al momento me di cuenta de que la señora es la homicida.** *Right away I realized that the woman is the murderess.*
10. **callar** *to be quiet* This verb is sometimes reflexive, particularly in commands: **¡Cállate!** *Shut up!*
11. **disponerse a** + *infinitive to get ready to + verb*
12. **meter la pata** This expression has two related meanings: *to butt in* or *to stick one's foot in it, "goof."* **Pata** is normally used only for animal and furniture legs—except in expressions such as this one.
13. **es decir** *that is to say, I mean*
14. **quedar en** *to agree on, to settle on* This expression is usually followed by an infinitive: **Quedaron en encontrarse a las nueve.** *They agreed to meet at nine o'clock.*
15. **por casualidad** *by chance, coincidence* This is an example of a false cognate: **casualidad, casual,** and **casualmente** all have the idea of a completely unplanned, chance occurrence. *Casual* in the sense of "nonchalant" is **despreocupado** or **sin importancia.**
16. **al grano** *get to the point* (literally, "to the grain")
17. **por falta de** *through, because of the lack of*
18. **equivocarse** *to be wrong, mistaken* Notice how this verb can render the English adjective "wrong": **Se equivocó de puertas.** *He got the wrong door* (literally, "He made a mistake in doors").
19. **lograr** + *infinitive to manage, get + infinitive* This is virtually synonymous with **conseguir** + *infinitive* or **alcanzar a** + *infinitive.*
20. **valerse de** *to make use of*

EL MUERTO ERA UN VIVO[1]

. . . Por la elegante colonia[2] residencial pedaleaba un ciclista. Su cachucha lo delataba como mensajero de telégrafo, y, en efecto, eso era: un mensajero de telégrafos.

Tras de cerciorarse del nombre de la calle por donde iba, el ciclista se detuvo frente al número 135 y se acercó al timbre eléctrico para hacer lo que los líderes hacen con el obrero a la hora de cobrarle la cuota sindical: oprimirlo.[3]

Ya desesperaba el mensajero de entregar el telegrama, pues tenía diez minutos llamando,[4] cuando apareció una señora en la puerta de la lujosa mansión. La dama era joven y guapa. Recibió el mensaje, firmó, y rasgó el sobre.

—Es para mi esposo —fue su comentario al cerrar la puerta.

El mensajero montó en su bicicleta y apenas iba a reanudar la marcha, cuando la señora joven y guapa salió nuevamente y gritó:

—¡Socorro . . ., socorro!

El de telégrafos, que se llamaba José Sicorro[5] González, se quitó cortésmente la cachucha diciendo:

[1] *«El muerto era un vivo»:* Setting the tone for his story, the author creates a play on words in the title: "The Dead Man Was a Live One." Besides meaning "alive," *vivo* means "shrewd," "clever," "quick-witted." [2] *colonia:* district or neighborhood (in Mexico City). [3] *oprimirlo:* a play on words since *oprimir* is both "to squeeze" or "press" physically and "to oppress" politically or socially. Just as union leaders "put pressure" on their workers to pay their regular dues, Péter Pérez similarly "presses" the bell. Another reference to union activities will occur later in the story. [4] *tenía diez minutos llamando:* he had been ringing for ten minutes. [5] *Sicorro:* a Spanish surname similar in sound to the word *socorro* "help," all of which explains the following exchange between the two characters.

—Mande usted,[6] señora...

—¡Socorro, socorro...! —Volvió a exclamar la dama.

—Aquí estoy, señora, diga, usted...

—¡Auxilio..., auxilio...! —gritó otra vez la señora.

—Esa es otra cosa, señora, ¿qué le pasa?

—Han asesinado a mi esposo; llame a la policía.

El mensajero telefoneó a la jefatura y comunicó la dirección al sargento Juan Vélez que estaba de guardia.

Un Espectáculo Horrible

El sargento de detectives Juan Vélez se hallaba en su despacho charlando con el genial detective de Peralvillo,[7] Péter Pérez.[8]

Acompañado del gran Péter, el sargento partió para la elegante casa donde se había cometido el asesinato.

La esposa de la víctima era la única persona viviente que había en la bella mansión. El espectáculo que se ofreció a la vista de Péter y del sargento era horrible, tan horrible como el mercado de San Juan,[9] pongamos por caso.

En el centro de la pieza, lujosamente amueblada, estaba tirado el cuerpo del que en vida fue Saturnino Flores. Un reguero de sangre iba desde un sillón hasta diez pasos más allá, bajo una mesilla ornamental. El cadáver tenía un puñal clavado en la espalda. El muerto conservaba una rosa en la mano izquierda y un puñado de flores en la derecha. Uno de los dedos de esa mano estaba tinto en sangre. Saturnino, antes de morir, había dibujado un extraño círculo con su propia sangre en el piso encerado.

La esposa relató brevemente lo ocurrido.[10] Ella estaba oyendo la radio cuando tocaron la puerta de la calle. Salió a abrir y recibió un mensaje telegráfico para su esposo. Lo leyó, y, aunque no tenía importancia, prefirió comunicárselo al punto a su marido. Al entrar en la habitación descubrió el crimen, llamó al mensajero y avisó a la policía. Eso era todo.

Péter Pérez había observado la extraña actitud[11] del muerto. El sargento echó sólo una ojeada y principió a tomar datos.

—Su nombre, señora —dijo a la viuda.

—Rosa Flores.

—¿Cuál era la profesión de su esposo?

[6] *Mande usted:* At your service. [7] *Peralvillo:* district of Mexico City. [8] *Péter Pérez:* an alliterative name, like "Peter Peterson" in English. [9] *el mercado de San Juan:* a noisy and animated marketplace in Mexico City. [10] *lo ocurrido:* what had happened. [11] *actitud:* position (the body was in).

—Agente de negocios.

En esos momentos Péter Pérez, el genial detective de Peralvillo, interrumpió el interrogatorio para suplicar a la señora:

—¿Tiene usted la bondad de prestarme[12] la pluma fuente de su esposo? No traje la mía y necesito tomar unos apuntes.

—Mi esposo no tenía pluma fuente —dijo la viuda.

—Bueno, pues su lápiz —solicitó de nuevo Péter.

—No usaba lápiz.

—Mil gracias —respondió Péter, con esa exquisita finura que guardaba siempre para las señoras guapas.

La Derrota de Péter Pérez

El sargento Vélez vio la oportunidad y decidió obrar al punto.

Tenía ocasión, el sargento, de derrotar, por primera vez en su vida, al gran Péter en su propia presencia.

Así fue como, melodramáticamente, exclamó:

—Queda usted arrestada, señora, por el asesinato de su esposo...

La viuda palideció y murmuró:

—¡Es una infamia...!

El sargento Vélez, con teatralidad, se dirigió al teléfono y llamó al redactor de un diario matutino, pues le gusta mucho la publicidad.

—Dentro de diez minutos —dijo a la dama— le explicaré a usted los motivos que me obligan a dar este paso. Por lo pronto, considérese detenida...

Y diez minutos más tarde, frente al representante de la prensa capitalina, el sargento Vélez inició su explicación:

—Al momento me di cuenta —dijo— de que la señora es la homicida. No había nadie más en la casa, aparte de que el muerto tiene en la mano izquierda una rosa y en la derecha un puñado de flores. ¿Por qué ese extraño capricho de un agonizante?[13] Sólo hay una deducción: quiso señalar a su victimario. La dama aquí presente se llama Rosa Flores. Para mí, el asunto está tan claro como si el muerto hubiera dejado una carta...

—El muerto —exclamó Péter— no pudo dejar ninguna carta, porque era analfabeto...

Pero el sargento Vélez no hizo caso alguno y sonrió satisfecho, ante las miradas de aprobación de dos gendarmes *lambiscones.*[14]

Péter Pérez calló. Vélez miró a Péter compasivamente, pues consideró que lo había derrotado en toda la línea.[15]

[12] *¿Tiene . . . prestarme:* Will you please lend me . . . (literally, "Would you have the kindness to lend me . . ."). [13] *agonizante:* dying man. [14] *lambiscones:* "boot-licking," fawning. [15] *en toda la línea:* all along the line.

El sargento puso a la infeliz viuda las esposas de hierro en las muñecas y el periodista se disponía a retirarse, cuando el gran Péter habló y dijo:

—Un momento; la señora no mató a su esposo.

—No meta usted la pata,[16] amigo —le indicó Vélez.

—No meto la pata, sargento— respondió fríamente el genial detective— porque no tengo patas; soy un ser racional que posee únicamente dos pies.[17]

—Entonces, ¿quién mató a don Saturnino? —inquirió el diarista.

—Aún no lo sé; pero, de lo que sí estoy seguro es de que no fue la señora —declaró Péter. Y agregó:

—¿Me permite usted interrogar a la dama, sargento?

—Hágalo, pero pronto —concedió de mala gana Vélez— pues no puedo perder mi tiempo.

—Gracias. ¿A qué hora se retiró usted a oír la radio? —preguntó a la señora.

—A las seis de la tarde.

—¿Cuánto tiempo después llegó el telegrama?

—Llegó a las diez de la noche. Es decir, cuatro horas más tarde. Nosotros, por el horario comercial, comemos a las cinco y ya no cenamos... Mejor dicho[18] —y rompió a llorar— comíamos antes; ahora comeré yo sola...

—Cálmese, señora —la consoló Péter—. ¿Su esposo recibió alguna visita?

—Sí, lo vino a ver su socio, el señor Méndez.

—¿Cuál es el nombre completo del señor Méndez?

—Juan R. Méndez —respondió la dama—. Estuvo con él en el comedor. Mi esposo le ofreció una copa,[19] pero el señor Méndez prefirió tomar café. Le puse la cafetera eléctrica llena de agua, y suficiente ración para que se hiciera las tazas que gustara.

—¿Dónde está esa cafetera? Pero, antes, llame usted al señor Méndez por teléfono; necesito hablar con él.

—No está en su casa. Ya no debe tardar.[20] Fue al teatro *Iris* a oír la conferencia de un líder —dijo la señora—. Esto le dijo a mi esposo en mi presencia. Quedó en volver aquí. Esta es la cafetera.

—Está vacía —exclamó el gran detective de Peralvillo.

—En efecto...[21]

—¿Cuántas tazas se pueden hacer con la cantidad de agua que usted le puso? —preguntó Péter a la dama.

—Siete...

—Gracias.

[16] *No ... pata:* Don't butt in (literally, "Don't stick your foot in it"). [17] *no tengo ... pies:* Although *pata* is used in slang expressions like the one in note 16 with human beings, it is actually the word for animal foot, leg, or paw. *Pierna* is a human leg, and *pie* a human foot. [18] *Mejor dicho:* What I mean to say is... [19] *una copa:* a drink. [20] *Ya no debe tardar:* He won't be long now. [21] *En efecto:* So I see.

Segundos después llegó Juan R. Méndez y se mostró impresionadísimo con la suerte corrida por su querido amigo y socio.

Péter casi no lo dejó ni enterarse bien cuando se le quedó viendo[22] y le preguntó a la boca de jarro:[23]

—Por casualidad..., perdonando la indiscreción, ¿no es usted pariente del...?

—¿...del guitarrista Ramos? —concluyó Juan con cierto sonsonete.

Y Méndez agregó, molesto:

—No, señor. Esa pregunta me la han hecho desde que estaba yo en la escuela.

—Dispense. ¿Dónde conoció usted a su socio? —volvió a preguntar Péter.

—En la escuela, precisamente.

—¿Dónde estuvo usted entre las seis de la tarde y las diez de la noche de hoy?

—Salí de aquí como a las siete, y me dirigí al teatro *Iris,* a oír la conferencia de un conocido líder obrero. Tengo mil testigos de que estuve allí...

El médico legista que había llegado al lugar, le informó brevemente al sargento que la muerte del señor Flores ocurrió entre las ocho y las nueve de la noche.

Esa interrupción sirvió para que el sargento Vélez diera ya por concluido todo.[24] Se acercó a Péter y le preguntó:

—¿Acabó usted?

Estoy listo —respondió el genio de Peralvillo.

La Victoria de Péter Pérez

Y como quien no quiere la cosa,[25] añadió:

—Este señor también está listo para acompañarlo a usted —y señaló a Ramos—. Deténgalo, sargento. Es el asesino de su socio.

Y, ante el atónito periodista, el maravilloso detective, orgullo de su barriada, explicó:

—De lo primero que me percaté fue de que el muerto era un vivo. Porque muy vivo se necesita ser para que un analfabeto como él gane tanto dinero...

—¿Analfabeto? ¿Quiere usted decir que no sabía leer, ni escribir? —preguntó con sorna Vélez.

—Exacto, amigo, exacto... Eso de que era agente de negocios es cuento.[26] Se trata, indudablemente, del coyote de algún funcionario de polendas.[27] Vea usted qué muebles, y qué casa, y qué mujer.

[22] *Se le quedó viendo:* he stared at him. [23] *a ... jarro:* point blank. [24] *diera ... todo:* considered the matter closed. [25] *como ... cosa:* nonchalantly. [26] *cuento:* a fairy tale. [27] *coyote ... polendas:* the "bagman" for some government official on the take.

Péter echó una mirada a la viuda y se relamió los labios.

—Al grano,[28] al grano —urgió el sargento.

—El muerto, que, repito, era un vivo, al ser herido mortalmente por este hombre, buscó la manera de delatarlo. No sabía escribir, cosa que pude comprobar con la ausencia de pluma fuente y lápices en esta casa, además de que la esposa, cuando recibió el telegrama, lo abrió seguramente para leerlo a su esposo y no por falta de educación,[29] pues esta señora tiene clase. Eso demuestra que el marido no podía leerlo por ser analfabeto. Al ser herido, vuelvo a decir, buscó la forma para denunciar a su asesino, y recordó que una vez había oído decir que el cero a la izquierda no vale nada. Dejó a la inteligencia de la policía la interpretación de su enigma. Tomó una rosa con la mano izquierda y dibujó un cero con su sangre para indicarnos que Rosa no era la culpable, dado que[30] al colocar la mano izquierda sobre el cero indicó que no valía nada, por estar el cero *a la izquierda.* Después tomó flores en la derecha, para señalarnos que las flores sí eran una afirmación.

—Ella se apellida Flores —dijo triunfante Vélez.

—Sí, pero no quiso indicar flores a secas.[31] Observe usted que entre dedo y dedo, formó grupos de flores. Entonces deduje yo: *el muerto quiso decir ramos,* no flores. El socio no se llama Juan R. Méndez, sino Juan Ramos Méndez. Seguramente se quitó el «Ramos» para despistar a la policía, pues siempre ha sido un pillo. El sólo se delató sobre su verdadero apellido, ya que dijo que en la escuela le preguntaban si era pariente del guitarrista Ramos. ¿Por qué se lo preguntaban? Sencillamente porque se apellida Ramos.

—Aquí lo agarré en un fallo, don Péter —dijo Vélez—, porque usted dice que el muerto era analfabeto, y, sin embargo, conoció al señor Méndez en la escuela...

—Exacto: lo conoció en la escuela. Y, suprímase el «don», sargento, porque soy demócrata —dijo Péter—. Ramos estudiaba en la escuela, pero Saturnino no; era *bolero.*[32] Esto lo descubrí examinando los dedos del muerto, con huellas imborrables de crema para zapatos y observando que, en su alcoba, hay todo lo necesario para darse grasa.[33] No lo hacía por ahorro, sino por costumbre... Saturnino, en sus mocedades, *boleaba* a los alumnos de la escuela. Ahí lo conoció, Ramos Méndez, su hoy victimario. Para Saturnino, Juan fue siempre «Ramos» y no Méndez. Por eso lo delató como «Ramos» cuando se sintió agonizante.

—Tengo una coartada perfecta —dijo Juan—. Estuve en la conferencia del líder en el *Iris.* Usted no puede probar nada...

[28] *Al grano:* get to the point. [29] *no ... educación:* not because she was ill-mannered. [30] *dado que:* since. [31] *no quiso ... secas:* he wanted to do more than just indicate flowers. [32] *bolero:* shoeshine boy (in Mexico). [33] *darse grasa:* to polish shoes. **Grasa** is shoe polish in Mexico.

—Se equivoca, amigo; puedo probarle todo. Ud. —y Péter lo señaló con el índice— estuvo aquí antes de ir al teatro y se bebió siete tazas de café para no dormirse durante la soporífera charla del salvador de masas. Logró permanecer despierto, pero los demás asistentes[34] cayeron dormidos. Usted salió cuando todos roncaban. Cometió el crimen, valiéndose, para entrar, de una llave falsa, de la cual se había provisto con anterioridad y regresó al teatro, donde los agremiados permanecían roncando. A usted lo vieron cuando llegó al teatro por primera vez, pero no pudieron verlo salir, ni regresar. Es usted inteligente, pero más vivo[35] que usted era el muerto...

Juan R. Méndez confesó su delito ante el cúmulo de pruebas reunidas por Péter.

La viuda, jubilosa al verse libre, se abalanzó sobre Péter y le dio un beso. Después, arrepentida de su impulso, preguntó con los ojos bajos.

—¿Cuánto le debo?

—Nada, señora —respondió Péter ruborizado y con delicada galantería—. Para mí, un beso de mujer vale más que todos los tesoros del mundo...

Y se retiró con la modestia que sólo tienen los genios.

Y sin recibir el beso.

EXERCISES

A. Cuestionario

1. ¿Por qué desesperaba el mensajero de entregar el telegrama?
2. ¿Cómo había muerto Saturnino Flores?
3. ¿Qué había dibujado la víctima en el piso con su propia sangre?
4. ¿Por qué no le prestó la viuda a Péter la pluma o el lápiz que él le pidió?
5. ¿A quién arrestó el sargento Vélez por el asesinato del señor Flores?
6. ¿Qué observación hizo Péter sobre el hombre muerto?
7. ¿Quién vino a ver al señor Flores en la tarde de ese día?
8. ¿A dónde había ido Juan R. Méndez después de ver al señor Flores?
9. ¿A quién acusó Péter del asesinato del señor Flores?
10. ¿Por qué se había bebido siete tazas de café el señor Méndez?

[34] *asistentes:* those in attendance. [35] *vivo:* see note 1.

B. Verb Exercise

Using the verbs in the right-hand column, give the Spanish for the English sentences on the left.

1. a)	When he arrived, he went first to the hotel.	*dirigirse a*
b)	If you want information, speak to a policeman.	
2. a)	He used the knife to open the door.	*valerse de*
b)	Why don't you make use of your intelligence?	
3. a)	He thinks I made a mistake.	*equivocarse*
b)	If I'm not mistaken, her name is Laura.	
4. a)	I realized that she wanted to help me.	*darse cuenta de*
b)	Do you realize that it's already 11:00?	
5. a)	We agreed to see each other the next day.	*quedar en*
b)	What did they settle on?	
6. a)	His eyes gave away his emotion.	*delatar*
b)	His own brother informed on him.	
7. a)	We managed to finish by Friday.	*lograr*
b)	I hope you succeed in settling it soon.	
8. a)	You've stuck your foot into it again.	*meter la pata*
b)	You know Gerardo always butts in.	
9. a)	I got up and prepared to begin working.	*disponerse a*
b)	He was preparing to leave when I saw him.	
10. a)	He was unable to quiet the child.	*callar(se)*
b)	When she came in, everyone fell silent.	

C. Drill on Expressions

From the expressions on the right, select the one corresponding to the italicized English words on the left and rewrite the entire sentence in Spanish.

1.	*By chance,* ¿es Ud. el hermano de Rolando?	**por lo pronto**
2.	Es muy trabajador, *that is to say,* es disciplinado.	**al punto**
3.	Hay una plazuela *in front of* la iglesia.	**nuevamente**
4.	¡Hombre, por favor, *come to the point!*	**es decir**
5.	*For the time being,* no necesitamos más.	**en efecto**
6.	No la invité a salir, *out of a lack of* dinero.	**por casualidad**
7.	Al saber la noticia, me llamó *immediately.*	**al grano**
8.	No, Orizaba queda *farther on.*	**por falta de**
9.	*As a matter of fact,* nadie quiso decírselo.	**frente a**
10.	*Once again* salieron a pasear.	**más allá**

D. "Context" Exercise (oral or written)

1. Say you didn't realize what you had done.
2. Indicate that you hope Hernán succeeds in selling his car.
3. Suggest that perhaps Mariquita made a mistake.
4. Say that Carlos stuck his foot in it again.
5. Indicate that the mother was trying to quiet her children.

EL HOMBRE DE LA ROSA

MANUEL ROJAS

MANUEL ROJAS (1896-1972) was born in Buenos Aires, the son of Chilean parents. After much traveling between the two countries to which his heritage so closely linked him, he settled in Santiago, Chile, and became a citizen of that nation. He has held numerous teaching and governmental posts in Santiago and in the later years of his life he came to the United States as a visiting professor of Spanish-American literature. He began his literary career with short stories—*Hombres del sur* (1926)—but it was with his second novel, *Hijo de ladrón* (1951), that he established himself as one of the most important Spanish-American writers of our day.

The admirable crystaline clarity of Manuel Rojas' prose style is evident in his haunting narrative «El hombre de la rosa.» Like most of his writings, this story deals with humble people who display a quiet sense of personal dignity. But unlike his other work, which treats real and, sometimes, even naturalistic situations, the present account of a wondrous incident hovers at the portals of fantasy. «El hombre de la rosa» is, in short, an exquisitely narrated adventure of the spirit.

A PRELIMINARY LOOK AT KEY EXPRESSIONS

1. **destacarse** *to stand out, be prominent*
2. **sentarle mal a uno** *to look bad on someone* (with clothing) This expression also means *not to agree with one* with food. Thus, **El sombrero le sienta mal.** *The hat doesn't look right on him;* or **El ajo le sienta mal.** *Garlic doesn't agree with her.*
3. **llevar ... años** *to have done or been something for a certain number of years* This expression can be used with a present participle: **Llevaba quince años recorriendo la región.** *He had been traveling through the region for 15 years,* or a noun: **Llevaba veinte años de misionero.** *He had been a missionary for 20 years.*
4. **al día siguiente** *the next day*
5. **ignorar** *not to know* *To ignore* is **no hacer caso de** or **no hacer caso a.**
6. **fijarse en** *to notice*
7. **deshacerse de** *to get rid of*
8. **la mayoría de** *the majority of* If the following noun is plural, the verb is usually plural, too, despite the singularity of **mayoría: La mayoría de los catecúmenos eran indios.** *The majority of the catechism pupils were Indians.*
9. **de todos modos** *at any rate, anyway*
10. **recordarle** + *direct object* + **a uno** *to remind one of something* **Le recordaba los juegos de su infancia.** *It reminded him of the games of his childhood.*
11. **servirle a uno** *to do* or *be of value for someone* **Esto no me sirve.** *This won't do* or *This is no good to me.*
12. **dar una mirada** *to take a look, to glance*
13. **los alrededores** *the surroundings, outskirts*
14. **dar una vuelta** *to take a walk, a "turn"*
15. **disculparse** *to excuse oneself, apologize*
16. **a lo largo de** *along, the length of*
17. **faltar ... minutos para las ...** *to be ... minutes to ...* **Faltan veinticinco (minutos) para las cuatro** is another way of saying **Son las cuatro menos veinticinco:** *It's 25 to 4.*
18. **de otra manera** *otherwise*
19. **parado** *standing, stopped* **Parado** is either the opposite of *sitting* or *moving:* **El niño está parado.** *The child is standing up* or **El coche está parado frente a la tienda.** *The car is stopped in front of the store.*
20. **a través de** *across, through* This expression is used either for time: **a través de los siglos** *through the centuries* or space: **a través de los campos** *across the fields.*

EL HOMBRE DE LA ROSA

En el atardecer de un día de noviembre, hace ya algunos años, llegó a Osorno,[1] en misión catequista, una partida de misioneros capuchinos.[2]

Eran seis frailes barbudos, de complexión recia, rostros enérgicos y ademanes desenvueltos.

La vida errante que llevaban les había diferenciado profundamente de los individuos de las demás órdenes religiosas. En contacto continuo con la naturaleza bravía de las regiones australes, hechos sus cuerpos a las largas marchas a través de las selvas,[3] expuestos siempre a los ramalazos del viento y de la lluvia, estos seis frailes barbudos habían perdido ese aire de religiosidad inmóvil que tienen aquellos que viven confinados en el calorcillo de los patios del convento.[4]

Reunidos casualmente en Valdivia,[5] llegados unos de las reducciones indígenas[6] de Angol, otros de La Imperial, otros de Temuco,[7] hicieron juntos el viaje hasta Osorno, ciudad en que realizarían una semana misionera y desde la cual se repartirían luego, por los caminos de la selva, en cumplimiento de su misión evangelizadora.

[1] *Osorno:* a city in south central Chile. [2] *capuchinos.* Capuchins. (A Franciscan order of the Catholic Church. The term is from *capucho,* the cowl worn by these monks.) [3] *hechos ... selvas:* their bodies accustomed to the long jungle marches. [4] *convento:* monastery. [5] *Valdivia:* a city in south central Chile. [6] *llegados ... indígenas:* some had come from the settlements of converted Indians. [7] *Angol ... La Imperial ... Temuco:* nearby Chilean towns.

Eran seis frailes de una pieza y con toda la barba.[8]

Se destacaba entre ellos el padre Espinoza, veterano ya en las misiones del sur, hombre de unos cuarenta y cinco años, alto de estatura, vigoroso, con empaque de hombre de acción y aire de bondad y de finura.

Era uno de esos frailes que encantan a algunas mujeres y que gustan a todos los hombres.

Tenía una sobria cabeza de renegrido cabello, que de negro azuleaba a veces como el plumaje de los tordos. La cara de tez morena pálida, cubierta profusamente por la barba y el bigote capuchinos. La nariz un poco ancha; la boca, fresca; los ojos, negros y brillantes. A través del hábito se adivinaba el cuerpo ágil y musculoso.

La vida del padre Espinoza era tan interesante como la de cualquier hombre de acción, como la de un conquistador, como la de un capitán de bandidos, como la de un guerrillero. Y un poco de cada uno de ellos parecía tener en su apostura, y no le hubieran sentado mal[9] la armadura del primero, la manta y el caballo fino de boca[10] del segundo y el traje liviano y las armas rápidas del último. Pero, pareciendo y pudiendo ser cada uno de aquellos hombres, era otro muy distinto.[11] Era un hombre sencillo, comprensivo, penetrante, con una fe ardiente y dinámica y un espíritu religioso entusiasta y acogedor, despojado de toda cosa frívola.

Quince años llevaba recorriendo la región araucana.[12] Los indios que habían sido catequizados por el padre Espinoza, lo adoraban. Sonreía al preguntar y al responder.[13] Parecía estar siempre hablando con almas sencillas como la suya.

Tal era el padre Espinoza, fraile misionero, hombre de una pieza[14] y con toda la barba.

Al día siguiente, anunciada ya la semana misionera, una heterogénea muchedumbre de catecúmenos llenó el primer patio del convento en que ella se realizaría.

Chilotes,[15] trabajadores del campo y de las industrias, indios, vagabundos, madereros, se fueron amontonando allí lentamente,[16] en busca y espera de la palabra evangelizadora de los misioneros. Pobremente vestidos, la mayor parte descalzos o calzados con groseras ojotas, algunos llevando nada más que ca-

[8] *de ... barba:* straightforward and on top of everything. [9] *no ... mal:* he wouldn't have looked bad in. [10] *el ... boca:* the well-trained horse. [11] *Pero ... distinto:* But even though he looked like and could be each one of those men, he was quite another one. [12] *Quince ... araucana:* He had been traveling through the Araucanian region for 15 years. (The Araucanians are the principal Indian tribe of Chile.) [13] *Sonreía ... responder:* He smiled when he asked questions and when he answered them. [14] *de una pieza:* see note 8. [15] *Chilotes:* inhabitants of the Island of Chiloé, off the coast of south central Chile. [16] *se ... lentamente:* gradually gathered into a crowd there.

miseta y pantalón, sucias y destrozadas ambas prendas por el largo uso, rostros embrutecidos por el alcohol y la ignorancia; toda una fauna informe, salida de[17] los bosques cercanos y de los tugurios de la ciudad.

Los misioneros estaban ya acostumbrados a ese auditorio y no ignoraban que muchos de aquellos infelices venían, más que en busca de una verdad, en demanda de su generosidad, pues los religiosos, durante las misiones, acostumbraban repartir comida y ropa a los más hambrientos y desarrapados.

Todo el día trabajaron los capuchinos. Debajo de los árboles o en los rincones del patio, se apilaban los hombres, contestando como podían, o como se les enseñaba,[18] las preguntas inocentes del catecismo:

—¿Dónde está Dios?

—En el cielo, en la tierra y en todo lugar—respondían en coro, con una monotonía desesperante.

El padre Espinoza, que era el que mejor dominaba la lengua indígena, catequizaba a los indios, tarea terrible, capaz de cansar a cualquier varón fuerte, pues el indio, además de presentar grandes dificultades intelectuales, tiene también dificultades en el lenguaje.

Pero todo fue marchando,[19] y al cabo de tres días, terminado el aprendizaje de las nociones elementales de la doctrina cristiana, empezaron las confesiones. Con esto disminuyó considerablemente el grupo de catecúmenos, especialmente el de aquellos que ya habían conseguido ropas o alimentos; pero el número siguió siendo crecido.

A las nueve de la mañana, día de sol fuerte y cielo claro, empezó el desfile de los penitentes, desde el patio a los confesionarios, en hilera acompasada y silenciosa.

Despachados ya la mayor parte de los fieles, mediada la tarde, el padre Espinoza, en un momento de descanso, dio unas vueltas alrededor del patio. Y volvía ya hacia su puesto, cuando un hombre lo detuvo, diciéndole:

—Padre, yo quisiera confesarme con usted.

—¿Conmigo, especialmente? —preguntó el religioso.

—Sí, con usted.

—¿Y por qué?

—No sé; tal vez porque usted es el de más edad entre los misioneros, y quizá, por eso mismo,[20] el más bondadoso.

El padre Espinoza sonrió.

—Bueno, hijo; si así lo deseas y así lo crees, que así sea.[21] Vamos.

Hizo pasar adelante al hombre y él fue detrás, observándolo.

[17] *toda ... de:* a mass of creatures who had come from. [18] *como se les enseñaba:* as they were taught. [19] *todo fue marchando:* everything was moving right along. [20] *por eso mismo:* for that very reason. [21] *que así sea:* so be it.

El padre Espinoza no se había fijado antes en él. Era un hombre alto, esbelto, nervioso en sus movimientos, moreno, de corta barba negra terminada en punta; los ojos negros y ardientes, la nariz fina, los labios delgados. Hablaba correctamente y sus ropas eran limpias. Llevaba ojotas, como los demás, pero sus pies desnudos aparecían cuidados.

Llegados al confesionario, el hombre se arrodilló ante el padre Espinoza y le dijo:

—Le he pedido que me confiese, porque estoy seguro de que usted es un hombre de mucha sabiduría y de gran entendimiento. Yo no tengo grandes pecados; relativamente, soy un hombre de conciencia limpia. Pero tengo en mi corazón y en mi cabeza un secreto terrible, un peso enorme. Necesito que me ayude a deshacerme de él. Créame lo que voy a confiarle y, por favor, se lo pido, no se ría de mí. Varias veces he querido confesarme con otros misioneros, pero apenas han oído[22] mis primeras palabras, me han rechazado como a un loco y se han reído de mí. He sufrido mucho a causa de esto. Ésta será la última tentativa que hago. Si me pasa lo mismo ahora, me convenceré de que no tengo salvación y me abandonaré a mi infierno.

El individuo aquel[23] hablaba nerviosamente, pero con seguridad. Pocas veces el padre Espinoza había oído así a un hombre. La mayoría de los que confesaba en las misiones eran seres vulgares, groseros, sin relieve alguno, que solamente le comunicaban pecados generales, comunes, de grosería o de liviandad, sin interés espiritual. Contestó, poniéndose en el tono con que le hablaban:

—Dime lo que tengas necesidad de decir y yo haré todo lo posible por ayudarte. Confía en mí como en un hermano.

El hombre demoró algunos instantes en empezar su confesión; parecía temer el confesar el gran secreto que decía tener[24] en su corazón.

—Habla.

El hombre palideció y miró fijamente al padre Espinoza. En la oscuridad, sus ojos negros brillaban como los de un preso o como los de un loco. Por fin, bajando la cabeza, dijo, entre dientes:

—Yo he practicado y conozco los secretos de la magia negra.

Al oír estas extraordinarias palabras, el padre Espinoza hizo un movimiento de sorpresa, mirando con curiosidad y temor al hombre; pero el hombre había levantado la cabeza y espiaba la cara del religioso, buscando en ella la impresión que sus palabras producirían. La sorpresa del misionero duró un brevísimo tiempo. Tranquilizóse[25] en seguida. No era la primera vez que escuchaba pa-

[22] *apenas han oído:* as soon as they've heard. [23] *El individuo aquel:* That individual. (Demonstratives are sometimes placed after the noun in Spanish for emphasis.) [24] *que decía tener:* that he said he had. [25] *Tranquilizóse:* He calmed down. (*Tranquilizóse* = *Se tranquilizó.* In literary style sometimes a conjunctive pronoun is attached to a conjugated form of the verb.)

labras iguales o parecidas. En ese tiempo los llanos de Osorno y las islas chilotas[26] estaban plagadas de brujos, «machis»[27] y hechiceros. Contestó:

—Hijo mío: no es raro que los sacerdotes que le han oído a usted lo que acaba de decir, lo hayan tomado por loco y rehusado oír más. Nuestra religión condena terminantemente tales prácticas y tales creencias. Yo, como sacerdote, debo decirle que eso es grave pecado; pero como hombre, le digo que eso es una estupidez y una mentira. No existe tal magia negra, ni hay hombre alguno[28] que pueda hacer algo que esté fuera de las leyes de la naturaleza y de la voluntad divina. Muchos hombres me han confesado lo mismo, pero, emplazados para que pusieran en evidencia[29] su ciencia oculta, resultaron impostores groseros e ignorantes. Solamente un desequilibrado o un tonto puede creer en semejante patraña.

El discurso era fuerte y hubiera bastado para que cualquier hombre de buena fe desistiera de sus propósitos; pero, con gran sorpresa del padre Espinoza, su discurso animó al hombre, que se puso de pie y exclamó con voz contenida:

—¡Yo sólo pido a usted que me permita demostrarle lo que le confieso! Demostrándoselo, usted se convencerá y yo estaré salvado. Si yo le propusiera hacer una prueba, ¿aceptaría usted, padre? —preguntó el hombre.

—Sé que perdería mi tiempo lamentablemente, pero aceptaría.

—Muy bien —dijo el hombre—. ¿Qué quiere usted que haga?

—Hijo mío, yo ignoro tus habilidades mágicas. Propón tú.

El hombre guardó silencio un momento, reflexionando. Luego dijo:

—¡Pídame usted que le traiga algo que esté lejos, tan lejos que sea imposible ir allá y volver en el plazo de un día o dos! Yo se lo traeré en una hora, sin moverme de aquí.

Una gran sonrisa de incredulidad dilató la fresca boca del fraile Espinoza:

—Déjame pensarlo —respondió— y Dios me perdone el pecado y la tontería que cometo.

El religioso tardó mucho rato en encontrar lo que se le proponía.[30] No era tarea fácil hallarlo. Primeramente ubicó en Santiago[31] la residencia de lo que iba a pedir y luego se dio a elegir.[32] Muchas cosas acudieron a su recuerdo y a su imaginación, pero ninguna le servía para el caso. Unas eran demasiado comunes, y otras pueriles y otras muy escondidas, y era necesario elegir una que, siendo casi única, fuera asequible. Recordó y recorrió su lejano convento; anduvo por sus patios, por sus celdas, por sus corredores y por su jardín; pero

[26] *las islas chilotas:* the many small islands near the Island of Chiloé. [27] *«machis»:* medicine men. [28] *ni . . . alguno:* nor is there any man. [29] *emplazados . . . evidencia:* when I insisted that they show evidence of. [30] *lo . . . proponía:* what was being proposed to him. [31] *Santiago:* the capital of Chile, a city some 500 miles to the north of Osorno. [32] *Primeramente . . . elegir:* First he picked Santiago for the place that had what he was going to ask for, and then he made his choice.

no encontró nada especial. Pasó después a recordar lugares que conocía en Santiago. ¿Qué pediría? Y cuando, ya cansado, iba a decidirse por cualquiera de los objetos entrevistos por sus recuerdos, brotó en su memoria, como una flor que era, fresca, pura, con un hermoso color rojo, una rosa del jardín de las monjas Claras.[33]

Una vez, hacía poco tiempo, en un rincón de ese jardín vio un rosal que florecía en rosas de un color único. En ninguna parte había vuelto a ver[34] rosas iguales o parecidas, y no era fácil que las hubiera[35] en Osorno. Además, el hombre aseguraba que traería lo que él pidiera, sin moverse de allí. Tanto daba[36] pedirle una cosa como otra. De todos modos no traería nada.

—Mira —dijo al fin—, en el jardín del convento de las monjas Claras de Santiago, plantado junto a la muralla que da hacia la Alameda,[37] hay un rosal que da rosas de un color granate muy lindo. Es el único rosal de esa especie que hay allí... Una de esas rosas es lo que quiero que me traigas.

El supuesto hechicero no hizo objeción alguna, ni por el sitio en que se hallaba la rosa ni por la distancia a que se encontraba. Preguntó únicamente:

—Encaramándose por la muralla, ¿es fácil tomarla?

—Muy fácil. Estiras el brazo y ya la tienes.

—Muy bien. Ahora. dígame: ¿hay en este convento una pieza que tenga una sola puerta?

—Hay muchas.

—Lléveme usted a alguna de ellas.

El padre Espinoza se levantó de su asiento. Sonreía. La aventura era ahora un juego extraño y divertido y, en cierto modo, le recordaba los de su infancia. Salió acompañado del hombre y lo guió hacia el segundo patio, en el cual estaban las celdas de los religiosos. Lo llevó a la que él ocupaba. Era una habitación de medianas proporciones, de sólidas paredes; tenía una ventana y una puerta. La ventana estaba asegurada con un gruesa reja de fierro forjado y la puerta tenía una cerradura muy firme. Allí había un lecho, una mesa grande, dos imágenes y un crucifijo, ropas y objetos.

—Entra.

Entró el hombre. Se movía con confianza y desenvoltura; parecía muy seguro de sí mismo.

—¿Te sirve esta pieza?[38]

—Me sirve.

[33] *las monjas Claras:* an order of nuns founded by Saint Clara in the thirteenth century. [34] *En ... ver:* He had never again seen. [35] *y ... hubiera:* and it wasn't likely that there would be any. [36] *Tanto daba:* It was just the same. [37] *la Alameda:* a main boulevard of Santiago. [38] *¿Te sirve esta pieza?* Will this room do?

—Tú dirás lo que hay que hacer.

—En primer lugar, ¿qué hora es?

—Las tres y media.

El hombre meditó un instante, y dijo luego:

—Me ha pedido usted que le traiga una rosa del jardín de las monjas Claras de Santiago y yo se la voy a traer en el plazo de una hora. Para ello es necesario que yo me quede solo aquí y que usted se vaya, cerrando la puerta con llave y llevándose la llave. No vuelva hasta dentro de una hora justa.[39] A las cuatro y media, cuando usted abra la puerta, yo le entregaré lo que me ha pedido.

El fraile Espinoza asintió en silencio, moviendo la cabeza. Empezaba a preocuparse. El juego iba tornándose interesante y misterioso, y la seguridad con que hablaba y obraba aquel hombre le comunicaba a él cierta intimidación respetuosa.

Antes de salir, dio una mirada detenida por toda la pieza. Cerrando con llave la puerta, era difícil salir de allí. Y aunque aquel hombre lograra salir, ¿qué conseguiría con ello? No se puede hacer, artificialmente, una rosa cuyo color y forma no se han visto nunca. Y, por otra parte, él rondaría toda esa hora por los alrededores de su celda. Cualquier superchería era imposible.

El hombre, de pie ante la puerta, sonriendo, esperaba que el religioso se retirara.

Salió el padre Espinoza, echó llave a la puerta, se aseguró que quedaba bien cerrada y guardándose la llave en sus bolsillos echó a andar tranquilamente.

Dio una vuelta alrededor del patio, y otra, y otra. Empezaron a transcurrir lentamente los minutos, muy lentamente; nunca habían transcurrido tan lentos los sesenta minutos de una hora. Al principio, el padre Espinoza estaba tranquilo. No sucedería nada. Pasado el tiempo que el hombre fijara[40] como plazo, él abriría la puerta y lo encontraría tal como lo dejara. No tendría en sus manos ni la rosa pedida ni nada que se le pareciera. Pretendería disculparse con algún pretexto fútil, y él, entonces, le largaría un breve discurso, y el asunto terminaría ahí. Estaba seguro. Pero, mientras paseaba, se le ocurrió preguntarse:

—¿Qué estará haciendo?[41]

La pregunta lo sobresaltó. Algo estaría haciendo el hombre, algo intentaría.[42] Pero, ¿qué? La inquietud aumentó. ¿Y si el hombre lo hubiera engañado y fueran otras sus intenciones? Interrumpió su paseo y durante un momento procuró sacar algo en limpio,[43] recordando al hombre y sus palabras. ¿Si se

[39] *No ... justa:* Don't come back until exactly one hour has gone by. [40] *fijara:* had set. (In American Spanish literary style a past subjunctive is sometimes used to represent past perfect time, i.e., *había fijado* in this case.) [41] *¿Qué estará haciendo?* I wonder what he's doing? (The future is used here to indicate conjecture.) [42] *Algo ... intentaría:* Again, the conditional is used to indicate conjecture. [43] *sacar algo en limpio:* to arrive at some conclusion.

tratara de un loco? Los ojos ardientes y brillantes de aquel hombre, su desenfado, un sí es no es inconsciente,[44] sus propósitos...

Atravesó lentamente el patio y paseó a lo largo del corredor en que estaba su celda. Pasó varias veces delante de aquella puerta cerrada. ¿Qué estaría haciendo el hombre? En una de sus pasadas se detuvo ante la puerta. No se oía nada, ni voces, ni pasos, ningún ruido. Se acercó a la puerta y pegó su oído a la cerradura. El mismo silencio. Prosiguió sus paseos, pero a poco su inquietud y su sobresalto aumentaban. Sus paseos se fueron acortando[45] y, al final, apenas llegaban a cinco o seis pasos de distancia de la puerta. Por fin, se inmovilizó ante ella. Se sentía incapaz de alejarse de allí. Era necesario que esa tensión nerviosa terminara pronto. Si el hombre no hablaba, ni se quejaba, ni andaba, era señal de que no hacía nada y no haciendo nada, nada conseguiría. Se decidió a abrir antes de la hora estipulada. Sorprendería al hombre y su triunfo sería completo. Miró su reloj: faltaban aún veinticinco minutos para las cuatro y media. Antes de abrir pegó nuevamente su oído a la cerradura: ni un rumor. Buscó la llave en sus bolsillos y colocándola en la cerradura la hizo girar sin ruido. La puerta se abrió silenciosamente.

Miró el fraile Espinoza hacia adentro y vio que el hombre no estaba sentado ni estaba de pie: estaba extendido sobre la mesa, con los pies hacia la puerta, inmóvil.

Esa actitud inesperada lo sorprendió. ¿Qué haría el hombre en aquella posición? Avanzó un paso, mirando con curiosidad y temor el cuerpo extendido sobre la mesa. Ni un movimiento. Seguramente su presencia no habría sido advertida; tal vez el hombre dormía; quizá estaba muerto ... Avanzó otro paso y entonces vio algo que lo dejó tan inmóvil como aquel cuerpo. El hombre no tenía cabeza.

Pálido, sintiéndose invadido por la angustia, lleno de un sudor helado todo el cuerpo, el padre Espinoza miraba, miraba sin comprender. Hizo un esfuerzo y avanzó hasta colocarse frente a la parte superior del cuerpo del individuo. Miró hacia el suelo, buscando en él la desaparecida cabeza, pero en el suelo no había nada, ni siquiera una mancha de sangre. Se acercó al cercenado cuello. Estaba cortado sin esfuerzo, sin desgarraduras, finamente. Se veían las arterias y los músculos, palpitantes, rojos; los huesos blancos, limpios; la sangre, bullía allí, caliente y roja, sin derramarse, retenida por una fuerza desconocida.

El padre Espinoza se irguió. Dio una rápida ojeada a su alrededor, buscando un rastro, un indicio, algo que le dejara adivinar lo que había sucedido. Pero la habitación estaba como él la había dejado al salir; todo en el mismo orden, nada revuelto y nada manchado de sangre.

Miró su reloj. Faltaban solamente diez minutos para las cuatro y media. Era

[44] *un ... inconsciente:* a little bit unaware. [45] *Sus ... acortando:* His strolls got shorter and shorter.

necesario salir. Pero, antes de hacerlo, juzgó que era indispensable dejar allí un testimonio de su estada. Pero, ¿qué? Tuvo una idea; buscó entre sus ropas y sacó de entre ellas un alfiler grande, de cabeza negra, y al pasar junto al cuerpo para dirigirse hacia la puerta lo hundió íntegro en la planta de uno de los pies del hombre.

Luego cerró la puerta con llave y se alejó.

Durante los diez minutos siguientes el religioso se paseó nerviosamente a lo largo del corredor, intranquilo, sobresaltado; no quería dar cuenta a nadie de lo sucedido,[46] esperaría los diez minutos y, transcurridos éstos, entraría de nuevo a la celda y si el hombre permanecía en el mismo estado comunicaría a los demás religiosos lo sucedido.

¿Estaría él soñando o se encontraría bajo el influjo de una alucinación o de una poderosa sugestión? No, no lo estaba. Lo que había acontecido hasta ese momento era sencillo: un hombre se había suicidado de una manera misteriosa... Sí, ¿pero dónde estaba la cabeza del individuo? Esta pregunta lo desconcertó. ¿Y por qué no había manchas de sangre? Prefirió no pensar más en ello; después se aclararía todo.

Las cuatro y media. Esperó aún cinco minutos más. Quería darle tiempo al hombre. ¿Pero tiempo para qué, si estaba muerto? No lo sabía bien, pero en esos momentos casi deseaba que aquel hombre le demostrara su poder mágico. De otra manera, sería tan estúpido, tan triste todo lo que había pasado...

Cuando el fraile Espinoza abrió la puerta, el hombre no estaba ya extendido sobre la mesa, decapitado, como estaba quince minutos antes. Parado frente a él, tranquilo, con una fina sonrisa en los labios, le tendía, abierta, la morena mano derecha. En la palma de ella, como una pequeña y suave llama, había una fresca rosa: la rosa del jardín de las monjas Claras.

—¿Es ésta la rosa que usted me pidió?

El padre Espinoza no contestó; miraba al hombre. Éste estaba un poco pálido y demacrado. Alrededor de su cuello se veía una línea roja, como una cicatriz reciente.

—Sin duda el Señor[47] quiere hoy jugar con su siervo —pensó.

Estiró la mano y cogió la rosa. Era una de las mismas que él viera[48] florecer en el pequeño jardín del convento santiaguino. El mismo color, la misma forma, el mismo perfume.

Salieron de la celda, silenciosos, el hombre y el religioso. Éste llevaba la rosa apretada en su mano y sentía en la piel la frescura de los pétalos rojos. Estaba recién cortada. Para el fraile habían terminado los pensamientos, las dudas y la angustia. Sólo una gran impresión lo dominaba y un sentimiento de confusión y de desaliento inundaba su corazón.

[46] *lo sucedido:* what had happened. [47] *el Señor:* the Lord. [48] *viera:* see note 40.

De pronto advirtió que el hombre cojeaba.

—¿Por qué cojeas? —le preguntó.

—La rosa estaba apartada de la muralla. Para tomarla, tuve que afirmar un pie en el rosal y, al hacerlo, una espina me hirió el talón.

El fraile Espinoza lanzó una exclamación de triunfo:

—¡Ah! ¡Todo es una ilusión! Tú no has ido al jardín de las monjas Claras ni te has pinchado el pie con una espina. Ese dolor que sientes es el producido por un alfiler que yo te clavé en el pie. Levántalo.

El hombre levantó el pie y el sacerdote, tomando de la cabeza el alfiler, se lo sacó.

—¿No ves? No hay ni espina ni rosal. ¡Todo ha sido una ilusión!

Pero el hombre contestó:

—Y la rosa que lleva usted en la mano, ¿también es ilusión?

Tres días después, terminada la semana misionera, los frailes capuchinos abandonaron Osorno. Seguían su ruta a través de las selvas. Se separaron, abrazándose y besándose. Cada uno tomó por su camino.[49]

El padre Espinoza volvería hacia Valdivia. Pero ya no iba solo. A su lado, montado en un caballo oscuro, silencioso y pálido, iba un hombre alto, nervioso, de ojos negros y brillantes.

Era el hombre de la rosa.

EXERCISES

A. Cuestionario

1. ¿Cómo eran los misioneros que llegaron a Osorno?
2. ¿Qué iban a hacer en esta ciudad?
3. ¿Cómo era el padre Espinoza?
4. ¿Qué pregunta les hacían los frailes a los catecúmenos?
5. ¿Qué dijo un hombre que detuvo al padre?
6. ¿Por qué tenía este hombre tantos deseos de confesarse?
7. ¿Cuál fue la respuesta del padre Espinoza?

[49] *Cada ... camino:* Each one went his separate way.

8. ¿Qué le confesó el hombre?
9. ¿Qué propuso el hombre cuando el padre parecía no creerle?
10. ¿Qué le pidió el padre al hombre?
11. ¿Adónde fueron los dos hombres?
12. ¿Cómo se sentía el padre mientras esperaba?
13. ¿Qué vio el padre al entrar a la pieza a las cuatro y cinco?
14. ¿Y qué vio el padre al entrar de nuevo media hora después?
15. ¿Cómo explica usted este suceso tan extraño?

B. Verb Exercises

Using the verbs in the right-hand column, give the Spanish for the English sentences on the left.

1.	**a)** The man with the rose stood out from the rest.	*destacarse*
	b) Don't you want to be different?	
2.	**a)** That didn't look right on you.	*sentarle mal a uno*
	b) Wine doesn't agree with me.	
3.	**a)** He had been working with the Indians for twenty years.	*llevar . . . años*
	b) He's been a missionary for many years.	
4.	**a)** The priest doesn't know that the man is returning now.	*ignorar*
	b) We are ignorant of the necessary information.	
5.	**a)** Notice what he's doing now.	*fijarse en*
	b) They didn't see that he had a fresh scar on his neck.	
6.	**a)** Remind him of his exam.	*recordar*
	b) This story reminds me of one I saw on television.	
7.	**a)** Will this one do you any good?	*servirle a uno*
	b) That room would be what he wanted.	
8.	**a)** He took a quick glance at the body.	*dar una mirada*
	b) Let's take a look at it.	
9.	**a)** He'll never get rid of that individual.	*deshacerse de*
	b) How do I get rid of this problem?	
10.	**a)** He never used to apologize.	*disculparse*
	b) I didn't do anything, so I don't have to make excuses.	

C. Drill on Expressions

From the expressions on the right, select the one corresponding to the italicized English words on the left and rewrite the entire sentence in Spanish.

1. Volvieron a verse *the next day.*	**la mayoría de**
2. *Otherwise,* no vas a poder hacerlo.	**a lo largo de**
3. *The majority of* la gente no lo creyó.	**dar una vuelta**
4. Queríamos visitar *the outskirts* de la ciudad.	**faltar . . . minutos para las . . .**
5. *At any rate,* ella parecía estar bien.	**parado**
6. *It was twenty minutes to five.*	**a través de**
7. Caminábamos *along* la muralla.	**al día siguiente**
8. Mientras esperaba *he took a turn* alrededor del patio.	**de otra manera**
9. Fue un largo y penoso viaje *across* el desierto.	**de todos modos**
10. Esa señora estaba *standing* en la misma esquina.	**los alrededores**

D. "Context" Exercise (oral or written)

1. Indicate that your parents have been married for 25 years.
2. Tell Pedro to take careful note of the prices.
3. Say that this town reminds you of Santiago very much.
4. Indicate that you are unaware of Susana's address.
5. Tell Mario that red wine doesn't agree with you.

E. Review Exercise

The following verbs, which figured in earlier stories, reappear in «El hombre de la rosa.» To check your mastery of them, compose a question involving each verb, then answer the question. (Vary the tenses for practice.)

realizar	sonreír	dar una vuelta
guardar	empezar a	sentirse

NOSOTRAS

MARÍA ELENA LLANA

MARÍA ELENA LLANA was born in Cuba in 1936. While still in her twenties, she published *La reja*, a volume of short stories from which the present narrative is taken. She is one of a large group of authors who, writing either in exile, or, in her case, from the perspective of present-day Cuban life, has brought Cuban literature into a position of prominence it has never enjoyed before.

In recent years, Spanish-American women have assumed a more important and active role in the area of cultural activities. Increasing attention is being given today to the contributions of women to the literature of the Spanish-American nations, and these writers have now begun to fill in—sensitively and eloquently—the previously substantial gaps in the documentation of life and customs in our hemisphere.

«Nosotras» is an unusual story, a lucidly narrated and unsettling adventure that takes place in an impressionable dimension of the mind. It all starts out so innocently, with a wisp of a recollection from a dream. But the narrator has soon passed from the state of sleeping and dreaming into a more troubled waking state, one of growing incredulity and self-doubt. The story's climax—deliberately ambiguous—may not come entirely as a surprise to the perceptive reader.

A PRELIMINARY LOOK AT KEY EXPRESSIONS

1. **alegrarse** *to be happy, glad*
2. **justamente** *just, exactly, right*
3. **en vez de** *instead of*
4. **lavarse los dientes** *to brush* or *clean one's teeth* As usual with verbs having to do with personal bodily and grooming habits, the part of the body or article of clothing involved is preceded by the definite article rather than the possessive, and the person performing the action is accompanied by a reflexive pronoun: **Ella se lavó los dientes.** *She brushed her (own) teeth.* If someone else performs the action on the first party, the latter is expressed by the indirect object: **El dentista le lavó los dientes.** *The dentist cleaned her teeth.*
5. **tender la cama** *to make the bed*
6. **pese a** *in spite of*
7. **preguntar por** *to ask for; to inquire about* This expression is used both to request to talk to someone and to inquire about one's health. *To ask for*, in the sense of *request*, is **pedir.**
8. **bueno** *well, so* An introductory phrase to indicate that the speaker wants to change the subject, end the conversation, take some action, etc. To indicate approval, *good* is **bien, está bien, de acuerdo,** and other such phrases.
9. **arriesgarse** *to take a chance* Notice that the verb retains the **ie** in all forms: **Tú te arriesgas, Nosotros nos arriesgamos,** etc.
10. **recostarse** *to lie down, lean back, stretch out* This verb is used for a more temporary casual action; **acostarse** normally means *to lie down* (*to sleep*) or *to go to bed.*
11. **sino** *but* (in the sense of *but rather* or *but also*) This word is used when what follows contradicts or replaces a previous negative element: **no el espejo sino el teléfono** *not the mirror but the telephone.* **No sólo ...** always elicits the use of **sino** or **sino que** if a conjugated verb follows: **No sólo la llamó sino que le habló largo rato.** *She not only called her but talked to her for a long while.*
12. **no poder más** *not to be able to go on, stand it* The phrase almost always ends the sentence: **No puedo más.** *I'm all in; I've had it.*
13. **mientras** *while*
14. **acabar por** *to end (by)* **Acabé por llamarla.** *I ended up (by) calling her.*
15. **molestar** *to bother, annoy* The person bothered is the indirect object: **Eso no le molestó nada.** *That didn't bother her at all.*

16. **desde luego** *of course, naturally*
17. **sea como sea** *be that as it may*
18. **a riesgo de** *at the risk of*
19. **a punto de** *on the point of*
20. **tranquilizarse** *to calm down* Like so many verbs that indicate a change in physical or emotional state, this one is usually reflexive. However, it can be used with a direct object when a second party is involved. **El pensamiento mismo me tranquiliza.** *The very thought makes me feel calm.*

NOSOTRAS

Soñé que venían de la Compañía a cambiar el número del teléfono. «Me alegro mucho —dije—, porque se pasan el día llamando a un número parecido y porque otros, cualquiera sabe quién o quiénes,[1] llaman justamente los sábados a las tres de la madrugada...» Bueno, a ellos no les interesó mucho mi alegría. Lo cambiaron y eso fue todo. Y yo, en vez de mirar al redondelito del centro del aparato, ahí donde se escribe el número les pregunté: «¿Qué numero es?» Y me respondieron: «El 20-58.»

Brumas. Algo incoherente. Brumas. Despierto y doy los pasos de siempre:[2] desayuno, me lavo los dientes, tiendo la cama ... Empieza un día como otro. Sin saber por qué, nunca se sabe exactamente por qué, al mediodía un número surge en mi cerebro, aletargado por la blandura de la hora.[3] «El 20...» Ligero gesto de extrañeza. ¿El 20...? Brumas. Algo incoherente. Brumas. ¡El 20-58! Sonrisa. ¡Es verdad, el 20-58! E inmediatamente, el gesto fatal: coger el teléfono y canalizar[4] una infantil curiosidad... Rac-rac-rac-rac. Y un timbrazo opaco y lejano inicia la conversación. Alguien descuelga y, pese a los vericuetos del hilo[5] la voz llega extrañamente lisa, extrañamente familiar.

—Oigo.[6]

—¿Qué casa?

—¿A quién desea?

[1] *cualquiera ... quiénes:* I have no idea who. [2] *doy ... siempre:* I follow my regular routine. [3] *aletargado ... hora:* still a little groggy because of the early hour. [4] *canalizar:* give in to. [5] *pese ... hilo:* despite the long torturous route of the telephone wire. [6] *oigo:* hello (literally, "I hear").

—¿Es el 20-58?

—Sí.

Esa voz, esa voz... Bueno, continuemos la tontería. Si se supone que ése es mi nuevo número, preguntaré por mí misma.

—Con... Fulana.[7]

—Es la que habla.

Claro, algo de estupor. Estas cosas nunca pueden evitarse. Momento de vacilación. Algo incoherente pero ahora sin brumas. Insistencia desde el otro lado.

—Sí, soy yo, ¿quién es?

Total desconcierto. Mi misma imagen devuelta[8]... Bueno, hay que salir de esto. No se me ocurre nada más que la verdad y la digo no sin cierto temor.

—Soy yo, Fulana.

Pudo colgar, pudo decir cualquier cosa, pudo no decir nada, pudo hablar en copto,[9] pero lo que no debió decir nunca fue lo que dijo:

—Al fin me llamas.

Me arriesgo:

—Pero oye..., soy Fulana ... de Tal.[10]

—Sí, ya lo sé. También yo soy Fulana de Tal.

Es demasiado. Un estremecimiento me recorre el espinazo... Ahora ya no sé qué decir. Esta vez, sin contenerme, en espera a que la otra cuelgue, cuelgo yo y me quedo con la mano sobre el auricular, mirando el aparato como si fuera un animalejo que de un momento a otro pudiera echar a andar. Suspiro. Me recuesto en el sofá. ¿Una broma? ¿Habré hablado en sueños? ¿Se enteraría alguien de[11]...? ¡Pero si[12] es imposible!

Y ya todo gira como el rac-rac-rac-rac del 20-58. Puedo ir y venir por la casa, arreglar este adornito, aderezar aquel marco, calentar el café, pero es como si estuviera vigilada. Como si los ojos que me siguen salieran del teléfono; no que estuvieran agazapados en él, sino que simplemente esperaran su momento. Había dicho «Al fin me llamas», y pudiera creerse que llevaba esperando mil años, por sólo hablar de los últimos tiempos. Voy y vengo; rehúyo cruzar muy cerca del teléfono y después me río de mis aprensiones. «¡Como si tuviera garras que fueran a cogerme por la saya!» Hacia las seis de la tarde ya no puedo más.[13] Descuelgo. Me falta un poco la respiración. Rac-rac-rac-rac. El corazón tamborilea mientras aguardo. Cuando al fin oigo su voz ya no sé qué me pasa.

[7] *Fulana:* a fictitious name used in Spanish for any woman in general, like Jane Doe, so-and-so, such-and-such, what's-her-name, etc. [8] *Mi misma imagen devuelta:* My own voice coming right back at me. [9] *copto:* Coptic, an extinct language of ancient Egypt, still used by Egyptian Christians in their liturgy. We might say "Greek" in such a situation. [10] *Fulana ... de Tal: de Tal* is often added to such imaginary names (see note 7). [11] *¿Se enteraría alguien de ...?:* I wonder if anyone found out about...? Note again the use of the conditional to express conjecture in the past. [12] *si:* should not be translated. [13] *ya no puedo más:* I can't stand it anymore.

—Oigo.

No puedo evitarlo, tartamudeo:

—¿El... 20... 58...?

—Sí.

—¿Quién habla?

La voz me salió valiente,[14] pero la respuesta tuvo el mismo efecto de un cubito de hielo concienzudamente pasado a lo largo de la columna vertebral.

—Sí, soy yo. Ya sé que eres tú otra vez.

—¿Yo? ¿Quién?

—Yo misma.

Esto parece complicarse. Ahora me acometen deseos de discutir. Digo con acento de poner las cosas en su lugar.[15]

—Tú misma, no. Yo misma.

—Es igual.

—Pero aunque todo esto fuera algo juicioso, yo estoy primero.[16]

—¿Por qué? ¿No eres Fulana de Tal?

—Sí, desde luego.

—Pero es que yo soy Fulana de Tal.

—Aunque sea verdad, hay que aclarar que tú eres también Fulana de Tal.

—¿Y por qué? Yo soy Fulana de Tal. Tú eres Fulana de Tal *también*.

Ahora ya no me desconcierta, me molesta. Estoy enfureciéndome, pero de pronto... Sí, pudiera ser... Hay que investigar un poco más, eso es todo. Han sido coincidencias, pero las coincidencias acaban por fallar cuando se razona.[17] Mi voz suena conciliadora, casi gentil, cuando digo:

—Es mejor ir despacio. Veamos: las dos nos llamamos Fulana de Tal y eso es ya una casualidad.

—¿Tú crees?

Su tonito irónico, desafiante, me desarma. Continúo todo lo gentil que puedo, dadas las circunstancias.

—Yo nací en el pueblo de...

—De X, exactamente. Yo nací allí; hija de Zutana y Esperancejo.[18]

Trago en seco,[19] pero no me dejo abatir. Le espeto como un fiscal:

—¡Segundo apellido!

—Tal, querida. Soy Tal y Tal.

Ahora ya empiezo a sentirme decididamente mal. ¿Quién puede saber todo eso? ¿De quién es la broma? ¿De quién el ardid? Ella toma la iniciativa:

[14] *La ... valiente:* My voice sounded brave to me. [15] *con ... lugar:* in a very business-like tone. [16] *primero:* here an adverb, thus showing no agreement with the female subject after the verb *estoy*. [17] *las ... razona:* coincidences don't hold up when you submit them to logic. [18] Zutana y Esperancejo: These are both imaginary names like *Fulana*. [19] *Trago en seco:* I gulp.

—¿Qué te pasa? ¿Por qué ponerse así? ¿Ves que no miento? ¿Por qué habría de hacerlo?[20]

Quisiera contenerme. Si en definitiva es cierto lo que ocurre, no hay razón para que ella lo tome así, tranquilamente, y yo lo tome así, arrebatadamente. Pero me siento engañada. Siento que alguien se ha confabulado. No puedo evitarlo. Entonces, jugándome el todo por el todo,[21] pregunto:

—Si somos la misma, debemos serlo en todo, ¿no? ¿Cómo estoy vestida?

—Con mi bata..., es decir, voy a evitar el posesivo. Con la bata de casa azul. Por cierto que ya el descosido de la manga molesta.[22]

—Sí, molesta, pero...

Me detengo. ¿Por qué camino estoy tomando? ¿Es que voy a transigir? No, no. Ahora ella habla otra vez, es decir, no tengo constancia de que sea «ella». Para ser más exacta, me escucho decir:

—La aguja está en una esquina de la gaveta superior de la mesita de noche. La dejaste allí la última vez que la usaste, y yo, desde luego, la volví a colocar.[23] Cuando creíste que se había perdido, era que yo estaba zurciendo la sayuela rosada.

Ahora empiezo a flaquear. Ayer me sorprendió ver la sayuela cosida y deduje que lo había hecho la lavandera, lo que es muy extraño, pero no le vi otra explicación.[24] Sea como sea,[25] algo se ha ablandado en mí. Casi estoy a punto de suplicar cuando digo:

—¿A qué conduce esto?

—No sé. Fuiste tú quien llamó, ¿recuerdas? ¿Por qué lo hiciste?

¿Qué puedo contestarle? ¿Decirle lo del sueño? De pronto me siento infeliz. Todas las fuerzas ceden ante esta repentina autoconmiseración... Ella me hace dar un salto:

—Por favor, me haces sentir mal. ¿Por qué este estado de ánimo?

Ya no puedo menos que[26] indignarme.

—¿Hasta cuándo va a durar esto?

—Hasta que tú quieras. Basta que cuelgues.[27] Nunca te he molestado, ¿no?

¿Por qué balbuceo? No lo sé:

—¿Y si ... si cuelgo...?

—No volverás a saber de mí, como hasta ahora.[28] Todo esto lo empezaste tú.

Estoy dispuesta a colgar. Hay algo irritante en ... en..., ¡bueno,[29] en ella!

[20] *¿Por qué ... hacerlo?:* Why would I want to do that? [21] *jugándome ... todo:* going all the way. [22] *Por ... molesta:* Of course, those stitches coming out on the sleeve bother you. [23] *la volví a colocar:* put it back again. [24] *no ... explicación:* I saw no other explanation for it. [25] *Sea como sea:* Be that as it may. [26] *no puedo menos que:* I can't help. [27] *Basta que cuelgues:* All you have to do is hang up. [28] *No ... ahora:* You'll never find out any more about me than you know now. [29] *¡bueno:* Well! (interjection).

Pero ha sido tan comprensiva, tan paciente, ¿qué derecho tengo para enojarme? Sin embargo, aun a riesgo de parecer infantil, pregunto:

—¿Puedo saber cuál es tu dirección?

—Está en la Guía.

—¿A nombre de quién?

—Mío, desde luego.

Estoy a punto de caer en la trampa, pero reacciono:

—Si tu nombre es el mío, lo buscaré y encontraré mi propia dirección.

—Es lógico.

Ya vuelvo a desesperarme.

—Pero y entonces, ¿cómo puedes tener un teléfono distinto?

—La que lo tiene distinto eres tú.

¿Se estará[30] poniendo agresiva? Su tono ha sido ya algo molesto. Sonrío. Me empiezo a adueñar de la situación. Quizá con un poco de sangre fría[31] llegue a desconcertarla. Quizá me lo diga todo. Quizá . . . , ¡pero ahora recuerdo que tengo que hacer una salida urgente! Voy a decírselo cuando ella me interrumpe:

—Bueno, creo que por hoy es bastante. Tengo que hacer.[32] Cuando quieras, ya sabes dónde me tienes.[33]

—Sí, sí . . . , yo también tengo que . . .

¡Qué curioso! Cuando recuerdo que se hace tarde, ella parece recordar lo mismo. Bueno, no sé si despedirme o no. No quisiera ser grosera, pero tampoco tengo por qué ser[34] amable. Ella, sin embargo, apresura las cosas. En el fondo[35] se lo agradezco.

—Hasta otra ocasión, ¿eh?

Y cuelga. Me quedo con el auricular en la mano. Lo miro. Me paso la otra mano por la frente. Otra vez lo inexplicable me cerca, como esas pesadillas en las que no podemos despegar los pies del suelo. La urgencia del tiempo me decide. Cuelgo de una vez y voy a mi habitación, a vestirme. No sé exactamente qué traje ponerme, pero voy directamente hacia el claro, de algodón . . . Es como si alguien ya hubiese decidido por mí. La idea me desconcierta, pero entonces ya tengo presencia de ánimo para desecharla. «No, no —me digo— , mejor es no pensar en eso. Si está, en el caso de que «esté», es allí, en el teléfono, esperando en el 20-58.» El razonamiento es desesperadamente pobre, pero lo hago por tranquilizarme y me tranquiliza, al menos mientras me visto. Sin embargo . . . , el germencito no ha muerto; la raicilla de la misma idea se agita buscando sol. Hasta que aflora: «¿Y si la llamo, sin teléfono?» Bastaré[36] decir su nombre, que es el mío, y esperar... a ¿Contestará?» En esto he

[30] *estará:* Note again the use of the future for probability in the present. [31] *sangre fría: Sangfroid* (Fr.), lit. "cold blood," meaning "calm," "composure," "coolness." [32] *Tengo que hacer:* I've got things to do. [33] *dónde me tienes:* where you can reach me. [34] *por qué ser:* any reason to be. [35] *En el fondo:* Down deep. [36] *Bastaré:* It will be enough for me.

terminado de vestirme y voy al tocador. Cuando alzo los ojos estoy a punto de retroceder. Esos ojos, esos ojos, los míos, que acaban de reflejarse en el espejo, no parecen haberse alzado en este momento. Es como si ya hubieran estado mirándome. Me apoyo en la mesa del tocador. ¿Es sensación de vahido? Sé que estoy a punto de gritar y no quiero, sencillamente no quiero. Así que cojo la cartera y echo a correr hacia la puerta.

Ya en la escalera estoy casi en disposición de sonreír; como si me hubiera escapado de una trampa. Pienso que el aire de la calle me refrescará, que todo esto ha de pasar, como si la salida[37] de la casa pudiera significar un cambio en las cosas, y al regreso todo esté olvidado.

Empiezo a bajar la escalera. Aún el ¡pram! de la puerta al cerrarse resuena en el fondo de mis tímpanos, cuando me detengo. Sé que he hecho ese gesto de sorpresa, un gesto cortado que nos mantiene con la mirada fija al frente por un instante y que hace que los labios balbuceen algo...

—Las llaves..., no metí las llaves en la cartera.

Suspiro. Estoy casi derrotada. Hago memoria[38] y veo las llaves, claramente, encima del aparador. Allí las dejé anoche, cuando volví del cine. Allí estaban mientras hablé por teléfono..., ¡esa maldita conversación! Desde el sofá las veía cada vez que mis ojos recorrían la pieza, mientras hablaba. Y la salida precipitada, la estúpida huída de mi casa, me hizo olvidarlas... ¿Y ahora? De momento siento la necesidad imperiosa de volver. No puedo irme sabiendo que al regreso no podré entrar. Subo los dos o tres escalones que he bajado. Me paro a mirar tontamente la puerta cerrada. Vacilo. De pronto se me ocurre y no me doy tiempo a rechazar la idea. Toco el timbre y retrocedo expectante... No sé si la sangre ha aumentado su velocidad dentro de cada vena, de cada arteria, de cada humilde vasito capilar. No sé si, por el contrario, se ha detenido. Como tampoco sé si es frío o calor lo que me invade, deseos de reír tranquila o de echar a correr despavorida, cuando la puerta empieza a abrirse, lentamente, frente a mí.

EXERCISES

A. Cuestionario

1. ¿Qué cosa había soñado la narradora?
2. ¿Qué hizo la mujer para satisfacer su «infantil curiosidad»?

[37] *la salida:* my going out. [38] *Hago memoria:* I try to remember.

3. ¿Con quién se comunicó la mujer llamando el 20-58?
4. ¿Por quién se sentía vigilada la narradora?
5. ¿Por qué volvió a llamar a las seis de la tarde?
6. ¿Qué datos íntimos sabía la otra mujer acerca de la narradora?
7. ¿Por qué preguntó a la otra mujer cómo estaba vestida?
8. ¿Con qué pretexto finalmente terminó la narradora la conversación?
9. ¿Qué cosa rara notó la mujer en el espejo del tocador?
10. Cuando volvió la narradora a su casa por las llaves, ¿quién le abrió la puerta?

B. Verb Exercise

Using the verbs in the right-hand column, give the Spanish for the English sentences on the left.

1. a) Brush your teeth before you go to bed.	*lavarse los dientes*
b) I already brushed my teeth!	
2. a) We're glad you didn't stick your foot in it.	*alegrarse*
b) I'm happy you're feeling better.	
3. a) Whom did that gentleman inquire about?	*preguntar por*
b) Call that number and ask for Miguel.	
4. a) It would be best if you made the bed now.	*tender la cama*
b) Who made my bed?	
5. a) Armando took a chance when he did that.	*arriesgarse*
b) He would risk his entire fortune if he believed you.	
6. a) I can't go on!	*no poder más*
b) Carlos left because he couldn't stand it any more.	
7. a) I was very annoyed by her attitude.	*molestar*
b) Don't bother me with your crazy ideas.	
8. a) Lie down for a while.	*recostarse*
b) It would be better if you leaned back for a few minutes.	
9. a) We'll probably end up doing it.	*acabar por*
b) He wound up not saying anything.	
10. a) Calm down, it's nothing!	*tranquilizar(se)*
b) Her soft voice calmed him down.	

C. Drill on Expressions

From the expressions on the right, select the one corresponding to the italicized English words on the left and rewrite the entire sentence in Spanish.

1. *Well,* lo haré si tú quieres.
2. No era Adolfo *but* Silvina quien mencionó eso.
3. *At the risk of* ofenderte, te diré toda la verdad.
4. *Be that as it may,* no voy a meterme en aquello.
5. Estaban *on the verge of* telefonearlo cuando por fin volvió.
6. *Instead of* estudiar, ella salió con Ricardo.
7. Me quedaré aquí *while* Uds. hacen las compras.
8. Sí, llegaron *right* a las ocho.
9. *In spite of* el ruido, entendí todo lo que decían.
10. *Of course,* no pienso repetir una palabra.

en vez de
justamente
pese a
bueno
sino
mientras
desde luego
sea como sea
a punto de
a riesgo de

D. "Context" Exercise (oral or written)

1. Inquire if anyone asked for you at the party.
2. Say that you ended up by telling Susana everything.
3. Indicate that if you were she, you wouldn't be able to stand it.
4. Tell your mother that you hope she'll lie down this afternoon.
5. Say you're happy that no one bothered the students while they were studying.

JAQUE MATE EN DOS JUGADAS

W. I. EISEN

W. I. EISEN (1919-   ) is the pseudonym of Isaac Aisemberg, one of the principal Argentine cultivators of the detective story—a type of fiction which for decades has enjoyed great popularity in the principal cities of Spanish America. Thanks to Eisen and others of his Buenos Aires colleagues, the detective story has had a greater and more varied development in Argentina than in any other Spanish-speaking country—including Spain. Eisen brings an interesting background to the writing of detective short stories and novels. He has studied law (with the intention of entering politics), has worked on Buenos Aires newspapers, and has done program planning for the Radio Nacional in the capital. He has also written for Argentine movies and television. His *Tres negativos para un retrato* (1949) and *Manchas en el Río Bermejo* (1950) are two of the most imaginative and well-executed detective novels that have been written in Argentina.

«Jaque mate en dos jugadas» ("Checkmate in Two Moves") is an ironic tale of revenge, set against the backdrop of Buenos Aires by night. One of Eisen's most successful stories, it has been published in translation in the United States and has appeared in other short-story anthologies. Beginning with the story's first three words and continuing on to the surprise climax, the reader is absorbed in the thoughts of Claudio Álvarez and experiences with him the elation and subsequent creeping doubt and terror of a man who has committed a crime in the hope of going unpunished for it before the law.

A PRELIMINARY LOOK AT KEY EXPRESSIONS

1. **acostumbrarse a** *to get used to*
2. **al fin y al cabo** *after all (is said and done)*
3. **a pesar de** *in spite of*
4. **hacerse** + *adjective to become, get* + *adjective* This expression is used for relatively fundamental or important changes: **Se hizo intolerable.** *He became unbearable,* as opposed to **ponerse,** which is used for more superficial, temporary changes: **Me puse triste.** *I got sad.*
5. **tener inconveniente en** + *infinitive to mind* + *pr. participle* or *to object to* + *verb* **El médico no tendría inconveniente en suscribir el certificado de defunción.** *The doctor would have no objection to signing the death certificate.*
6. **estar dispuesto a** *to be ready, disposed to* with a verb: **Estamos dispuestos a revelarlo todo.** *We're ready to confess everything.* It also means *to be inclined toward* with a noun: **Tú siempre estás dispuesto a la tragedia.** *You're always inclined toward tragedy* or *You always make things seem so tragic.*
7. **tomársela con** *to pick on, quarrel with, have a grudge against* **¿Por qué siempre se la toman conmigo?** *Why is everyone always picking on (quarreling with) me?*
8. **resolver** *to solve*
9. **resultar** *to turn out to be:* **El veneno resultaba rápido.** *The poison was turning out to be fast.*
10. **en paz** *alone, "in peace"* **¡Déjame en paz!** *Leave me alone!, Stop bothering me!*
11. **por temor a** *for fear of*
12. **pensar en** *to think of, about*
13. **de un trago** *in one gulp, swallow*
14. **cerrar el paso** *to block the way* The person whose way is blocked is the indirect object: **El inspector le cerraba el paso.** *The inspector was blocking his way.*
15. **a cargo de** *in charge of*
16. **encontrarse con** *to meet, run into* This is either a planned or a chance meeting.
17. **tener entendido** *to understand* in the sense of *be informed:* **Tengo entendido que ustedes jugaban al ajedrez.** *I understand that you used to play chess together.*
18. **como es de imaginar** *as you (one) can imagine*
19. **con vida** *alive:* **¿Quién fue el último que lo vio con vida?** *Who was the last one to see him alive?*
20. **con toda mi (el, su,** etc.**) alma** *with all my (his, etc.) heart and soul*

JAQUE MATE EN DOS JUGADAS

Yo lo envenené. En dos horas quedaría liberado. Dejé a mi tío Néstor a las veintidós.[1] Lo hice con alegría. Me ardían las mejillas. Me quemaban los labios. Luego me serené y eché a caminar tranquilamente por la avenida en dirección al puerto.

Me sentía contento. Liberado. Hasta Guillermo saldría socio beneficiario[2] en el asunto. ¡Pobre Guillermo! ¡Tan tímido, tan inocente! Era evidente que yo debía pensar y obrar por ambos. Siempre sucedió así. Desde el día en que nuestro tío nos llevó a su casa. Nos encontramos perdidos en el palacio. Era un lugar seco, sin amor. Únicamente el sonido metálico de las monedas.

—Tenéis[3] que acostumbraros al ahorro, a no malgastar. ¡Al fin y al cabo,[4] algún día será vuestro! —decía. Y nos acostumbramos a esperarlo.

Pero ese famoso y deseado día no llegaba, a pesar de que tío sufría del corazón. Y si de pequeños[5] nos tiranizó, cuando crecimos se hizo cada vez más[6] intolerable.

[1] *a las veintidós:* In many parts of the world the 24-hour system of telling time is often used. "Twenty-two," therefore, is 10 P.M. [2] *socio beneficiario:* partner in the profits. [3] *Tenéis:* the second-person plural form of the verb used with the subject pronoun *vosotros*. The uncle, who is a Spaniard, uses these forms since they are normal in Spain for the familiar form of address. The nephews, however, like all Spanish-Americans, use *ustedes* with its corresponding third-person plural forms to express the familiar plural. [4] *¡Al fin y al cabo:* After all. [5] *de pequeños:* when we were children. [6] *cada vez más:* more and more.

Guillermo se enamoró un buen día. A nuestro tío no le gustó la muchacha. No era lo que ambicionaba para su sobrino.

—Le falta cuna..., le falta roce..., ¡puaf! Es una ordinaria... —sentenció.

Inútil fue que Guillermo se dedicara a encontrarle méritos.[7] El viejo era testarudo y arbitrario.

Conmigo tenía otra clase de problemas. Era un carácter contra otro. Se empeñó en doctorarme[8] en bioquímica. ¿Resultado? Un perito en póquer y en carreras de caballos. Mi tío para esos vicios no me daba ni un centavo. Tenía que emplear todo mi ingenio para quitarle un peso.

Uno de los recursos era aguantarle sus interminables partidas de ajedrez; entonces yo cedía con aire de hombre magnánimo, pero él, en cambio, cuando estaba en posición favorable alargaba el final, anotando las jugadas con displicencia, sabiendo de mi prisa por salir para el club. Gozaba con mi infortunio saboreando su coñac.

Un día me dijo con tono condescendiente:

—Observo que te aplicas en el ajedrez. Eso me demuestra dos cosas: que eres inteligente y un perfecto holgazán. Sin embargo, tu dedicación tendrá su premio. Soy justo. Pero eso sí,[9] a falta de diplomas,[10] de hoy en adelante tendré de ti bonitas anotaciones de las partidas. Sí, muchacho, vamos a guardar cada uno los apuntes de los juegos en libretas para compararlas. ¿Qué te parece?

Aquello podría resultar un par de cientos de pesos, y acepté. Desde entonces, todas las noches, la estadística. Estaba tan arraigada la manía en él, que en mi ausencia comentaba las partidas con Julio, el mayordomo.

Ahora todo había concluido. Cuando uno se encuentra en un callejón sin salida, el cerebro trabaja, busca, rebusca. Y encuentra. Siempre hay salida para todo. No siempre es buena. Pero es salida.

Llegaba a la Costanera.[11] Era una noche húmeda. En el cielo nublado, alguna chispa eléctrica. El calorcillo mojaba las manos, resecaba la boca.

En la esquina, un policía me hizo saltar el corazón.

El veneno, ¿cómo se llamaba? Aconitina. Varias gotitas en el coñac mientras conversábamos. Mi tío esa noche estaba encantador. Me perdonó la partida.[12]

—Haré un solitario[13] —dijo—. Despaché a los sirvientes... ¡Hum! Quiero estar tranquilo. Después leeré un buen libro. Algo que los jóvenes no entienden... Puedes irte.

[7] *encontrarle méritos:* point out her good qualities. [8] *Se... doctorarme:* He insisted that I get a doctor's degree. [9] *eso sí:* keep in mind. [10] *a falta de diplomas:* since you'll never show me a degree. [11] *la Costanera:* a riverside thoroughfare in Buenos Aires, officially named Avenida Tristán Achával Rodríguez. [12] *Me perdonó la partida:* He excused me from the game. [13] *Haré un solitario:* I'll play a game by myself.

—Gracias, tío. Hoy realmente es ... sábado.

—Comprendo.

¡Demonios! El hombre comprendía. La clarividencia del condenado.

El veneno producía un efecto lento, a la hora,[14] o más, según el sujeto. Hasta seis u ocho horas. Justamente durante el sueño. El resultado: la apariencia de un pacífico ataque cardíaco, sin huellas comprometedoras. Lo que yo necesitaba. ¿Y quién sospecharía? El doctor Vega no tendría inconveniente en suscribir[15] el certificado de defunción. ¿Y si me descubrían? ¡Imposible!

Pero, ¿y Guillermo? Sí. Guillermo era un problema. Lo hallé en el *hall* después de preparar la «encomienda» para el infierno. Descendía la escalera, preocupado.

—¿Qué te pasa? —le pregunté jovial, y le hubiera agregado de buena gana: «¡Si supieras, hombre!»

—¡Estoy harto! —me replicó.

—¡Vamos! —Le palmoteé la espalda—. Siempre estás dispuesto a la tragedia...

—Es que el viejo me enloquece. Últimamente, desde que volviste a la Facultad y le llevas la corriente[16] en el ajedrez, se la toma conmigo.[17] Y Matilde...

—¡Qué sucede con Matilde?

—Matilde me lanzó un ultimátum: o ella, o tío.

—Opta por ella. Es fácil elegir. Es lo que yo haría...

—¿Y lo otro?

Me miró desesperado. Con brillo demoníaco en las pupilas; pero el pobre tonto jamás buscaría el medio de resolver su problema.

—Yo lo haría —siguió entre dientes—; pero, ¿con qué viviríamos? Ya sabes cómo es el viejo... Duro, implacable. ¡Me cortaría los víveres!

—*Tal vez las cosas se arreglen de otra manera*... —insinué bromeando—. ¡Quién te dice...!

—¡Bah!... —sus labios se curvaron con una mueca amarga—. No hay escapatoria. Pero yo hablaré con el viejo tirano. ¿Dónde está ahora?

Me asusté. Si el veneno resultaba rápido... Al notar los primeros síntomas podría ser auxiliado y...

—Está en la biblioteca —exclamé—, pero déjalo en paz. Acaba de jugar la partida de ajedrez, y despachó a la servidumbre. ¡El lobo quiere estar solo en la madriguera! Consuélate en un cine o en un bar.

Se encogió de hombros.

[14] *a la hora:* after an hour. [15] *no ... suscribir:* would have no objection to signing. [16] *le llevas la corriente:* you let him have his way. [17] *se la toma conmigo:* he has been picking on me.

—El lobo en la madriguera... —repitió. Pensó unos segundos y agregó, aliviado—: Lo veré en otro momento. Después de todo...

—Después de todo, no te animarías,[18] ¿verdad? —gruñí salvajemente.

Me clavó la mirada.[19] Sus ojos brillaron con una chispa siniestra, pero fue un relámpago.

Miré el reloj: las once y diez de la noche.

Ya comenzaría a producir efecto. Primero un leve malestar, nada más. Después un dolorcillo agudo, pero nunca demasiado alarmante. Mi tío refunfuñaba una maldición para la cocinera. El pescado indigesto. ¡Qué poca cosa es todo![20] Debía de estar leyendo los diarios de la noche, los últimos. Y después, el libro, como gran epílogo. Sentía frío.

Las baldosas se estiraban en rombos.[21] El río era una mancha sucia cerca del paredón. A lo lejos luces verdes, rojas, blancas. Los automóviles se deslizaban chapoteando en el asfalto.

Decidí regresar, por temor a llamar la atención. Nuevamente por la avenida hacia Leandro N. Alem.[22] Por allí a Plaza de Mayo.[23] El reloj me volvió a la realidad. Las once y treinta y seis. Si el veneno era eficaz, ya estaría todo listo. Ya sería dueño de millones. Ya sería libre... Ya sería..., *ya sería asesino.*

Por primera vez pensé en la palabra misma. Yo ¡asesino! Las rodillas me flaquearon. Un rubor me azotó el cuello, me subió a las mejillas, me quemó las orejas, martilló mis sienes. Las manos traspiraban. El frasquito de aconitina en el bolsillo llegó a pesarme una tonelada. Busqué en los bolsillos rabiosamente hasta dar con él.[24] Era un insignificante cuentagotas y contenía la muerte; lo arrojé lejos.

Avenida de Mayo. Choqué con varios transeúntes. Pensarían en un borracho.[25] Pero en lugar de alcohol, sangre.

Yo, asesino. Esto sería un secreto entre mi tío Néstor y mi conciencia. Recordé la descripción del efecto del veneno: «en la lengua, sensación de hormigueo y embotamiento, que se inicia en el punto de contacto para extenderse a toda la lengua, a la cara y a todo el cuerpo.»

Entré en un bar. Un tocadiscos atronaba con un viejo *rag-time.*[26] «En el esófago y en el estómago, sensación de ardor intenso.» Millones. Billetes de mil, de quinientos, de cien. Póquer. Carreras. Viajes... «sensación de angustia,

[18] *no te animarías:* you wouldn't have the nerve. [19] *Me clavó la mirada:* He fixed his gaze on me. [20] *¡Qué ... todo!:* How easy it all is! [21] *Las ... rombos:* The paving stones stretched out in the shape of diamonds. (Frequently the sidewalks of Buenos Aires consist of diamond-shaped stones or sections of cement.) [22] *Leandro N. Alem:* a main street in downtown Buenos Aires, near the waterfront. [23] *Plaza de Mayo:* main square of Buenos Aires. [24] *hasta dar con él:* until I found it. [25] *Pensarían en un borracho:* They must have thought I was drunk. [26] *rag-time:* syncopated American music, mainly composed by blacks and popular in the early years of this century.

de muerte próxima, enfriamiento profundo generalizado, trastornos sensoriales, debilidad muscular, contracciones, impotencia de los músculos.»

Habría[27] quedado solo. En el palacio. Con sus escaleras de mármol. Frente al tablero de ajedrez. Allí el rey, y la dama, y la torre negra. Jaque mate.

El mozo se aproximó. Debió sorprender mi mueca de extravío, mis músculos en tensión, listos para saltar.

—¿Señor?

—Un coñac...

—Un coñac... —repitió el mozo—. Bien, señor —y se alejó.

Por la vidriera la caravana que pasa,[28] la misma de siempre. El tictac del reloj cubría todos los rumores. Hasta los de mi corazón. La una. Bebí el coñac de un trago.[29]

«Como fenómeno circulatorio, hay alteración del pulso e hipotensión que se derivan de la acción sobre el órgano central, llegando, en su estado más avanzado, al síncope cardíaco...» Eso es. El síncope cardíaco. La válvula de escape.

A las dos y treinta de la mañana regresé a casa. Al principio no lo advertí. Hasta que me cerró el paso.[30] Era un agente de policía. Me asusté.

—¿El señor Claudio Álvarez?

—Sí, señor... —respondí humildemente.

—Pase usted... —indicó, franqueándome la entrada.

—¿Qué hace usted aquí? —me animé a murmurar.

—Dentro tendrá la explicación —fue la respuesta.

En el *hall,* cerca de la escalera, varios individuos de uniforme se habían adueñado del palacio. ¿Guillermo? Guillermo no estaba presente.

Julio, el mayordomo, amarillo, espectral trató de hablarme. Uno de los uniformados, canoso, adusto, el jefe del grupo por lo visto, le selló los labios con un gesto. Avanzó hacia mí, y me inspeccionó como a un cobayo.

—Usted es el mayor de los sobrinos, ¿verdad?

—Sí, señor... —murmuré.

—Lamento decírselo, señor. Su tío ha muerto... asesinado —anunció mi interlocutor. La voz era calma, grave—. Yo soy el inspector Villegas, y estoy a cargo de la investigación. ¿Quiere acompañarme a la otra sala?

—Dios mío —articulé anonadado—. ¡Es inaudito!

Las palabras sonaron a huecas, a hipócritas. (*¡Ese dichoso*[31] *veneno dejaba huellas! ¿Pero cómo ... cómo?*)

—¿Puedo ... puedo verlo? —pregunté.

[27] *Habría:* He must have. [28] *la caravana que pasa:* the "passing parade." [29] *de un trago:* in one gulp. [30] *me cerró el paso:* he blocked my way. [31] *dichoso:* damned (literally, "happy").

—Por el momento, no. Además, quiero que me conteste algunas preguntas.

—Como usted disponga[32]... —accedí azorado.

Lo seguí a la biblioteca vecina. Tras él se deslizaron suavemente dos acólitos. El inspector Villegas me indicó un sillón y se sentó en otro. Encendió frugalmente un cigarrillo y con evidente grosería no me ofreció ninguno.

—Usted es el sobrino... Claudio. —Pareció que repetía una lección aprendida de memoria.

—Sí, señor.

—Pues bien: explíquenos qué hizo esta noche.

Yo también repetí una letanía.

—Cenamos los tres, juntos como siempre. Guillermo se retiró a su habitación. Quedamos mi tío y yo charlando un rato; pasamos a la biblioteca. Después jugamos nuestra habitual partida de ajedrez; me despedí de mi tío y salí. En el vestíbulo me encontré con Guillermo que descendía por las escaleras rumbo a la calle. Cambiamos unas palabras y me fui.

—Y ahora regresa ...

—Sí ...

—¿Y los criados?

—Mi tío deseaba quedarse solo. Los despachó después de cenar. A veces le acometían estas y otras manías.

—Lo que usted dice concuerda en gran parte con la declaración del mayordomo. Cuando éste regresó, hizo un recorrido por el edificio. Notó la puerta de la biblioteca entornada y luz adentro. Entró. Allí halló a su tío frente a un tablero de ajedrez, muerto. La partida interrumpida... De manera que jugaron la partidita, ¿eh?

Algo dentro de mí comenzó a saltar violentamente. Una sensación de zozobra, de angustia, me recorría con la velocidad de un pebete. En cualquier momento estallaría la pólvora. *¡Los consabidos solitarios de mi tío!*[33]

—Sí, señor... —admití.

No podía desdecirme. Eso también se lo había dicho a Guillermo. Y probablemente Guillermo al inspector Villegas. Porque mi hermano debía de estar en alguna parte. El sistema de la policía: aislarnos, dejarnos solos, inertes, indefensos, para pillarnos.

—Tengo entendido[34] que ustedes llevaban un registro de las jugadas. Para establecer los detalles en su orden, ¿quiere mostrarme su libretita de apuntes, señor Álvarez?

Me hundía en el cieno.

[32] *Como usted disponga:* Just as you say. [33] *solitarios de mi tío:* games my uncle played alone. [34] *Tengo entendido:* I understand.

—¿Apuntes?

—Sí, hombre —el policía era implacable—, deseo verla, como es de imaginar.[35] Debo verificarlo todo, amigo; lo dicho y lo hecho por usted.[36] *Si jugaron como siempre...*

Comencé a tartamudear.

—Es que... —Y después, de un tirón:[37] —¡Claro que jugamos como siempre!

Las lágrimas comenzaron a quemarme los ojos. Miedo. Un miedo espantoso. Como debió sentirlo tío Néstor cuando aquella «sensación de angustia... de muerte próxima..., enfriamiento profundo, generalizado...» Algo me taladraba el cráneo. Me empujaban. El silencio era absoluto, pétreo. Los otros también estaban callados. Dos ojos, seis ojos, ocho ojos, mil ojos. ¡Oh, qué angustia!

Me tenían... me tenían... Jugaban con mi desesperación... Se divertían con mi culpa...

De pronto, el inspector gruñó:

—¿Y?

Una sola letra ¡pero tanto!

—¿Y? —repitió—. Usted fue el último que lo vio con vida. Y, además, muerto. El señor Álvarez no hizo anotación alguna esta vez, señor mío.[38]

No sé por qué me puse de pie. Tenso. Elevé mis brazos, los estiré. Me estrujé las manos, clavándome las uñas, y al final chillé con voz que no era la mía:

—¡Basta! Si lo saben, ¿para qué lo preguntan? ¡Yo lo maté! ¡Yo lo maté! ¿Y qué hay?[39] ¡Lo odiaba con toda mi alma! ¡Estaba cansado de su despotismo! ¡Lo maté! ¡Lo maté!

El inspector no lo tomó tan a la tremenda.[40]

—¡Cielos! —dijo—. Se produjo más pronto de lo que yo esperaba. Ya que se le soltó la lengua,[41] ¿dónde está el revólver?

El inspector Villegas no se inmutó. Insistió imperturbable.

—¡Vamos, no se haga el tonto[42] ahora! ¡El revólver! ¿O ha olvidado que lo liquidó de un tiro? ¡Un tiro en la mitad de la frente, compañero! ¡Qué puntería!

[35] *como es de imaginar:* as you might imagine. [36] *lo ... usted:* what you said and what you did. [37] *de un tirón:* all at once. [38] *señor mío:* my good man. [39] *¿Y qué hay?* And what of it? [40] *no ... tremenda:* did not seem too surprised. [41] *Ya ... lengua:* Since your tongue's loosened up. [42] *no ... tonto:* don't play dumb.

EXERCISES

A. Cuestionario

1. ¿Qué crimen había cometido el narrador, Claudio Álvarez?
2. ¿Qué guardaban Claudio y su tío en sus libretas?
3. ¿Por qué odiaba a su tío el hermano de Claudio?
4. ¿Qué ultimátum le había lanzado Matilde a Guillermo?
5. ¿Cree Ud. que Claudio insultó a su hermano, diciendo «Después de todo, no te animarías, ¿verdad?»?
6. ¿Qué hizo Claudio con el frasquito de veneno?
7. ¿En dónde entró Claudio para calmar los nervios?
8. ¿Quiénes esperaban a Claudio cuando regresó a casa?
9. ¿Dijo la verdad Claudio en todo lo que declaró al inspector?
10. ¿Cómo murió el tío Néstor?

B. Verb Exercise

Using the verbs in the right-hand column, give the Spanish for the English sentences on the left.

1. a)	A policeman blocked my way.	*cerrar el paso*
b)	A train is blocking the way.	
2. a)	I used to meet him every day in the street.	*encontrarse con*
b)	Didn't you meet him at the café?	
3. a)	I'll never get used to these chess games.	*acostumbrarse a*
b)	They got used to eating supper at 10:00 P.M.	
4. a)	Yes, the poison turned out to be very effective.	*resultar*
b)	I think that it will turn out well.	
5. a)	Who solved the problem?	*resolver*
b)	No one will solve this problem.	
6. a)	The lights became more and more brilliant.	*hacerse*
b)	He says that the work will become more difficult.	
7. a)	Do you object to doing it now?	*tener inconve-*
b)	We wouldn't mind leaving at 6:45.	*niente en*
8. a)	I understand that they're going tomorrow.	*tener entendido*
b)	María understood that he didn't want to come.	
9. a)	Luis is always picking on me.	*tomársela con*
b)	He would often quarrel with his wife.	

10. **a)** You've always been inclined toward tragedy. *estar dispuesto a*
b) His uncle wasn't inclined toward saving.

C. Drill on Expressions

From the expressions on the right, select the one corresponding to the italicized English words on the left and rewrite the entire sentence in Spanish.

1. No sé quién está *in charge of* la investigación.	**pensar en**
2. Por favor, Ana, ¡déjame *alone!*	**con toda el alma**
3. No lo hicimos *for fear of* las consecuencias.	**al fin y al cabo**
4. Mira, lo terminaré *in one gulp.*	**como es de imaginar**
5. Luisa y Jaime fueron al cine *in spite of* lo que pasó.	**a cargo de**
	de un trago
6. Por vez primera, *he thought about* la palabra «asesino».	**por temor a**
	con vida
7. *After all,* eras el único amigo de Gerardo.	**a pesar de**
8. Estoy muy interesado en esa cuestión, *as you may imagine.*	**en paz**
9. ¿Quién fue la última persona en verlo *alive?*	
10. El amaba a sus hijos *with all his heart.*	

D. "Context" Exercise (oral or written)

1. Say you wouldn't mind staying for a few more hours.
2. Indicate that Rita is not prepared to pay half.
3. Say that you hope everything turns out well.
4. Express the opinion that Ernesto has been feeling ill.
5. Indicate that you and Martita used to meet in the park.

E. Review Exercise

Following is a list of new verbs found in this story. Their meaning—if not immediately clear—could have been guessed; for the "core" of each is a noun, adjective, or verb with which you are likely already familiar. See if you can spot the familiar element in these new verbs, then give their meaning. (This suggests another way of increasing your "recognition" vocabulary.)

acostumbrarse	desdecir	enamorarse	enloquecer	aislar
alejarse	malgastar	alargar	necesitar	ambicionar

EL PIANO VIEJO

RÓMULO GALLEGOS

RÓMULO GALLEGOS (1884-1969) was a dynamic teacher, author, and statesman who made many significant contributions to the society and cultural development of his native Venezuela. He is perhaps best remembered for his novel, *Doña Bárbara,* published in 1929, in which he presented his progressive ideas concerning the fundamental struggle in Latin America between civilization and barbarity. The dramatic and masterfully plotted novel was immediately successful, and Gallegos went on to a long career as a novelist and political activist. He received many literary awards and, in 1949, served briefly as Venezuela's president.

In «El piano viejo» Gallegos narrates the story of a generous and selfless woman who has given her entire life over to tending patiently to the needs of others. Using a vigorous narrative style, and drawing on wise insights into human motivations, the author demonstrates here how the influence of Luisana's self-effacing love is able to extend beyond the grave.

A PRELIMINARY LOOK AT KEY EXPRESSIONS

1. **toda suerte de** *all sorts of*
2. **a título de** *as a type of, in the capacity of:* **Le dio la casa a título de dote.** *He gave her the house as a type of dowry.*
3. **cumplir** *to keep, fulfill;* also *to turn + years* (on one's birthday): **Ayer cumplió veinte años.** *Yesterday she turned twenty.*
4. **de un momento a otro** *from one minute to the next, at any moment*
5. **prever** *to foresee* The third-person singular of the present tense has a written accent: **prevé.**
6. **explicarse** *to explain (to oneself), understand*
7. **ni** *neither, not even;* **ni ... ni** *neither ... nor*
8. **todo lo posible** *everything possible*
9. **con derecho a** *with the right to, entitled to*
10. **crecer** *to grow* This verb is intransitive: **Las chicas crecieron.** *The girls grew up.* **Criar** is transitive: **Criaron árboles frutales.** *They grew fruit trees.*
11. **entregarse a** *to give oneself over to, lose oneself in*
12. **parecerse a** *to look like, resemble*
13. **reunirse** *to meet, gather together*
14. **fracasar** *to fail*
15. **impedir** *to prevent, keep from* The expression is commonly used with an indirect object and either an infinitive or the subjunctive: **Les impedía estallar** or **Les impedía que estallaran.** *It kept them from exploding.*
16. **de tal modo** *in such a way* This expression is used with the indicative in contrast with **de modo que,** which requires the subjunctive: **Lo hizo de tal modo que nunca supo quién era.** *She did it in such a way that he never found out who it was,* but **Lo hizo de modo que nunca supiera quién era.** *She did it so he would never find out who it was.*
17. **hasta allí** *up to that point*
18. **cada cual** *each one* This is synonymous with **cada uno** when referring to people.
19. **rayar en** *to border, verge on*
20. **de pronto** *suddenly*

EL PIANO VIEJO

Eran cinco hermanos: Luisana, Carlos, Ramón, Ester, María. La vida los fue dispersando,[1] llevándoselos por distintos caminos, alejándolos, maleándolos. Primero, Ester, casada con un hombre rico y fastuoso; María, después, unida a un joven de nombre sin brillo[2] y de fama sin limpieza;[3] en seguida, Carlos, el aventurero, acometedor de toda suerte de locas empresas;[4] finalmente Ramón, el misántropo que desde niño revelara[5] su insana pasión por el dinero y su áspero amor a la soledad; todos se fueron con una diversa fortuna hacia un destino diferente.

Sólo permaneció en la casa paterna Luisana, la hermana mayor, cuidando al padre, que languidecía paralítico lamentándose de aquellos hijos en cuyos corazones no viera jamás ni un impulso bueno ni un sentimiento generoso. Y cuando el viejo moría, de su boca recogió Luisana el consejo suplicante de conservar la casa de la familia dispersa, siempre abierta para todos, para lo cual se la adjudicaba en su testamento, junto con el resto de su fortuna, a título de[6] dote.

Luisana cumplió la promesa hecha al padre, y en la casa de todos, donde vivía sola, conservó a cada uno su habitación, tal como la había dejado, manteniendo siempre el agua fresca en la jarra de los aguamaniles, como si de un

[1] *La ... dispersando:* Life was gradually scattering them. [2] *un ... brillo:* a well-known, but lackluster young man. [3] *y ... limpieza:* and also famous but lacking in integrity. [4] *acometedor ... empresas:* who rushed into all sorts of schemes. [5] *revelara: había revelado.* (In literary style, a past subjunctive sometimes replaces the past perfect.) [6] *a título de:* by way of.

momento a otro sus hermanos vinieran a lavarse las manos, y en la mesa común, siempre aderezados los puestos de todos.

Tú serás la paz y la concordia, le había dicho el viejo, previendo el porvenir, y desde entonces ella sintió sobre su vida el dulce peso de una noble predestinación.

Menuda, feúcha, insignificante, era una de esas personas de quienes nadie se explica por qué ni para qué viven. Ella misma estaba acostumbrada a juzgarse como usurpadora de la vida, parecía hacer todo lo posible para pasar inadvertida: huía de la luz, refugiándose en la penumbra de su alcoba, austera como una celda; hablaba muy poco, como si temiera fatigar el aire con la carga de su voz desapacible, y respiraba furtivamente el poquito de aliento que cabía en su pecho hundido, seco y duro como un yermo.

Desde pequeñita[7] tuvo este humildoso concepto de sí misma: mientras sus hermanos jugaban al pleno sol[8] de los patios o corrían por la casa alborotando y atropellando con todo, porque tomaban la vida como cosa propia,[9] con esa confianza que da el sentimiento de ser fuertes, ella, refugiada en un rincón, ahogaba el dulce deseo de llorar, único de su niñez enfermiza, como si tampoco se creyera con[10] derecho a este disfrute inofensivo y simple. Crecieron, sus hermanas se volvieron mujeres, y fueron celebradas y cortejadas, y amaron, y tuvieron hijos; a ella, siempre preterida—que hasta su padre se olvidaba de contarla entre sus hijos—, nadie le dijo nunca una palabra amable ni quiso saber cómo eran las ilusiones de su corazón. Se daba por sabido[11] que no las poseía. Y fue así como adquirió el hábito de la renunciación sin dolor y sin virtud.

Ahora, en la soledad de la casa, seguía discurriendo la vida simple de Luisana, como agua sin rumor hacia un remanso subterráneo; pero ahora la confortaba un íntimo contentamiento. ¡Tú serás la paz!... Y estas palabras, las únicas lisonjeras que jamás escuchó, le habían revelado de pronto aquella razón de ser de su existencia, que ni ella misma ni nadie encontrara[12] nunca.

Ahora quería vivir, ya no pensaba que la luz del día se desdeñase de su insignificancia, y todas las mañanas, al correr las habitaciones desiertas, sacudiendo el polvo de los muebles, aclarando los espejos empañados y remudando el agua fresca en las jarras; y cada vez que aderezaba en la mesa los puestos de sus hermanos ausentes, convencida de que esta práctica mantenía y anudaba invisibles lazos entre las almas discordes de ellos, reconocía que estaba cumpliendo con un noble destino de amor, silencioso, pero eficaz, y en místicos transportes, sin sombra de vanagloria, sentía ya su humildad había sido buena y que su simpleza era ya santa.

[7] *Desde pequeñita:* ever since she was a little girl. [8] *al pleno sol:* in the unshaded sun. [9] *como cosa propia:* as though it were their own. [10] *tampoco se creyera con:* she didn't believe either that she had. [11] *Se daba por sabido:* it was taken for granted. [12] *encontrara: había encontrado* (see note 5).

Terminados sus quehaceres y anegada el alma en la dulce fruición de encontrarse buena, se entregaba a sus cadenetas; y a veces turbada por aquel silencio de la casa y por aquel claro sol de las mañanas que se rompía en los patios, se hilaba por las rendijas y se esparcía sin brillo por todas partes arrebañando la penumbra de los rincones; mareada por aquella paz que le producía suavísimos arrobos, se sentaba al piano, un viejo piano donde su madre hiciera[13] sus primeras escalas, y cuyas voces desafinadas tenían para ella el encanto de todo lo que fuera como ella, humilde y desprovisto de atractivos.

Tocaba a la sordina unos aires sencillos que fueran dulces. Muchas teclas no sonaban ya; una, rompiendo las armonías, daba su nota a destiempo,[14] cuando la mano dejaba de hacer presión sobre ella; o no sonaba, quedándose hundida largo rato. Esta tecla hacía sonreír a Luisana. Decía:

—Se parece a mí. No servimos sino para romper las armonías.[15]

Precisamente por esto la quería, la amaba, como hubiera amado a un hijo suyo, y cuando, al cabo de un rato, después que había dejado de tocar, aquella tecla, subiendo inopinadamente, daba su nota en el silencio de la sala, Luisana sonreía y se decía a sí misma: «¡Oigan a Luisana! Ahora es cuando viene a sonar.»

Una mañana Luisana se quedó muerta sobre el piano, oprimiendo aquella tecla. Fue una muerte dulce que llegó furtiva y acariciadora, como la amante que se acerca al amado distraído y suavemente le cubre los ojos para que adivine quién es.

Vinieron sus hermanos; la amortajaron,[16] la llevaron a enterrar. Ester y María la lloraron[17] un poco; Carlos y Ramón corrieron la casa, registrando gavetas, revolviendo papeles. En la tarde se reunieron en la sala a tratar sobre la partición de los bienes de la muerta.

La vida y la contraria fortuna habían resentido el lazo fraternal, y cada alma alimentaba o un secreto rencor o una envidia secreta. Carlos, el aventurero, había sido desgraciado: fracasó en una empresa quimérica, arrastrando en su bancarrota dinero del marido de Ester, el cual no se lo perdonó y quiso infamarlo, acusándolo de quiebra fraudulenta; María no le perdonaba a Ester que fuera rica y no partiera con ella su boato y la estimación social que disfrutaba; Ester se desdeñaba de aceptarla en su círculo, por la obscuridad del nombre que había adoptado; y todos despreciaban a Ramón, que había adquirido fama de usurero y los avergonzaba con su sordidez.

Pero todas estas malas pasiones se habían mantenido hasta entonces aga-

[13] *hiciera: había hecho* (see note 5). [14] *a destiempo:* at the wrong time. [15] *No . . . armonías:* The only thing we're good for is spoiling harmony. [16] *la amortajaron:* they wrapped her in a shroud. (The funeral in Latin American countries usually takes place in the family's home with burial a day later. Our custom of embalming the body for viewing, with the funeral and burial three or four days later, seems barbaric to many Latin Americans.) [17] *la lloraron:* wept over her.

zapadas, sordas y latentes, pero secretas; había algo que les impedía estallar, una dulce violencia[18] que acallaba el rencor y desamargaba la envidia: Luisana. Ella intercedió por Carlos, y porque ella lo exigía, el marido de Ester no le lanzó a la vergüenza y a la ruina; ella intercedió siempre para que Ester invitase a María a sus fiestas; ella pidió al hermano avaro dinero para el hermano pobre, y a todos amor para el avaro; pero siempre de tal modo, que el favorecido nunca supo que era ella a quien le debía agradecer, y hasta el mismo que otorgaba se quedaba convencido y complacido de su propia generosidad.

Ahora, reunidos para partirse los despojos de la muerta, cada uno comprendía que se había roto definitivamente el vínculo que hasta allí los uniera, y que iban a decirse unos a otros la última palabra; y en la expectativa de la discordia tanto tiempo latente, que por fin iba a estallar, enmudecieron con ese recogimiento instintivo de los momentos en que se va a echar la suerte,[19] y al mismo tiempo la idea de la hermana pasó por todos los pensamientos, como una última tentativa conciliadora a cumplir el encargo paterno: ¡Tú serás la paz y la concordia!

Entonces comprendieron a aquella hermana simple que había vivido como un ser insignificante e inútil y que, sin embargo, cumplía un noble destino de amor y de bondad, y fue así como vinieron a explicarse por qué ellos inconscientemente le habían profesado aquel respeto que los obligaba a esconder en su presencia las malas pasiones.

En un instante de honda vida interior, temerosos de lo que iba a suceder, sintieron que se les estremeció el fondo incontaminado del alma, y a un mismo tiempo se vieron las caras, asustándose de encontrarse solos.

Pero fue necesario hablar, y la palabra «dinero» violó el recogimiento de las almas. Rebulleron en sus asientos, como si se apercibieran para la defensa, y cada cual comenzó a exponer la opinión que debía prevalecer sobre el modo de efectuar el reparto de los bienes de la hermana y a disputarse la mejor porción.

La disputa fue creciendo, convirtiéndose en querella, rayando en pelea, y a poco se cruzaron los reproches, las invectivas, las injurias brutales, hasta que por fin los hombres, ciegos de ira y de codicia, saltaron de sus asientos, con el arma en la mano, desafiándose a muerte.

Las mujeres intercedían suplicantes, sin lograr aplacarlos, y entonces, en un súbito receso del clamor de aquellas voces descompuestas,[20] todos oyeron indistintamente el sonido de una nota que salía del piano cerrado.

Volvieron a verse las caras[21] y, sobrecogidos del temor a lo misterioso, guardaron las armas, así como antes escondían las torpes pasiones en presencia

[18] *una dulce violencia:* a charming force. [19] *se ... suerte:* one's fate is going to be determined. [20] *aquellas voces descompuestas:* those voices shouting back and forth. [21] *Volvieron ... caras:* They looked at each other again.

de Luisana: todos sintieron que ella había vuelto, anunciándose con aquel suave sonido, dulce, aunque destemplado, como su alma simple, pero buena.

Era la nota de Luisana, sobre cuya tecla se había quedado apoyado su dedo inerte, y que de pronto sonaba, como siempre, a destiempo.

Y Ester dijo, con las mismas palabras que tanto le oyera a la hermana, cuando en el silencio de la sala gemía aquella nota solitaria:

—¡Oigan a Luisana!

EXERCISES

A. Cuestionario

1. ¿Qué promesa le había hecho Luisana a su padre?
2. ¿Qué recuerdo de su padre confortaba a Luisana?
3. ¿Cómo era el piano que se encontraba en el salón?
4. ¿Qué desperfecto tenía ese piano?
5. ¿Cómo murió Luisana?
6. ¿Quiénes volvieron a la casa por el entierro de Luisana?
7. ¿Por qué no se habían expresado antes los hermanos de Luisana sus rencores y sentimientos?
8. ¿Qué pensaban hacer los hermanos con los bienes de Luisana?
9. ¿Hasta qué punto terrible llegó la querella de los hermanos?
10. ¿Qué cosa de repente detuvo a los hermanos que se estaban amenazando?

B. Verb Exercise

Using the verbs in the right-hand column, give the Spanish for the English sentences on the left.

1. a)	I've always kept the promises I've made.	*cumplir*
b)	Pedro turns twenty-one tomorrow.	
2. a)	He foresees many difficulties.	*prever*
b)	Foreseeing the end, she stopped talking.	
3. a)	We can't explain why you didn't say anything.	*explicarse*
b)	I'll never understand why she did that.	
4. a)	How the children are growing!	*crecer*
b)	Pines have never grown at that altitude.	
5. a)	He finally gave himself over to his studies.	*entregarse a*
b)	The criminal surrendered to a policeman.	

6. a) Don't you think she resembles her sister? — *parecerse a*
   b) Paco will look very much like his father.
7. a) At what time are you getting together? — *reunirse*
   b) They used to meet at Isabel's house.
8. a) The poor fellow failed in everything he did. — *fracasar*
   b) His business has failed completely.
9. a) The snow impeded our progress. — *impedir*
   b) Don't stand in my way!
10. a) His ideas verge on fantasy. — *rayar en*
    b) Her love was close to obsession.

C. Drill on Expressions

From the expressions on the right, select the one corresponding to the italicized English words on the left and rewrite the entire sentence in Spanish.

1. *Up to that point,* nadie había nombrado a Raúl.
2. Estábamos muy bien, *each one* con su propio cuarto.
3. *Suddenly,* empezó a llover a cántaros.
4. Ernesto me lo dijo *in such a way* que sabía que estaba enojado.
5. Le dejó a su hija todas sus tierras *as* dote.
6. Paula tenía *all kinds of* libros sobre viajes.
7. Haré *all I can* para ayudarles a Uds.
8. Luis no se consideraba *entitled to* pedirle la mano.
9. Ella está a punto de llorar *at any moment.*
10. Francisco no hablaba *neither* francés *nor* italiano.

toda suerte de
ni . . . ni
a título de
de un momento a otro
con derecho a
todo lo posible
de pronto
de tal modo
hasta allí
cada cual

D. "Context" Exercise (oral or written)

1. Ask Federico when he will be twenty.
2. Say you and Eduardo got together last night.
3. Indicate that you don't understand why Clara goes out with that fellow.
4. Ask Ana if she resembles her sister.
5. Express the idea that Enrique's plans are going to fail.

EL PAPEL DE PLATA

ALFONSO FERRARI AMORES

ALFONSO FERRARI AMORES (1903-   ) was born in Buenos Aires, and there he has pursued his subsequent literary career. He is a journalist by profession and a fiction writer during "outside" hours. His short stories have appeared in the leading Argentine newspapers and magazines, and his novel *Gaucho al timón* (1948) received a literary prize. Also honored by a similar award was his radio script «Mástiles quebrados.» In addition, he has had several stage dramas produced in the Argentine capital. To round out this varied background, we might add that Ferrari has written a number of tangos which have enjoyed great popularity in his country and abroad.

Ferrari is widely known as a mystery story writer—an author of "whodunits." Under pseudonyms, as well as under his own name, he has published over a dozen detective novels with scenes laid outside Argentina. His detective short stories, which he signs himself, are clever tales usually set against a typically Argentine backdrop. His best work in the field of crime fiction has been done in the shorter form—as you may well judge from this ingenious story—«El papel de plata.»

A PRELIMINARY LOOK AT KEY EXPRESSIONS

1. **a pesar mío** *in spite of myself, against my wishes* This expression can also be **a pesar tuyo, a pesar suyo,** etc.
2. **en frente** *in front of, before one*
3. **sacar en limpio** *to gather, conclude* **Espero que saques algo en limpio.** *I hope you get something out of it.*
4. **acomodarse** *to settle oneself, settle down:* **Me acomodé lo mejor posible en mi silla.** *I settled down as best I could in my chair.*
5. **de repente** *suddenly*
6. **dar que hablar** *to give occasion for talk, comment:* **Eso dio que hablar.** *That caused a lot of talk (gossip).*
7. **ganarse el pan** *to earn a living*
8. **por separado** *separately:* **Hay que servir los dos tipos de hongos por separado.** *You have to serve both types of mushrooms separately.*
9. **por si acaso** *just in case*
10. **mostrarse** *to appear, look:* **Se mostró muy interesado.** *He looked very interested.*
11. **en seguida** *at once, right away*
12. **convenir** *to be desirable, suitable, fitting, proper* This is a deceptive cognate, which only rarely means *to be convenient.* It is often used with an indirect object: **Le conviene hacer eso.** *She really ought to do that.*
13. **olvidarse de** *to forget*
14. **casarse con** *to marry, get married to*
15. **soler** + *infinitive* *to be in the habit of, be accustomed to* This verb is used only in the present and imperfect because of the nature of its meaning.
16. **comunicarse con** *to get in touch with*
17. **tal como** *just as:* **Hazlo tal como te dije.** *Do it just as I told you to.*
18. **suicidarse** *to commit suicide*
19. **mirar de reojo** *to look suspiciously* or *out of the corner of one's eye*
20. **de paso** *in passing, while doing so, in the process:* **Se comprobó, de paso, que yo no era el culpable.** *It was proved, in the process, that I was not the guilty one.*

EL PAPEL DE PLATA

Joaco Migueles, aquel borracho filósofo que fue uno de mis amigos más divertidos, vino de la calle trayendo en la mano un papel plateado, de los que se usan como envoltura de chocolatines y cigarrillos. Antes de saludarme fue hasta una caja y lo echó en ella. Explicó:

—Calafate para el techo. Mira. —Señaló una línea de hoyuelos en el piso de tierra—. Una gotera. Esta tarde salí a pesar mío[1] —gruñó, rascándose la nuca. —El solazo me mata. Yo no hubiera querido salir, pero necesitaba vino, y no tuve más remedio que salir.[2] Sin embargo, ya ves, encontré el papel plateado, que es lo mejor que hay para tapar las goteras. Ahí tienes una lección optimista que nos da el azar. No hay mal que por bien no venga,[3] como dice el refrán.

En esto se le volvió la sed y llenó de nuevo el vaso que tenía en frente. Los vasos en que echó Joaco el vino eran como floreros; poco faltaba para que alguno contuviese[4] tanto como la propia botella.

—Tú sabes que yo anduve por la Patagonia[5] cuando era mozo. Fue una experiencia brava; y de no haberla sufrido,[6] sin embargo, no hubiera conocido la felicidad.

Me di cuenta en ese momento de que Joaco Migueles iba a contarme otra

[1] *a pesar mío:* against my wishes. [2] *no . . . salir:* I had no choice but to go out. [3] *No . . . venga:* "Every cloud has a silver lining." (Literally, "There is no ill that does not come to good.") [4] *poco . . . contuviese:* one of them was almost big enough to hold. [5] *Patagonia:* region comprising the southern part of continental Chile and Argentina. [6] *de . . . sufrido:* if I hadn't gone through it.

de sus memorables historias. A él no le gustaba sino charlar filosóficamente sobre lo que había sacado en limpio[7] de sus experiencias en este mundo. Me acomodé lo mejor posible en mi silla y me puse a escuchar el relato que sirvió para distraerme del mucho calor que hacía.

Acariciando su vaso, Joaco fijó vagamente su mirada en el techo, y me narró la historia que sigue y que he llevado al papel sin cambiar una letra.

—En un rincón de mi memoria donde nunca he barrido para no tener que avergonzarme con lo que saldría a... (iba a decir a relucir, pero no es la miseria cosa que reluzca),[8] hay un tanque de cemento. Un depósito de agua que quedó convertido por mí en dormitorio. Fue en Río Negro;[9] justamente, en El Ñireco.[10] Tan despilchado andaba en aquel tiempo, que ni ganas de remendarme tenía, porque hubiera sido lo mismo que calafatear un barco hundido. En ese entonces muchos otros muchachos hicieron plata[11] con los caminos, trabajando de sol a sol[12] en las cuadrillas de Vialidad.[13] Yo no tengo pasta para andar entablado,[14] tú sabes, como animal de tropilla. Seguí pobre, pero no por mucho tiempo. De repente, me acomodé. Eso dio que hablar a muchos.[15] Todo el mundo opinó. Que esto, que lo otro, que lo de más allá.[16] Yo voy a referirme al caso, ya que también lo conozco, y después tú sacarás la conclusión que mejor te parezca. Lo que dije del tanque al principio viene a que por él te explicarás fácilmente[17] que no podía yo negarme a disfrutar, cuando empezaron las nieves en Viedma,[18] de una cama en la trastienda de una herboristería, en la que me ofrecieron empleo como vendedor. Entre seguir en el tanque de cemento en El Ñireco y ganarme el pan[19] en Viedma, ¿quién iba a titubear? Así, quedé como único ocupante del boliche, y una tarde llegó allí a visitarme, justamente, don Hellmuth. Charlamos de mil cosas, y en cierto momento le dije que si era verdad que la diabetes consiste en un exceso de glucosa, a mí me parecía que la ingestión de hongos venenosos, que matan por privar a la sangre de aquella substancia, podría ensayarse, en ciertas dosis, para curar a los diabéticos. Era una simple cuestión de lógica. Entonces don Hellmuth me preguntó:

—¿Usted tiene hongos venenosos?

Por toda repuesta saqué[20] dos bolsitas del hueco del mostrador y se los mostré.

[7] *sacado en limpio:* gathered. [8] *no ... reluzca:* misery isn't something that glitters. [9] *Río Negro:* A province in southern Argentina, just north of Patagonia. [10] *El Ñireco:* small town in Río Negro province. [11] *plata:* money, "dough." [12] *de sol a sol:* from sunup to sundown. [13] *Vialidad:* highway department. [14] *Yo ... entablado:* I'm not made to be herded around. [15] *dio ... muchos:* gave many people occasion for comment. [16] *Que ... allá:* This, that, and the other thing. [17] *viene ... fácilmente:* was said so that you can easily understand. [18] *Viedma:* Coastal city of Río Negro province. [19] *ganarme el pan:* earning a living. [20] *Por toda respuesta saqué:* My only reply was to take out.

—Éstos son los buenos, y éstos son los malos. ¿No parecen idénticos? Don Hellmuth asintió, maravillado.

—Calcule usted —continué—. Si uno los sirve por separado, en dos platos, nadie podría diferenciar los venenosos de los otros. Claro que sería conveniente disponer de un antídoto, por si acaso.[21]

—¿Cuál?— preguntó don Hellmuth, que se mostró en seguida muy interesado.

—La misma glucosa.[22] Una solución muy concentrada, claro. Puede beberse o inyectarse.

—Déme hongos de las dos clases —dijo él—. Y el contraveneno.

Mientras le cobraba los hongos y el frasco, le dije:

—Claro que si ha de estar al alcance de un enemigo que haya comido los hongos venenosos, convendría disfrazar el antídoto, para que no lo tome.

—¿Y cómo? —preguntó don Hellmuth.

Yo tomé de un cajón una etiqueta donde se veía una calavera en rojo, y debajo de ella la palabra «Veneno», y la pegué en el frasco.

—Ya está —le dije—. Ahora únicamente nosotros dos sabemos que esto no es lo que dice la etiqueta. Trate de no olvidarse de este detalle.

Casualmente[23] aquella misma noche vino a refugiarse en mi botica la mujer de don Hellmuth, una criollita joven y linda a quien el gringo[24] acostumbraba moler a palos,[25] y eso después de haberse casado con ella, o tal vez de rabia por haberlo hecho; y me contó que después de haber comido juntos un guiso con hongos, la había echado de su casa corriéndola con un látigo. Don Hellmuth, que era hombre tan rico como avaro, solía tener arrebatos, pero nunca como esa vez, y la muchacha lloraba como una Magdalena.[26] (¡Y tanto que escaseaban por allá las mujeres![27]) Yo hice girar la manivela del teléfono, me comuniqué con don Hellmuth y le grité, asustado:

—¡Oiga! ¡Equivoqué las etiquetas de los hongos! Los comestibles son los venenosos, y los...

Dicen que lo encontraron al otro día envenenado con cianuro de potasio. El forense analizó el contenido del frasco que había vaciado de un trago don Hellmuth, y declaró:

—Veneno, tal como lo indica la etiqueta. Sin duda, don Hellmuth se suicidó.

No faltaron después quienes me miraron de reojo porque me casé con la viuda. Claro que la criollita era un bombón. Fue mi papel de plata, como el

[21] *por si acaso:* just in case. [22] *La misma glucosa:* Glucose, as I said. [23] *Casualmente:* By chance. [24] *gringo:* In some Latin American countries *gringo* refers to an American, but in others, like Argentina, it refers to any foreigner. [25] *acostumbraba moler a palos:* used to beat regularly. [26] *Magdalena:* Mary Magdalene, the repentant sinner depicted in the Bible. [27] *¡Y ... mujeres!* And women were so scarce there, too!

que hoy encontré para remediarme. Pero, ¿asunto a qué murmuraban?[28] De envidiosos, no más.[29] En todo ven el dinero. ¿Por qué no se les ocurre pensar que un hombre, por más pobre que sea, puede ser desinteresado? A don Hellmuth le hicieron la autopsia; con ese motivo[30] se comprobó, de paso, que los hongos eran inofensivos. ¡Que iba a vender yo hongos venenosos![31]

EXERCISES

A. Cuestionario

1. ¿Qué había encontrado Joaco Migueles para impermeabilizar el techo?
2. ¿A qué refrán se refirió Joaco?
3. ¿Sobre qué cosas le gustaba a Joaco charlar?
4. ¿Por qué no trabajaba Joaco en los caminos de Río Negro con los otros muchachos?
5. ¿Qué trabajo le ofrecieron a Joaco en Viedma?
6. ¿Quién llegó un día a la tienda a visitar a Joaco?
7. ¿Qué dijo Joaco acerca de los hongos venenosos?
8. ¿Qué acabó por comprar don Hellmuth?
9. ¿Quién vino a refugiarse en la tienda aquella misma noche?
10. ¿Cómo murió don Hellmuth?

B. Verb Exercise

Using the verbs in the right-hand column, give the Spanish for the English sentences on the left.

1. **a)** What did you gather from your experiences? — *sacar en limpio*
   b) I don't know if I'll gather much from the conversation.
2. **a)** He settled himself in the chair and began to speak. — *acomodarse*
   b) The cat always settles down in this corner.
3. **a)** He appeared very nervous. — *mostrarse*
   b) Don't look so sad!

[28] *¿asunto a qué murmuraban?* was that anything for them to gossip about? [29] *De envidiosos, no más:* They were jealous, that's all. [30] *con ese motivo:* in this way. [31] *¡Que… venenosos!* What would I be doing selling poisonous mushrooms!

4. a) He earned his living working in a store. — *ganarse el pan*
   b) How will they earn a living?
5. a) Does this room suit you? — *convenir*
   b) Would it be suitable to speak of money?
6. a) María has forgotten the tickets. — *olvidarse de*
   b) I shall never forget you.
7. a) We would usually get up early. — *soler*
   b) Are you accustomed to having wine with your meals?
8. a) Why doesn't he get in touch with me? — *comunicarse con*
   b) Felipe got in touch with her father.
9. a) The officer killed himself after the battle. — *suicidarse*
   b) If you don't want to see me any more, I'll kill myself.
10. a) Whom is she going to marry? — *casarse con*
    b) He married the sister of a friend.

C. Drill on Expressions

From the expressions on the right, select the one corresponding to the italicized words on the left and rewrite the entire sentence in Spanish.

1. *Suddenly,* se oyó un disparo.
2. Ayer supimos, *in passing,* que María no piensa venir.
3. Te mando *separately* el libro que me pediste.
4. Acepté la oferta *against my wishes.*
5. Te aconsejo que traigas más dinero, *just in case.*
6. Juanito, ven acá *immediately.*
7. El hotel es maravilloso, *just as* nos dijeron.
8. ¿Tú sabes por qué esa vieja *was looking at me suspiciously?*
9. Sus acciones *will give cause for comment.*
10. Ella consultaba constantemente el reloj *in front of her.*

a pesar mío
enfrente
dar que hablar
mirar de reojo
de paso
por si acaso
en seguida
de repente
tal como
por separado

D. "Context" Exercise (oral or written)

1. Tell Martín not to forget to call the restaurant.
2. Say that you usually get up before 7:30.
3. Ask Carlos who Elsa is marrying.
4. Indicate that it would be suitable to eat after the theater.
5. Say you'll get in touch with Alicia tomorrow afternoon.

E. Review Exercise

The following verbal expressions which figured in earlier stories reappeared in «El papel de plata.» To check your mastery of them, compose a question involving each verb; then answer the question.

faltar	ponerse a	referirse	refugiarse
darse cuenta de	tener ganas de	disfrutar de	ocurrírsele

EL TELÉFONO

AUGUSTO MARIO DELFINO

Author and journalist AUGUSTO MARIO DELFINO was born in Montevideo, Uruguay, in 1906. As a young man he worked as a journalist first in Uruguay and later in Argentina. In 1936 he joined the staff of the important *La Nación* of Buenos Aires, begining a long association with that paper that lasted until his death in 1961. His collection of short stories, *Fin de siglo* (1939), won for him the Premio Municipal for literature awarded that year by the city of Buenos Aires.

Delfino's «El teléfono» is a simple, tender story. The special love and understanding between one of the daughters of a family and her father are the single source of the narrative's emotional impact. Its structure, however, is more complex. The story begins in the present, slips back into the past, comes back briefly to the present, and then returns once more to past moments recalled by the daughter Berta before the final, present-time action of the story, the telephone call, is described. (The flower vase is the "key" used to signal present action.) Then, too, there is the curious (and purposely perplexing) figure of Enrique Arenal, the former beau of Hebe, the other daughter.

A PRELIMINARY LOOK AT KEY EXPRESSIONS

1. **a su vez** *in turn:* **Y dijo, a su vez, que no iba.** *And she said, in turn, that she wasn't going.*
2. **saludar** *to greet, say hello to*
3. **atender** *to answer the phone* This verb also has the more common meaning of *to look after, take care of.*
4. **divertirse** *to have a good time*
5. **avisar** *to inform, let one know* The person being informed is always the indirect object: **No le avisaron.** *They didn't let her know.*
6. **sin importancia** *unimportant, meaningless*
7. **de siempre** *customary, usual*
8. **jactarse** *to brag, boast*
9. **como si** *as if* This expression is always followed by the past subjunctive: **Como si no lo supieras.** *As if you didn't know.*
10. **tal vez** *maybe, perhaps*
11. **tenderse** *to lie down, stretch out*
12. **cuanto** *everything that, whatever, all that:* **La madre aceptó cuanto le decía.** *The mother accepted everything that she told her.*
13. **mismo** *self:* **Ellos mismos no quisieron creerlo.** *They refused to believe it themselves.*
14. **para que** *so that* This expression is virtually synonymous with **de modo que** and is also followed by the subjunctive: **Llámela para que no se preocupe.** *Call her so she won't worry.*
15. **acordarse de** *to remember*
16. **alejarse** *to leave, go away, walk off, get farther away* The root of this verb is **lejos** *far.*
17. **apenas** *scarcely, hardly*
18. **todo lo contrario** *just the opposite*
19. **hacerle gracia a uno** *to strike someone as being funny:* **Le hace gracia, ¿no?** *She thinks it's funny, doesn't she?*
20. **cortar** *to hang up the phone* This verb also has the more usual meaning of *to cut.*

EL TELÉFONO

Sobre la mesita del pasillo, el teléfono está silencioso desde las cuatro de la tarde. Hebe lo mira, y le dice a Berta, su hermana menor:

—Nadie ha llamado.

Berta alza levemente los hombros y al mirar, a su vez, el teléfono advierte sobre la mesita las rosas mustias en un florero de cristal. Están ahí desde anteayer. Las trajo Hebe. Lo recuerda minuciosamente, detalle por detalle. Eran las ocho y media de la noche. Hebe llegó de la calle. Traía las rosas envueltas en un papel transparente. Antes de besar a la madre, que en el *living* leía el diario; antes de saludarla a ella, tomó el florero, fue a la cocina para llenarlo de agua, volvió y, cuando había empezado a colocar las flores, sonó la campanilla del teléfono. Hebe atendió. Berta le oyó decir:

—Sí, papá. Que comas bien. Que te diviertas.

Entonces, Berta se acercó a la hermana.

—¿Avisó que no viene a comer?

—Lo invitaron unos amigos. Decíselo a mamá.[1]

[1] *Decíselo a mamá:* Tell Mother. (In some parts of Spanish America, including Argentina, an additional form for "you" is used. It is a second-person singular form that replaces *tú*. The subject pronoun is *vos;* the direct, indirect, and reflexive object pronouns are *te;* and the object of a preposition is *vos*. The imperative for this form is the infinitive without the final *r* and with stress on the last syllable. For example, the form for *hablar* is *hablá*, for *comer*, *comé*, and for *decir*, *decí*.)

A las nueve y cuarto se sentaron a la mesa, las tres. Encendieron la radio; conversaron de cosas sin importancia, imprecisables. Eran casi las diez cuando llegó Alberto, el hermano, quien, con su tono de siempre, que tanto puede ser alegre como despreocupado, atajó el fastidio de la mucama:

—Amelia: Sírvame todo junto y lo más frío que sea posible. Quiero terminar cuanto antes, porque esta noche va a ser la noche más importante de mi vida.

La madre lo miró como reprochándole: «¿Cuándo dejarás de ser un chiquilín?», pero nada dijo porque sabe que Hebe y Berta le festejan sus ocurrencias.[2]

Acababan de tomar el café cuando sonó el teléfono. Atendió Amelia.

—Es para usted, niño.

—¿No les decía? —se jactó Alberto. Y salió del comedor como si ya lo estuviese contemplando una de sus amigas. Las cuatro mujeres le oyeron decir—: ¿Pero es posible? —después nada pudieron escuchar, porque él habló con voz muy baja. Volvió pálido, brillantes los ojos.

—¡Alberto! —lo interrogó la madre—. ¿Qué te pasa?

—Un amigo, mamá. Tal vez mi mejor amigo. Acaba de sufrir un ataque.

—¿Quién es? —le preguntó Berta.

—Ustedes no lo conocen.

Hebe nada dijo. Se levantó, fue a su dormitorio, se aisló mientras la madre, la hermana, la mucama y la cocinera —mujeres, ahora, confundidas por el secreto de Alberto en la ciudad y la noche— elegían la víctima, sumaban o restaban gravedad,[3] hablaban de fatalidad y alarma.

Eran más de las once cuando sonó el teléfono. Atendió Berta. Hebe, que se había tendido en la cama, se incorporó, prestó atención. La voz de la hermana le confirmó la sospecha. Salió de su cuarto cuando Berta decía:

—No, Alberto, no. Me estás ocultando algo —cuando la madre gritaba:

—¿Qué dice? ¿Qué dice? —cuando Amelia, despertada por el ruido de la campanilla, apareció envuelta en su batón con grandes flores rojas.

Berta colgó el auricular. Su mirada eludió la mirada de la madre, encontró la mirada de Hebe.

—Papá es el enfermo.

—Lo sabía —dijo Hebe.

Después todo fue esperar. La madre aceptó cuanto le decía Amelia para alentarla, para despreocuparla; ella misma se estimuló con el recuerdo de una noche de hace treinta años. Hebe era recién nacida. El marido había salido; la primera vez que salía de noche en siete meses. Ella se había quedado dormida

[2] *le festejan sus ocurrencias:* admire his witticisms. [3] *elegían ... gravedad:* said who they thought the victim was, speculated on how serious it was.

en un sillón, junto a la cuna de la niña. La despertó el teléfono. Un amigo llamaba para decirle que no se asustase, que Juan había sufrido un desvanecimiento, que lo habían llevado a la Asistencia Pública[4] y que volvería a su casa en cuanto se le pasara la descompostura. Cuando el amigo cortó la comunicación, ella gritó, gritó mucho, hasta alarmar a los vecinos, que golpearon inútilmente la puerta. Cuando Juan, poco más tarde, entró, ella estaba caída en el suelo, ya casi sin pulso. Berta, que había oído muchas veces la historia, la escuchaba ahora sin prestarle atención. Estaba pendiente del teléfono.[5] Hebe, encerrada en el cuarto de baño, dejó correr el agua para que el ruido cubriese sus sollozos.

Amanecía cuando llegó Alberto. Llegó con dos amigos. Nada dijo. Tendió los brazos hacia la madre, lloró. Después —Berta lo recuerda mientras ve a Hebe que toma el florero, que recoge los pétalos caídos sobre la mesita— todo fue simple y extraño. La mañana trajo mucho cansancio. Y un sueño pesado pesado, contra el que tuvo que luchar. Amelia entró con el diario, pasó con las botellas de la leche, sirvió café, levantó las persianas. Alberto había salido. Cuando volvió, preguntó por la madre. Hebe le dijo:

—Está dormida. Le hice poner otra inyección.[6]

Alberto les pidió que se encerrasen en el dormitorio, que no salieran hasta que él no[7] les avisara. Una hora —dos horas,[8] tal vez— más tarde, les dijo:

—Ahora pueden ir.

Berta querría olvidar. Querría borrar un día y una noche y medio día más; no acordarse de su casa llena de gente; llena de flores; de su casa con pocas personas que hablaban en voz baja. Querría olvidarse de Hebe alejándose de Horacio, su novio; de Hebe que, tomándola del brazo, la llevó a la cocina y allí, entre pocillos con restos de café, la asombró al decirle:

—¿Te acordás[9] de Enrique Arenal? ¿Cómo no te vas a acordar? Claro que vos eras muy chica. Tenías doce o trece años. Era aquel muchacho que vivía al lado de casa, en la calle Serrano. Me gustaría que estuviera acá.

¿Qué le ocurre a Hebe? ¿Fue posible que en una noche así le hablase de un hombre lejano? Sin duda, lo mandó llamar. Enrique Arenal debe ser ese desconocido que apenas cambió dos palabras con Alberto. «¡Qué cambiada está Hebe! Será mejor que rompa con Horacio. ¿Para qué seguir algo que terminaría haciéndolos desdichados a los dos? Pero aún es muy pronto —se

[4] *Asistencia Pública:* Public Hospital. [5] *Estaba pendiente del teléfono:* She was waiting for the phone to ring. [6] *Le . . . inyección:* I had them give her another shot. [7] *no:* should not be translated. [8] *Una hora—dos horas:* the time required to prepare the body for viewing. See note 16, p. 77. [9] *acordás:* The *vos* forms in the present tense are also different from the standard *tú* forms. With *-ar* and *-er* verbs, it is the *vosotros* form without the final *i*. For example, the *vos* form for *acordar* is *acordás,* for *tener, tenés,* and for *ser, sos.* With *-ir* verbs, the *vos* form is the same as the *vosotros* form: *vivir, vivís; salir, salís,* etc.

dice—. Papá le tenía afecto a Horacio. Romper ahora con Horacio sería como traicionarlo a papá.»

Hebe ha vuelto con el florero vacío. Berta no tardará un minuto más en pedirle que no cometa esa traición.

—Hebe ... —le dice.

Suena la campanilla del teléfono. Como quien arrebata un arma de la mano del enceguecido, Berta se apodera del auricular. Hebe se lo quita con decisión, con dulzura.

—Atiendo yo. ¡Hola! —exclama. Y enmudece. Palidece. Las palabras que escuchaba son como una palpitación en sus mejillas. Van acentuando su palidez. Los labios, de los que ha desaparecido la sangre y que se ven pálidos a través del rojo postizo, grasoso, apenas insinúan un movimiento. La mirada de Hebe se fija en Berta, que se obstina en quedarse ahí. Como quien cede después de un gran esfuerzo, Hebe asiente—: Sí, soy yo. Pero si[10] te había reconocido. Tu voz es la misma. Sí, la misma. Pero no puedo creerlo. No; no puedo creer ... Te lo confieso: me hace muy dichosa y al mismo tiempo me entristece mucho. ¿Bien, decís?[11] Todo lo bien que se puede estar después de esta cosa horrible que ha sucedido. ¿Un viaje? Querés consolarme. Un viaje es distinto. Un viaje tiene la esperanza de la vuelta. No; eso no puedo aceptarlo. La pobre mamá ... Está dormida —Hebe baja la voz. Berta vuelve la cabeza como para asegurarse de que el silencio llena el resto de la casa—. Sí, muchas drogas para hacerla dormir. Ya antes, de madrugada, parecía dormida con los ojos abiertos. Hablaba como sin comprender que algo espantoso acababa de herirnos. Más de uno, al verla, habrá pensado[12] que ella no sufría. ¿Más cerca de nosotros, decís? No te oigo bien. Sí; sé que no es ruido. Es todo lo contrario. Se borran tus palabras. ¡Hola! ¡Hola! Ahora sí te oigo. ¿Cómo podés decir eso? ¿Cómo no habría de perdonarte? La torpe soy yo, que no atino a decirte todo lo que debería decirte ... Si[13] yo no quiero otra cosa que saberte contento, feliz... ¿Y ese ruido? ¿Qué es ese ruido? ¿Trenes? ¿Me estás hablando desde una estación? ¿Y estás solo? Pobre, pobre mío ... Aquí, a mi lado, está Berta. Se lo diré. Se lo diré con tus mismas palabras. No; Alberto ha salido. Tenía cosas que hacer. Cosas urgentes. No; solas no. También está tía Carmen. Se quedará esta noche para acompañarnos. Y hace un momento se fueron las de Oddone. ¿Te acordás de las de Oddone? Vivían a la vuelta de la calle Serrano.[14] María está muy vieja, pero es siempre la misma, parecida a lo que fue.

[10] *si:* should not be translated. [11] *decís:* you say (present tense for *vos*). Other *vos* forms occur throughout. [12] *habrá pensado:* must have thought (the future perfect is also used to express conjecture in the past). [13] *Si:* should not be translated. [14] *a ... Serrano:* around the corner from Serrano Street.

En cambio, ¡si hubieses visto a Elisa! Un kilo de pintura en la cara, un mamarracho ... Pero, ¿cómo te hablo de estas cosas? ¡Tan luego en un día como el de hoy![15] No; no lloro ... ¿Por qué pensás que estoy llorando? Te hace gracia,[16] ¿no? Crees que me pongo fea como cuando era chica y lloraba. Pero vos ... —Hebe llora. Las lágrimas ruedan por las mejillas; forman, al juntarse, dos líneas brillantes—. Es que no puedo pronunciar esa palabra. ¿Miedo, decís? Si yo siempre te quise. Y te quiero. No; ¡qué voy a encontrar en Horacio! Tal vez él no sepa que ya no es nada para mí. En una silla, ¡qué sé yo!, en la pared me pude apoyar, pero no en él. ¿Vas a cortar? ¡No cortes, por favor! No me dejes sola —sola, porque Hebe no ve a la hermana, que la está mirando con asombro, con piedad, con desprecio—. ¡Tengo tantas palabras de cariño que decirte todavía! No es lo mismo. No es lo mismo que sepas.[17] Es necesario que las oigas. ¡Hola! ¡Hola! ¿Me oís? Es horrible, otra vez los trenes. ¿Qué te importa que ese hombre se acerque por el andén? Está tranquilo. No te preocupes por nada de eso. Para eso soy fuerte. ¿Qué? ¿Nunca más? —grita como si la golpearan—. ¿Nunca más?

—¡Hebe! ¿Estás loca? —le dice Berta—. Dame ese tubo.[18] ¡Basta! —pero detiene su ademán cuando ve que su hermana sonríe, cuando ve en los ojos de la hermana el reflejo de una ternura que ella no comprende.

—¿Así?: buenas noches —repite Hebe—. Que descanses, sí; que descanses.

Coloca el auricular sobre la caja del teléfono, pero sin soltarlo. La mano abre los dedos con el movimiento de animal hermoso y extraño. Berta está ahí. Hebe la ve otra vez. Dice Hebe:

—Era papá.

EXERCISES

A. Cuestionario

1. ¿Desde cuándo están sobre la mesita las rosas que mira Berta?
2. ¿Qué le había dicho a Hebe su padre cuando llamó aquella noche?
3. ¿Por qué no quiso decir Alberto a las demás de la familia quién había sufrido un ataque?

[15] *¡Tan ... hoy!* Especially on a day like today. [16] *Te hace gracia:* You think it's funny. [17] *No ... sepas:* It's not the same for you to know. [18] *tubo:* receiver (of old-fashioned telephone).

4. ¿Cómo reaccionó Hebe ante todo aquello?
5. ¿Quién resultó ser el enfermo?
6. ¿Cuándo volvió a casa Alberto? ¿Qué noticias traía?
7. ¿Quién era Enrique Arenal?
8. ¿Qué iba Berta a pedirle a Hebe que no hiciera?
9. Cuando sonó el teléfono la última vez, ¿quién atendió?
10. ¿Cómo sabía Hebe con quién hablaba?
11. ¿Qué ruido oyó ella en la línea?
12. ¿Qué dijo Hebe acerca de Horacio?
13. ¿Con quién creía Berta que estaba hablando Hebe?
14. ¿Con quién había estado hablando Hebe?
15. ¿Cómo se explica esto?

B. Verb Drill

Using the verbs in the right-hand column, give the Spanish for the English sentences on the left.

1. a)	I want you to say hello to Anita.	*saludar*
b)	He greeted us as he entered.	
2. a)	When Leo called, who answered the phone?	*atender*
b)	Is the phone ringing? I'll get it.	
3. a)	When did they let you know?	*avisar*
b)	We'll inform her that we're not coming to eat.	
4. a)	She wanted us to have a good time at their party.	*divertirse*
b)	Enjoy yourselves and don't get home late.	
5. a)	He's always bragging about his relatives.	*jactarse*
b)	I wouldn't boast about that if I were you.	
6. a)	He stretched out on the ground in the sun.	*tenderse*
b)	I'm going to lie down here for awhile.	
7. a)	Remember that artist from Uruguay?	*acordarse de*
b)	Suddenly, I remembered the date.	
8. a)	He went off very sadly.	*alejarse*
b)	Don't go too far away.	
9. a)	Why do you think my idea's so funny?	*hacerle gracia a uno*
b)	Listen, this is going to amuse you.	
10. a)	Wait a moment, don't hang up.	*cortar*
b)	I'm sorry, but she hung up.	

C. Drill on Expressions

From the expressions on the right, select the one corresponding to the italicized English words on the left and rewrite the entire sentence in Spanish.

1. Te digo todo esto *so that* sepas qué hacer.	**a su vez**
2. No, no es así; es *just the opposite.*	**sin importancia**
3. David es *perhaps* el mejor amigo que tiene Alberto.	**de siempre**
	como si
4. *Scarcely* tuve tiempo de desayunar.	**tal vez**
5. Pasaron toda la tarde hablando de cosas *trivial.*	**cuanto**
6. Estuvieron en Mar del Plata por las dos semanas *usual.*	**mismo**
	para que
7. Nora, *in turn,* le vendió la casa a Adela.	**apenas**
8. María *herself* nos lo contó.	**todo lo contrario**
9. Compraré *whatever* me traigas.	
10. Era *as if* ellas no me creyeran.	

D. "Context" Exercise (oral or written)

1. Indicate that you've heard people boast that San Francisco is more picturesque than Los Angeles.
2. Say that you saw Ricardo but that he didn't say hello.
3. Ask your friend if he remembers that film with Cantinflas.
4. Say that you were talking with Teresa on the phone but that she hung up.
5. Express the hope that your sister has a good time at the party.

EL GUARDAGUJAS

JUAN JOSÉ ARREOLA

JUAN JOSÉ ARREOLA (1918-   ) is a Mexican who has produced two volumes of excellent short stories which have established him as one of his country's most accomplished writers. *Varia invención* (1949) and *Confabulario* (1952) are made up of elaborately wrought tales in which graceful, though sometimes biting humor, gentle satire, and a carefully sustained play of intellectual ideas predominate.

In a story like «El guardagujas,» Arreola is at his best. It is a fantasy—a classification into which many of his works fall. It opens in rather ordinary circumstances, with a quite unremarkable situation. (There is a clue, however—a very slight clue—in the beginning paragraphs which, if you catch it, may prepare you for the story's ending.) «El guardagujas» is a perfect example of how fantasy, through controlled exaggeration, may lead from humorous enjoyment through amusing satire to a state of nightmarish terror—which, as we all realize, may spring suddenly from the most prosaic of everyday situations. It is a story that, in the reading—and rereading—will strike the reader as having several levels of meaning.

A PRELIMINARY LOOK AT KEY EXPRESSIONS

1. **hallarse** *to be, find oneself:* **El forastero se halló ante un viejecillo.** *The stranger found himself before a little old man.*
2. **en caso de que** *in case, in the event that* This expression is followed by the subjunctive: **En caso de que el tren no llegue.** *In case the train doesn't get here.*
3. **mientras tanto** *meanwhile*
4. **empeñarse en** *to insist on, persist in*
5. **darse por satisfecho** *to be, consider oneself satisfied* **Satisfecho** must agree with the subject: **La señorita se dio por satisfecha y no hizo más preguntas.** *The young lady was satisfied and asked no more questions.*
6. **tener razón** *to be right*
7. **bastar** *to be enough* This verb is used with an indirect object: **Le bastaba un solo boleto.** *Just one ticket was enough for her.*
8. **ni siquiera** *not even*
9. **tomar en cuenta** *to take into account*
10. **faltar** *to be missing, lacking* **En ese trayecto faltan los rieles.** *In that section the rails are missing.*
11. **transformarse en** *to turn into*
12. **tratar de** + *infinitive* *to try to + verb*
13. **darse el caso de que** *to just so happen:* **Se da el caso de que usted cree que viene el tren.** *It just so happens that you think the train is coming.*
14. **a veces** *at times, sometimes*
15. **carecer de** *to lack*
16. **sin más** *without further ado*
17. **obligar a** + *infinitive* This expression is used with a direct or indirect object: **La empresa la (le) obligó a bajar del tren.** *The management made her get off the train.*
18. **toda clase de** *all kinds of*
19. **a decir verdad** *to tell the truth*
20. **de vez en cuando** *from time to time, now and then*

EL GUARDAGUJAS

El forastero llegó sin aliento a la estación desierta. Su gran valija, que nadie quiso conducir, le había fatigado en extremo. Se enjugó el rostro con un pañuelo, y con la mano en visera[1] miró los rieles que se perdían en el horizonte. Desalentado y pensativo consultó su reloj: la hora justa en que el tren debía partir.

Alguien, salido de[2] quién sabe dónde, le dio una palmada muy suave. Al moverse, el forastero se halló ante un viejecillo de vago aspecto ferrocarrilero. Llevaba en la mano una linterna roja, pero tan pequeña, que parecía de juguete. Miró sonriendo al viajero, y éste le dijo ansioso su pregunta:

—Usted perdone, ¿ha salido ya el tren?

—¿Lleva usted poco tiempo en este país?[3]

—Necesito salir inmediatamente. Debo hallarme en T.[4] mañana mismo.[5]

—Se ve que usted ignora[6] por completo lo que ocurre. Lo que debe hacer ahora mismo es buscar alojamiento en la fonda para viajeros, —y señaló un extraño edificio ceniciento que más bien parecía[7] un presidio.

—Pero yo no quiero alojarme, sino salir en el tren.

—Alquile usted un cuarto inmediatamente, si es que lo hay.[8] En caso de que pueda conseguirlo, contrátelo por mes, le resultará más barato[9] y recibirá mejor atención.

—¿Está usted loco? Yo debo llegar a T. mañana mismo.

[1] *en visera:* shading his eyes. [2] *salido de:* who had just appeared from. [3] *¿Lleva . . . país?* You've been in this country only a short while? [4] *T.:* the traveler's destination. [5] *mañana mismo:* tomorrow at the latest. [6] *ignora:* don't know. [7] *más bien parecía:* looked rather like. [8] *si . . . hay:* if there is one. [9] *le resultará más barato:* it will be cheaper for you.

—Francamente, debería abandonarlo a su suerte. Sin embargo, le daré unos informes.

—Por favor...

—Este país es famoso por sus ferrocarriles, como usted sabe. Hasta ahora no ha sido posible organizarlos debidamente, pero se han hecho ya grandes cosas en lo que se refiere a la publicación de itinerarios y a la expedición de boletos. Las guías ferroviarias comprenden y enlazan todas las poblaciones de la nación; se expenden boletos hasta para las aldeas más pequeñas y remotas. Falta solamente que los convoyes cumplan[10] las indicaciones contenidas en las guías y que pasen efectivamente por las estaciones. Los habitantes del país así lo esperan; mientras tanto, aceptan las irregularidades del servicio y su patriotismo les impide cualquier manifestación de desagrado.[11]

—Pero ¿hay un tren que pase por esta ciudad?

—Afirmarlo equivaldría a cometer una inexactitud. Como usted puede darse cuenta, los rieles existen, aunque un tanto averiados. En algunas poblaciones están sencillamente indicados en el suelo, mediante dos rayas de gis. Dadas las condiciones actuales,[12] ningún tren tiene la obligación de pasar por aquí, pero nada impide que eso pueda suceder. Yo he visto pasar muchos trenes en mi vida y conocí algunos viajeros que pudieron abordarlos. Si usted espera convenientemente,[13] tal vez yo mismo tenga el honor de ayudarle a subir a un hermoso y confortable vagón.

—¿Me llevará ese tren a T.?

—¿Y por qué se empeña usted en que ha de ser precisamente a T.? Debería darse por satisfecho[14] si pudiera abordarlo. Una vez en el tren, su vida tomará efectivamente algún rumbo. ¿Qué importa si ese rumbo no es el de T.?

—Es que yo tengo un boleto en regla[15] para ir a T. Lógicamente, debo ser conducido a ese lugar, ¿no es así?

—Cualquiera diría que usted tiene razón. En la fonda para viajeros podrá usted hablar con personas que han tomado sus precauciones, adquiriendo grandes cantidades de boletos. Por regla general, las gentes previsoras compran pasajes para todos los puntos del país. Hay quien[16] ha gastado en boletos una verdadera fortuna...

—Yo creí que para ir a T. me bastaba un boleto. Mírelo usted ...

—El próximo tramo de los ferrocarriles nacionales va a ser construido con el dinero de una sola persona que acaba de gastar su inmenso capital en pasajes de ida y vuelta[17] para un trayecto ferroviario cuyos planos, que incluyen ex-

[10]*Falta... cumplan:* The only thing left is for the trains to follow. [11] *les... desagrado:* prevents any show of displeasure on their part. [12] *Dadas las condiciones actuales:* In view of present-day conditions. [13] *convenientemente:* as you're supposed to. [14] *darse por satisfecho:* be satisfied. [15] *en regla:* in proper form. [16] *Hay quien:* There are people who. [17] *de ida y vuelta:* round-trip.

tensos túneles y puentes, ni siquiera han sido aprobados por los ingenieros de la empresa.

—Pero el tren que pasa por T. ¿ya se encuentra en servicio?

—Y no sólo ése. En realidad, hay muchísimos trenes en la nación, y los viajeros pueden utilizarlos con relativa frecuencia, pero tomando en cuenta que no se trata de[18] un servicio formal y definitivo. En otras palabras, al subir a un tren, nadie espera ser conducido al sitio que desea.

—¿Cómo es eso?

—En su afán de servir a los ciudadanos, la empresa se ve en el caso de tomar medidas desesperadas. Hace circular trenes por lugares intransitables. Esos convoyes expedicionarios emplean a veces varios años en su trayecto, y la vida de los viajeros sufre algunas transformaciones importantes. Los fallecimientos no son raros en tales casos, pero la empresa, que todo lo ha previsto, añade a esos trenes un vagón capilla ardiente y un vagón cementerio. Es razón de orgullo para los conductores depositar el cadáver de un viajero —lujosamente embalsamado— en los andenes de la estación que prescribe su boleto. En ocasiones, estos trenes forzados recorren trayectos en que falta uno de los rieles. Todo un lado de los vagones se estremece lamentablemente con los golpes que dan las ruedas sobre los durmientes. Los viajeros de primera —es otra de las previsiones de la empresa— se colocan del lado en que hay riel. Los de segunda padecen los golpes con resignación. Pero hay otros tramos en que faltan ambos rieles; allí los viajeros sufren por igual, hasta que el tren queda totalmente destruido.

—¡Santo Dios!

—Mire usted: la aldea de F. surgió a causa de uno de esos accidentes. El tren fue a dar en un terreno impracticable.[19] Lijadas por la arena, las ruedas se gastaron hasta los ejes. Los viajeros pasaron tanto tiempo juntos, que de las obligadas conversaciones triviales surgieron amistades estrechas. Algunas de esas amistades se transformaron pronto en idilios, y el resultado ha sido F., una aldea progresista llena de niños traviesos que juegan con los vestigios enmohecidos del tren.

—¡Dios mío, yo no estoy hecho para tales aventuras!

—Necesita usted ir templando su ánimo;[20] tal vez llegue usted a convertirse en un héroe. No crea que faltan ocasiones para que los viajeros demuestren su valor y sus capacidades de sacrificio. En una ocasión, doscientos pasajeros anónimos escribieron una de las páginas más gloriosas en nuestros anales ferroviarios. Sucede que en un viaje de prueba, el maquinista advirtió a tiempo una grave omisión de los constructores de la línea. En la ruta faltaba un puente que debía salvar un abismo. Pues bien, el maquinista, en vez de poner marcha

[18] *no se trata de:* it is not a question of. [19] *fue...impracticable:* found itself in rough, impassable terrain. [20] *Necesita...ánimo:* You need to start plucking up your courage.

hacia atrás, arengó a los pasajeros y obtuvo de ellos el esfuerzo necesario para seguir adelante. Bajo su enérgica dirección, el tren fue desarmado pieza por pieza y conducido en hombros al otro lado del abismo, que todavía reservaba la sorpresa de contener en su fondo un río caudaloso. El resultado de la hazaña fue tan satisfactorio que la empresa renunció definitivamente a la construcción del puente, conformándose con hacer un atractivo descuento en las tarifas de los pasajeros que se atrevan a afrontar esa molestia suplementaria.

—¡Pero yo debo llegar a T. mañana mismo!

—¡Muy bien! Me gusta que no abandone usted su proyecto. Se ve que es usted un hombre de convicciones. Alójese por de pronto[21] en la fonda y tome el primer tren que pase. Trate de hacerlo cuando menos;[22] mil personas estarán para[23] impedírselo. Al llegar un convoy, los viajeros, exasperados por una espera demasiado larga, salen de la fonda en tumulto para invadir ruidosamente la estación. Frecuentemente provocan accidentes con su increíble falta de cortesía y de prudencia. En vez de subir ordenadamente se dedican a aplastarse unos a otros; por lo menos, se impiden mutuamente el abordaje, y el tren se va dejándolos amotinados en los andenes de la estación. Los viajeros, agotados y furiosos, maldicen su falta de educación, y pasan mucho tiempo insultándose y dándose de golpes.

—¿Y la policía no interviene?

—Se ha intentado organizar un cuerpo de policía en cada estación, pero la imprevisible llegada de los trenes hacía tal servicio inútil y sumamente costoso. Además, los miembros de ese cuerpo demostraron muy pronto su venalidad, dedicándose a proteger la salida exclusiva de pasajeros adinerados que les daban a cambio de ese servicio todo lo que llevaban encima. Se resolvió entonces el establecimiento de un tipo especial de escuela, donde los futuros viajeros reciben lecciones de urbanidad y un entrenamiento adecuado, que los capacita para que puedan pasar su vida en los trenes. Allí se les enseña[24] la manera correcta de abordar un convoy, aunque esté en movimiento y a gran velocidad. También se les proporciona una especie de armadura para evitar que los demás pasajeros les rompan las costillas.

—Pero una vez en el tren, ¿está uno a cubierto[25] de nuevas dificultades?

—Relativamente. Sólo le recomiendo que se fije muy bien en las estaciones. Podría darse el caso de que usted creyera haber llegado[26] a T., y sólo fuese una ilusión. Para regular la vida a bordo de los vagones demasiado repletos, la empresa se ve obligada a echar mano de[27] ciertos expedientes. Hay estaciones que son pura apariencia: han sido construidas en plena selva[28] y llevan el nombre de alguna ciudad importante. Pero basta poner un poco de atención

[21] *por de pronto:* in the meantime. [22] *cuando menos:* at least. [23] *estarán para:* will be ready to. [24] *se les enseña:* they are taught. [25] *a cubierto:* protected. [26] *Podría... llegado:* It might happen that you would believe you had arrived. [27] *echar mano de:* make use of. [28] *en plena selva:* right in the middle of the jungle.

para descubrir el engaño. Son como las decoraciones del teatro, y las personas que figuran en ellas están rellenas de aserrín. Esos muñecos revelan fácilmente los estragos de la intemperie, pero son a veces una perfecta imagen de la realidad: llevan en el rostro las señales de un cansancio infinito.

—Por fortuna, T. no se halla muy lejos de aquí.

—Pero carecemos por el momento de trenes directos. Sin embargo, bien podría darse el caso de que usted llegara a T. mañana mismo, tal como desea. La organización de los ferrocarriles, aunque deficiente, no excluye la posibilidad de un viaje sin escalas. Vea usted, hay personas que ni siquiera se han dado cuenta de[29] lo que pasa. Compran un boleto para ir a T. Pasa un tren, suben, y al día siguiente oyen que el conductor anuncia: «Hemos llegado a T.». Sin tomar precaución alguna, los viajeros descienden y se hallan efectivamente en T.

—¿Podría yo hacer alguna cosa para facilitar ese resultado?

—Claro que puede usted. Lo que no se sabe es si le servirá de algo.[30] Inténtelo de todas maneras. Suba usted al tren con la idea fija de que va a llegar a T. No converse con ninguno de los pasajeros. Podrían desilusionarlo con sus historias de viaje, y hasta se daría el caso de que lo denunciaran.

—¿Qué está usted diciendo?

—En virtud del estado actual de las cosas los trenes viajan llenos de espías. Estos espías, voluntarios en su mayor parte, dedican su vida a fomentar el espíritu constructivo de la empresa. A veces uno no sabe lo que dice y habla sólo por hablar.[31] Pero ellos se dan cuenta en seguida de todos los sentidos que puede tener una frase, por sencilla que sea.[32] Del comentario más inocente saben sacar una opinión culpable. Si usted llegara a cometer la menor imprudencia, sería aprehendido sin más;[33] pasaría el resto de su vida en un vagón cárcel, en caso de que no le obligaran a descender[34] en una falsa estación, perdida en la selva. Viaje usted lleno de fe, consuma la menor cantidad posible de alimentos y no ponga los pies en el andén antes de que vea en T. alguna cara conocida.

—Pero yo no conozco en T. a ninguna persona.

—En ese caso redoble usted sus precauciones. Tendrá, se lo aseguro, muchas tentaciones en el camino. Si mira usted por las ventanillas, está expuesto a caer en la trampa de un espejismo. Las ventanillas están provistas de ingeniosos dispositivos que crean toda clase de ilusiones en el ánimo de los pasajeros. No hace falta ser débil[35] para caer en ellas. Ciertos aparatos, operados desde la locomotora, hacen creer, por el ruido y los movimientos, que el tren está en marcha. Sin embargo, el tren permanece detenido semanas enteras,

[29] *ni... de:* haven't even realized. [30] *si... algo:* whether it will do you any good. [31] *habla sólo por hablar:* talks for the sake of talking. [32] *por sencilla que sea:* no matter how simple it is. [33] *sin más:* without further ado. [34] *en... descender:* in the event that they didn't make you get off. [35] *No... débil:* You don't have to be weak.

mientras los viajeros ven pasar cautivadores paisajes a través de los cristales.

—¿Y eso qué objeto tiene?

—Todo esto lo hace la empresa con el sano propósito de disminuir la ansiedad de los viajeros y de anular en todo lo posible las sensaciones de traslado. Se aspira a que un día se entreguen plenamente al azar, en manos de una empresa omnipotente, y que ya no les importe saber a dónde van ni de dónde vienen.

—Y usted, ¿ha viajado mucho en los trenes?

—Yo, señor, sólo soy guardagujas. A decir verdad, soy un guardagujas jubilado, y sólo aparezco aquí de vez en cuando para recordar los buenos tiempos. No he viajado nunca, ni tengo ganas de hacerlo. Pero los viajeros me cuentan historias. Sé que los trenes han creado muchas poblaciones además de la aldea de F., cuyo origen le he referido. Ocurre a veces que los tripulantes de un tren reciben órdenes misteriosos. Invitan a los pasajeros a que desciendan de los vagones, generalmente con el pretexto de que admiren las bellezas de un determinado lugar. Se les habla[36] de grutas, de cataratas o de ruinas célebres: «Quince minutos para que admiren ustedes la gruta tal o cual», dice amablemente el conductor. Una vez que los viajeros se hallan a cierta distancia, el tren escapa a todo vapor.[37]

—¿Y los viajeros?

—Vagan desconcertados de un sitio a otro durante algún tiempo, pero acaban por congregarse y se establecen en colonia. Estas paradas intempestivas se hacen en lugares adecuados, muy lejos de toda civilización y con riquezas naturales suficientes. Allí se abandonan lotes selectos, de gente joven, y sobre todo con mujeres abundantes. ¿No le gustaría a usted acabar sus días en un pintoresco lugar desconocido, en compañía de una muchachita?

El viejecillo hizo un guiño, y se quedó mirando al viajero con picardía, sonriente y lleno de bondad. En ese momento se oyó un silbido lejano. El guardagujas dio un brinco, lleno de inquietud, y se puso a hacer señales ridículas y desordenadas con su linterna.

—¿Es el tren? —preguntó el forastero.

El anciano echó a correr por la vía, desaforadamente. Cuando estuvo a cierta distancia, se volvió para gritar:

—¡Tiene usted suerte! Mañana llegará a su famosa estación. ¿Cómo dice usted que se llama?

—¡X! —contestó el viajero.

En ese momento el viejecillo se disolvió en la clara mañana. Pero el punto rojo de la linterna siguió corriendo y saltando entre los rieles, imprudentemente, al encuentro del tren.

Al fondo del paisaje, la locomotora se acercaba como un ruidoso advenimiento.

[36] *Se les habla:* They are told. [37] *a todo vapor:* at full steam.

EXERCISES

A. Cuestionario

1. ¿A dónde llegó sin aliento el forastero?
2. ¿Qué le contestó el viejecillo cuando le preguntó si había salido ya el tren?
3. ¿Dónde quería hallarse el forastero a la mañana siguiente?
4. ¿Qué consejo le dio el viejecillo?
5. ¿Hay itinerarios y boletos para todos los pueblos del país?
6. ¿Es verdad que los trenes pasan por las aldeas más pequeñas?
7. ¿Qué falta que haga la compañía de ferrocarriles?
8. Dadas las circunstancias actuales, ¿pasará un tren por la estación donde espera el forastero?
9. Según el viejecillo, al subir a un tren, ¿quién espera ser conducido al sitio que desea?
10. ¿Cómo llegan algunos pasajeros a los andenes de la estación que prescribe su boleto?
11. ¿Qué pasa cuando los trenes recorren trayectos donde hay sólo un riel?
12. ¿Cómo surgió la aldea de F.?
13. ¿Por qué ofrece la empresa un atractivo descuento a algunos pasajeros?
14. ¿Por qué se han construido estaciones en plena selva que son pura apariencia?
15. Cuando llegó el tren por fin, ¿todavía quería llegar a «T» el forastero? ¿Por qué?

B. Verb Exercise

Using the verbs in the right-hand column, give the Spanish for the English sentences on the left.

1. a) Tomorrow we'll be in Monterrey.	*hallarse*
b) When he opened his eyes, he was on the ground.	
2. a) I don't think they've taken into account all the difficulties.	*tomar en cuenta*
b) You didn't take his age into account, did you?	

3. a) That poor fellow is never satisfied. *darse por satisfecho*
b) Luisa would never be satisfied.
4. a) This country lacks petroleum. *carecer de*
b) In this town you'll never lack anything.
5. a) Three pesos are missing here. *faltar*
b) We were missing one suitcase.
6. a) The rain changed into snow. *transformarse en*
b) His garden has changed into a beautiful place.
7. a) I'll try to call you around five o'clock. *tratar de*
b) Why was he trying to get in so early?
8. a) He thinks he's always right. *tener razón*
b) I knew that they were right.
9. a) The four books are enough for now. *bastar*
b) She tells me that two cars won't be enough.
10. a) His parents made him stay at home. *obligar a*
b) I don't want to make you do it.

C. Drill on Expressions

From the expressions on the right, select the one corresponding to the italicized English words on the left and rewrite the entire sentence in Spanish.

1. *From time to time,* comía en ese restaurante chino.
2. Nos gustan *all kinds* de frutas y legumbres.
3. ¿Qué harás *in the event that* no quieran participar?
4. Sara *didn't even* mencionó los boletos.
5. *In the meantime,* Mamá nos buscaba por todas partes.
6. Inés *persisted in* no hablar inglés con nadie.
7. *To tell the truth,* no lo sé tampoco.
8. *It so happens that* Leonor lo prefiere así.
9. Se despidió de sus padres y, salió de la casa *without further ado.*
10. *At times,* Laura pensaba que no podía más.

mientras tanto
a decir verdad
sin más
de vez en cuando
se da el caso de que
a veces
ni siquiera
empeñarse en
toda clase de
en caso de que

D. "Context" Exercise (oral or written)

1. Say that the town you visited was lacking in cultural life.
2. Indicate that you hope the teacher takes Lisa's age into account.

3. Say that three of the books you were going to take to the library are missing.
4. Tell Roberto that you know he's right.
5. Indicate that you're going to try to finish the job tonight.

E. Review Exercise

The following verbs which appeared in previous stories also figured in «El guardagujas.» Check your mastery of them by composing a question in Spanish using each of these verbs; then answer the question.

seguir (+ *gerund*)	haber de
tener razón	resultar
fijarse en	darse cuenta de

LA GALLINA DEGOLLADA

HORACIO QUIROGA

HORACIO QUIROGA (1878–1937), an Uruguayan by birth, spent much of his life in the Argentine province of Misiones. This tropical region along the Paraná River offered him a colorful background for dozens of the memorable stories on which is based his reputation as one of Latin America's most talented short-story writers. His life was marked by tragedy and poor health, circumstances that influenced the tone of a large part of his work. Quiroga greatly admired Edgar Allan Poe and the French Parnassians, writers whose impact on Quiroga can be perceived in many of his somber stories. He showed a similar literary debt to the British author, Rudyard Kipling. Kipling's *Jungle Books* and *Just So Stories*, written for a young audience, undoubtedly inspired many of Quiroga's brighter tales, such as those in his widely known *Cuentos de la selva* (1918).

«La gallina degollada» was first collected in *Cuentos de amor, de locura y de muerte*, published in 1917. Of the many well-known short tales by Quiroga, this is undoubtedly the most celebrated. It would not be fair to reveal too much about the story at this point. Suffice it to say that, despite its sensational aspect, it is a sincere and honest attempt to document a marital relationship. The darker side of the human character is explored here and, in Quiroga's view, the deep anger and resentment he describes must eventually prove to be destructive. «La gallina degollada» provides a powerful and memorable reading experience.

A PRELIMINARY LOOK AT KEY EXPRESSIONS

1. **asimismo** *likewise, in the same way*
2. **sin embargo** *however, nevertheless*
3. **del todo** *completely*
4. **en cuanto a** *as for, when it comes to:* **En cuanto a la inteligencia, no la tenían.** *When it came to intelligence, they had none.*
5. **respecto de** *with respect, regard to:* **Respecto de la madre, hay un pulmón que no sopla bien.** *With regard to the mother, there's one lung that doesn't work too well.*
6. **sin tregua** *without let up, constantly*
7. **alcanzar a** + *infinitive to succed in, get to* + *verb:* **Los monstruos nunca alcanzarán a llevar una vida normal.** *The creatures will never get to lead a normal life.* This expression is virtually synonymous with **lograr** + *infinitive* or **conseguir** + *infinitive*. It also has the idea of *to be enough to:* **Su ternura no alcanzaba a crear una vida normal.** *Their tenderness was not enough to create a normal life.*
8. **una vez para siempre** *once and for all*
9. **chocar con** *to run into, bump up against*
10. **animarse a** *to liven up, get up the energy to; to get cheerful, cheer up; to take heart, become encouraged, feel like*
11. **de nuevo** *again*, virtually synonymous with **nuevamente** and **otra vez**
12. **confiar en** *to trust in, expect:* **Confiaron en que la otra fuera diferente.** *They trusted (expected) that the other one would be different.*
13. **inquietarse** *to become restless, uneasy* **Inquietar** is *to make restless* or *uneasy.*
14. **tener la culpa** *to be to blame*
15. **cuidar de** *to take care of, care for*
16. **a propósito** *on purpose, deliberately*
17. **ponerse** + *adjective to become, get* + *adjective* This change is relatively superficial and temporary: **Se puso pálido.** *He turned pale,* in contrast with **hacerse,** which is used for a more fundamental and serious change: **Se hizo implacable.** *He became intractable.*
18. **atreverse a** + *infinitive to dare to* + *verb*
19. **cuanto más ... más ...** *the more ... the more* Sometimes this expression includes **tanto** in the second part: **Cuanto más gritaba, (tanto) más fuerte era el miedo de los padres.** *The more she screamed, the greater her parents' fear was.*
20. **despedirse (de)** *to say goodbye (to)* Like so many reflexive verbs in Spanish, this one can have a reciprocal meaning, too: **Mamá se despidió de María.** *Mama said goodbye to María;* **Mamá y María se despidieron.** *Mama and María said goodbye (to each other).*

LA GALLINA DEGOLLADA

Todo el día, sentados en el patio, en un banco, estaban los cuatro hijos idiotas del matrimonio Mazzini-Ferraz. Tenían la lengua entre los labios, los ojos estúpidos, y volvían la cabeza con toda la boca abierta.

El patio era de tierra, cerrado al Oeste por un cerco de ladrillos. El banco quedaba paralelo a él,[1] a cinco metros, y allí se mantenían immóviles, fijos los ojos en los ladrillos. Como el sol se ocultaba tras el cerco, al declinar, los idiotas tenían fiesta.[2] La luz enceguecedora llamaba su atención al principio; poco a poco sus ojos se animaban, se reían al fin estrepitosamente, congestionados por la misma hilaridad ansiosa, mirando el sol con alegría bestial, como si fuera comida.

Otras veces, alineados en el banco, zumbaban horas enteras, imitando al tranvía eléctrico. Los ruidos fuertes sacudían asimismo su inercia, y corrían entonces, alrededor del patio, mordiéndose la lengua y mugiendo. Pero casi siempre estaban apagados en un sombrío letargo de idiotismo, y pasaban todo el día sentados en su banco, con las piernas colgantes y quietas, empapando de glutinosa saliva el pantalón.

El mayor tenía doce años y el menor ocho. En todo su aspecto sucio y desvalido se notaba la falta absoluta de ciudado maternal.

Esos cuatro idiotas, sin embargo, habían sido un día el encanto de sus padres. A los tres meses de casados,[3] Mazzini y Berta orientaron su estrecho amor de

[1] *a él:* to it (referring to the wall, *cerco*). [2] *tenían fiesta:* had a great time. [3] *A . . . casados:* Three months after they were married.

marido y mujer, y mujer y marido, hacia un porvenir mucho más vital: un hijo. ¿Qué mayor dicha para dos enamorados que esa honrada consagración de su cariño, libertado ya del vil egoísmo de su mutuo amor sin fin ninguno[4] y, lo que es peor para el amor mismo, sin esperanzas posibles de renovación?

Así lo sintieron Mazzini y Berta, y cuando el hijo llegó, a los catorce meses de matrimonio, creyeron cumplida su felicidad. La criatura creció, bella y radiante, hasta que tuvo año y medio. Pero en el vigésimo mes sacudiéronlo[5] una noche convulsiones terribles, y a la mañana siguiente no conocía más a sus padres. El médico lo examinó con esa atención profesional, que está visiblemente buscando la causa del mal en las enfermedades de los padres.

Después de algunos días los miembros paralizados de la criatura recobraron el movimiento; pero la inteligencia, el alma, aún el instinto, se habían ido del todo.[6] Había quedado profundamente idiota, baboso, colgante, muerto para siempre sobre las rodillas de su madre.

—¡Hijo, mi hijo querido! — sollozaba ésta sobre aquella espantosa ruina de su primogénito.

El padre, desolado, acompañó al médico afuera.

—A usted se le puede decir; creo que es un caso perdido. Podrá mejorar, educarse en todo lo que le permita su idiotismo, pero no más allá.[7]

—¡Sí!... ¡Sí!... —asentía Mazzini. —Pero dígame: ¿usted cree que es herencia, que...?

—En cuanto a la herencia paterna, ya le dije lo que creí cuando vi a su hijo. Respecto de la madre, hay allí un pulmón que no sopla bien. No veo nada más, pero hay un soplo un poco rudo. Hágala examinar detenidamente.[8]

Con el alma destrozada de remordimiento, Mazzini redobló el amor a su hijo, al pequeño idiota que pagaba los excesos del abuelo. Tuvo asimismo que consolar, sostener sin tregua a Berta, herida en lo más profundo por aquel fracaso de su joven maternidad.

Como es natural, el matrimonio puso todo su amor en la esperanza de otro hijo. Nació éste, y su salud y limpidez de risa reencendieron el porvenir extinguido. Pero a los diez y ocho meses las convulsiones del primogénito se repetían, y al día siguiente el segundo hijo amanecía idiota.

Esta vez los padres cayeron en honda desesperación. ¡Luego su sangre, su amor estaban malditos! ¡Su amor, sobre todo! Veintiocho años él, veintidós ella, y toda su apasionada ternura no alcanzaba a crear un átomo de vida normal. Ya no pedían más belleza e inteligencia como en el primogénito; ¡pero un hijo, un hijo como todos!

[4] *sin fin ninguno:* without any purpose. [5] *sacudiéronlo: lo sacudieron.* Once again, a conjunctive pronoun can be attached to a conjugated verb in literary style. (This literary inversion is used several times in this story.) [6] *del todo:* completely. [7] *no más allá:* no more than that. [8] *Hágala examinar detenidamente:* Have her get a thorough examination.

Del segundo desastre brotaron nuevas llamaradas de dolorido amor un loco anhelo de redimir de una vez para siempre[9] la santidad de su ternura. Sobrevinieron mellizos, y punto por punto repitióse[10] el proceso de los dos mayores.

Mas, por encima de su inmensa amargura, quedaba a Mazzini y a Berta[11] gran compasión por sus cuatro hijos. Hubo que arrancar del limbo de la más honda animalidad, no ya sus almas, sino el instinto mismo abolido.[12] No sabían deglutir, cambiar de sitio, ni aún sentarse. Aprendieron, al fin, a caminar, pero chocaban con todo, por no darse cuenta de[13] los obstáculos. Cuando los lavaban mugían hasta inyectarse de sangre el rostro. Animábanse sólo al comer, y cuando veían colores brillantes u oían truenos. Se reían entonces, echando afuera la lengua y ríos de baba, radiantes de frenesí bestial. Tenían, en cambio, cierta facultad imitativa; pero no se pudo obtener nada más.[14]

Con los mellizos pareció haber concluido la aterradora descendencia. Pero pasados tres años Mazzini y Berta desearon de nuevo ardientemente otro hijo, confiando en que el largo tiempo transcurrido hubiera aplacado a la fatalidad.

No satisfacían sus esperanzas. Y en ese ardiente anhelo que se exasperaba en razón de su infructuosidad,[15] los esposos se agriaron. Hasta ese momento cada cual había tomado sobre sí la parte que le correspondía en la miseria de sus hijos; pero la desesperanza de redención ante las cuatro bestias que habían nacido de ellos, echó afuera esa imperiosa necesidad de culpar a los otros, que es patrimonio específico de los corazones inferiores.

Iniciáronse con el cambio de pronombres: *tus* hijos. Y como a más del insulto había la insidia, la atmósfera se cargaba.

—Me parece —díjole una noche Mazzini, que acababa de entrar y se lavaba las manos— que podrías tener más limpios a los muchachos.

Berta continuó leyendo como si no hubiera oído.

—Es la primera vez —repuso al rato— que te veo inquietarte por el estado de tus hijos.

Mazzini volvió un poco la cara a ella con una sonrisa forzada.

—De nuestros hijos, me parece.

—Bueno; de nuestros hijos. ¿Te gusta así? —alzó ella los ojos.

Esta vez Mazzini se expresó claramente.

—¿Creo que no vas a decir que yo tenga la culpa, no?

—¡Ah, no! —se sonrió Berta, muy pálida— ¡Pero yo tampoco, supongo!.... ¡No faltaba más![16].... —murmuró.

[9] *de...siempre:* once and for all. [10] *repitióse: se repitió* (see note 5). [11] *quedaba...Berta:* Mazzini and Berta still had. [12] *Hubo...abolido:* It was necessary to salvage from the depths of their bestiality not their souls, but rather their very instincts, which were virtually nonexistent. [13] *por...de:* because they didn't notice. [14] *pero...más:* but that's the best they could do. [15] *Y...infructuosidad:* And with that burning desire which was being frustrated by their inability to have more children. [16] *¡No faltaba más!* That's the last straw.

—¿Qué no faltaba más?

—¡Que si alguien tiene la culpa no soy yo, entiéndelo bien! Eso es lo que te quería decir.

Su marido la miró un momento con brutal deseo de insultarla.

—¡Dejemos![17] — articuló al fin, secándose las manos.

—Como quieras; pero si quieres decir....

—¡Berta!

—¡Como quieras!

Ese fue el primer choque, y le sucedieron otros. Pero en las inevitables reconcilaciones, sus almas se unían con doble arrebato y ansia de otro hijo.

Nació así una niña. Mazzini y Berta vivieron dos años con la angustia a flor del alma,[18] esperando siempre otro desastre. Nada acaeció, sin embargo, y los padres pusieron en su hija toda su complacencia, que la pequeña llevaba a los más extremos límites del mimo y la mala crianza.

Si aun en los últimos tiempos Berta ciudaba siempre de sus hijos al nacer Bertita, olvidóse casi del todo de los otros. Su solo recuerdo[19] la horrorizaba, como algo atroz que la hubieran obligado a cometer. A Mazzini, bien que[20] en menor grado, pasábale lo mismo.

No por eso la paz había llegado a sus almas. La menor indisposición de su hija echaba ahora afuera,[21] con el terror de perderla, los rencores por su descendencia podrida. Habían acumulado hiel sobrado tiempo para que la víscera no quedara distendida,[22] y al menor contacto el veneno se vertía afuera. Desde el primer disgusto emponzoñado[23] habíanse perdido el respeto; y si hay algo a que el hombre se siente arrastrado con cruel fruición, es, cuando ya se comenzó,[24] a humillar del todo a una persona. Antes se contenían por la mutua falta de éxito; ahora que éste había llegado, cada cual, atribuyéndolo a sí mismo, sentía mayor la infamia de los cuatro engendros que el otro habíale forzado a crear.

Con estos sentimientos, no hubo ya para los cuatro hijos mayores afecto posible. La sirvienta los vestía, les daba de comer, los acostaba, con grosera brutalidad. No los lavaban casi nunca. Pasaban casi todo el día sentados frente al cerco, abandonados de toda remota caricia.

De este modo Bertita cumplió cuatro años, y esa noche, resultado de las golosinas que sus padres eran incapaces de negarle, la criatura tuvo algún

[17] *¡Dejemos!* That's enough! [18] *con... alma:* on the very edge of dread. [19] *su solo recuerdo:* The slightest thought of them. [20] *bien que:* although. [21] *echaba ahora afuera:* now brought out. [22] *Habían... distendida:* They had stored up their hatred for more than enough time now to be able to hold it in. [23] *disgusto emponzoñado:* venomous disagreement. [24] *cuando ya se comenzó:* when the process has already begun.

escalofrío y fiebre. Y el temor de verla morir o quedar idiota tornó a reabrir la eterna llaga.

Hacía tres horas que no hablaban, y como casi siempre, los fuertes pasos de Mazzini fueron el motivo.

—¡Mi Dios! ¿No puedes caminar más despacio? ¿Cuántas veces?...

—Bueno, es que me olvido. ¡Se acabó![25] No lo hago a propósito.

Ella se sonrió, desdeñosa:

—¡No, no te creo tanto![26]

—Ni yo, jamás, te hubiera creído tanto a ti... ¡tisiquilla![27]

—¡Qué! ¿Qué dijiste?...

—¡Nada!

—¡Sí, te oí algo! Mira: ¡No sé lo que dijiste; pero te juro que prefiero cualquier cosa a tener un padre como el que has tenido tú!

Mazzini se puso pálido.

—¡Al fin!—murmuró con los dientes apretados. —Al fin, víbora, has dicho lo que querías!

—¡Sí, víbora, sí! ¡Pero yo he tenido padres sanos, ¿oyes?, sanos! ¡Mi padre no ha muerto de delirio![28] ¡Yo hubiera tenido hijos como los de todo el mundo! ¡Esos son hijos tuyos, los cuatro tuyos!

Mazzini explotó a su vez.

—¡Víbora tísica! ¡Eso es lo que te dije, lo que te quiero decir! ¡Pregúntale, pregúntale al médico, quién tiene la culpa de la meningitis de tus hijos: mi padre o tu pulmón picado, víbora!

Continuaron cada vez con mayor violencia, hasta que un gemido de Bertita, selló instantáneamente sus bocas. A la una de la mañana la ligera indigestión había desaparecido, y como pasa fatalmente con todos los matrimonios jóvenes que se han amado intensamente, una vez siquiera, la reconciliación llegó, tanto más efusiva cuanto infames fueron los agravios.[29]

Amaneció un espléndido día, y mientras Berta se levantaba escupió sangre. Las emociones y mala noche pasada tenían, sin duda, gran culpa. Mazzini la retuvo abrazada largo rato, y ella lloró desesperadamente, pero sin que ninguno se atreviera a decir palabra.

A las diez decidieron salir, después de almorzar.[30] Como apenas tenían tiempo, ordenaron a la sirvienta que matara una gallina.

El día radiante había arrancado a los idiotas de su banco. De modo que

[25] *¡Se acabó!:* That's enough! [26] *no te creo tanto:* I really don't believe you. [27] *¡tisiquilla!:* You sickly...! (literally, one who has tuberculosis—*tísica*—but in the diminutive form for added insult). [28] *de delirio:* a raving madman. [29] *tanto... agravios:* equally as effusive as the insults were biting. [30] *después de almorzar:* after a late breakfast.

mientras la sirvienta degollaba en la cocina al animal desangrándolo con parsimonia (Berta había aprendido de su madre este buen modo de conservar frescura a la carne), aquélla[31] creyó sentir algo como respiración tras ella. Volvióse, y vio a los cuatro idiotas, con los hombros pegados uno a otro, mirando estupefactos la operación. Rojo... rojo...

—¡Señora! Los niños están aquí en la cocina.

Berta llegó; no quería que jamás pisaran allí. ¡Y ni aún en esas horas de pleno perdón, olvido y felicidad reconquistada, podía evitarse esa horrible visión![32] Porque, naturalmente, cuanto más intensos eran los raptos de amor a su marido e hija, más irritado era su amor con los monstruos.[33]

—¡Que salgan, María! ¡Échelos! ¡Échelos, le digo!

Las cuatro pobres bestias, sacudidas, brutalmente empujadas, fueron a dar a su banco.[34]

Después de almorzar salieron todos. La sirvienta fue a Buenos Aires, y el matrimonio, a pasear por las quintas.[35] Al bajar el sol volvieron; pero Berta quiso saludar un momento a sus vecinas de enfrente. Su hija escapóse en seguida a casa.[36]

Entre tanto, los idiotas no se habían movido en todo el día de su banco. El sol había traspuesto ya el cerco, comenzaba a hundirse, y ellos continuaban mirando los ladrillos, más inertes que nunca.

De pronto, algo se interpuso entre su mirada y el cerco. Su hermana, cansada de cinco horas paternales, quería observar por su cuenta.[37] Detenida al pie del cerco, miraba pensativa la cresta. Quería trepar, eso no ofrecía duda. Al fin decidióse por una silla sin fondo, pero aun no alcanzaba. Recurrió entonces a un cajón de kerosene, y su instinto topográfico hízole colocar vertical el mueble.[38] Con lo cual triunfó.

Los cuatro idiotas, la mirada indiferente, vieron como su hermana lograba pacientemente dominar el equilibrio, y cómo de puntas de pie apoyaba la garganta sobre la cresta del cerco, entre sus manos tirantes. Viéronla mirar a todos lados y buscar apoyo con el pie para alzarse más.

Pero la mirada de los idiotas se había animado; una misma luz insistente estaba fija en sus pupilas. No apartaban los ojos de su hermana, mientras

[31] *aquélla:* the former (i.e., the servant). [32] *¡Y ni... visión!:* Not even at this time of complete forgiving, letting bygones be bygones, and regained happiness could she tolerate that horrible sight! [33] *cuanto... monstruous:* the more intense her sudden outbursts of affection toward her husband and daughter, the more irritable she became with the creatures. [34] *dar a su banco:* back to their bench. [35] *las quintas:* the large homes on the outskirts of town. [36] *escapóse... casa:* got away from her promptly and ran home. [37] *por su cuenta:* for herself. [38] *su... mueble:* her instinct for getting a look at things when her view was blocked made her stand the box on end.

creciente sensación de gula bestial iba cambiando cada línea de sus rostros. Lentamente avanzaron hacia el cerco. La pequeña, que, habiendo logrado calzar el pie, iba ya a montar a horcajadas[39] y a caerse seguramente del otro lado, sintióse cogida de una pierna. Debajo de ella, los ocho ojos clavados en los suyos le dieron miedo.

—¡Soltame! ¡Dejame![40] —gritó sacudiendo la pierna—. Pero fue atraída.[41]

—¡Mamá! ¡Ay, mamá! ¡Mamá, papá! —lloró imperiosamente. Trató aún de sujetarse del borde, pero sintióse arrancada y cayó.

—Mamá, ¡ay! Ma... —No pudo gritar más. Uno de ellos le apretó el cuello, apartando los bucles como si fueran plumas, y los otros la arrastraron de una sola pierna hasta la cocina, donde esa mañana se había desangrado a la gallina, bien sujeta, arrancándole la vida segundo por segundo.

Mazzini, en la casa de enfrente, creyó oír la voz de su hija.

—Me parece que te llama— le dijo a Berta.

Prestaron oído,[42] inquietos, pero no oyeron más. Con todo,[43] un momento después, se despidieron, y mientras Berta iba a dejar su sombrero, Mazzini avanzó en el patio:

—¡Bertita!

Nadie respondió.

—¡Bertita! Alzó más la voz ya alterada.

Y el silencio fue tan fúnebre para su corazón siempre aterrado, que la espalda se le heló de horrible presentimiento.

—¡Mi hija, mi hija! Corrió ya desesperado hacia el fondo. Pero al pasar frente a la cocina vio en el piso un mar de sangre. Empujó violentamente la puerta entornada, y lanzó un grito de horror.

Berta, que ya se había lanzado corriendo a su vez al oír el angustioso llamado del padre, oyó el grito y respondió con otro. Pero al precipitarse en la cocina, Mazzini, lívido como la muerte, se interpuso, conteniéndola:

—¡No entres! ¡No entres!

Berta alcanzó a ver el piso inundado de sangre. Sólo pudo echar sus brazos sobre la cabeza, y hundirse a lo largo de su marido[44] con un ronco suspiro.

[39] *montar a horcajadas:* to straddle. [40] *¡Soltame! ¡Dejame!:* Let me go, leave me alone! These are the *vos* commands for *soltar* and *dejar,* respectively. See note 1 on p. 91. [41] *fue atraída:* she was pulled down. [42] *Prestaron oído:* They tried to listen. [43] *Con todo:* After all this. [44] *hundirse... marido:* slide down from her husband's grasp.

EXERCISES

A. Cuestionario

1. ¿Cuál era la circunstancia trágica del matrimonio Mazzini-Ferraz?
2. ¿Cómo pasaban los días los cuatro hijos?
3. ¿Ante qué clase de espectáculo se animaban los hijos?
4. ¿Cuál fue el único talento que se les notaba?
5. ¿Cómo era el quinto hijo que nació?
6. Después, ¿quién cuidaba de los idiotas?
7. ¿De qué se enfermó Bertita el día de su cumpleaños?
8. Al día siguiente, ¿qué mandaron hacer a la sirvienta?
9. ¿Qué hicieron los idiotas a su hermana cuando volvió sola a casa aquella tarde?
10. ¿Por qué lo hicieron?

B. Verb Exercise

Using the verbs in the right-hand column, give the Spanish for the English sentences on the left.

1. **a)** The maid used to take care of the children. *cuidar de*
   b) Who'll look after Carmencita?
2. **a)** Yesterday I ran into a tree. *chocar con*
   b) The bus almost collided with the train.
3. **a)** Won't you get up the energy to come with us? *animarse a*
   b) I never felt like playing tennis with anyone.
4. **a)** I have always trusted in your word. *confiar en*
   b) Trust in us.
5. **a)** Did you get to see the palace? *alcanzar a*
   b) I managed to finish the work by midnight.
6. **a)** I don't think it's Horacio's fault. *tener la culpa*
   b) If she were guilty, she wouldn't admit it.
7. **a)** His silence made me uneasy. *inquietar(se)*
   b) Her parents got restless.
8. **a)** Suddenly, the child turned sad. *ponerse*
   b) She gets happy when her father returns home.

9. a) I've never dared to do that. *atreverse a*
   b) Would you dare follow me as far as the bridge?
10. a) Marco was crying when they said goodbye. *despedirse*
   b) I said farewell and left immediately for the train station.

C. Drill on Expressions

From the expressions on the right, select the one corresponding to the italicized words on the left and rewrite the entire sentence in Spanish.

1. La tormenta continuó por tres días *without letup.*
2. No lo hizo *on purpose.*
3. Guillermo no está *completely* desilusionado.
4. Tengo una sugerencia *with regard to* sus planes.
5. Tuvieron que hacerlo todo *again.*
6. *Nevertheless,* entiendo sus motivos.
7. *As for* Hernando, no sé qué decirte.
8. Quieren arreglar esto contigo *once and for all.*
9. *The more* la veo, *the more* me fascina.
10. Felipe *likewise* se interesó en filosofía y letras.

sin embargo
asimismo
en cuanto a
una vez para siempre
sin tregua
de nuevo
cuanto más . . . tanto más
respecto de
a propósito
del todo

D. "Context" Exercise (oral or written)

1. Ask why Elvira has become so sad.
2. Tell your friends that they can trust in you.
3. Indicate that the accident wasn't your fault.
4. Say you'll be glad to take care of the children.
5. Indicate that no one dares to tell Marta the truth.

LAS ABEJAS DE BRONCE

MARCO DENEVI

MARCO DENEVI was born in 1922 in Sáenz Peña, a suburb of Buenos Aires. He achieved literary fame with *Rosaura a las diez,* the first book he wrote, winning with it the first prize in a contest held by the Editorial Kraft in Buenos Aires in 1955. It has been reprinted many times, has been translated into several languages, and was made into a movie. In 1961, Denevi submitted a long story entitled «Ceremonia secreta» to the first literary competition sponsored by *Life en Español,* the Latin American edition of *Life* magazine. It won the first prize of $5,000. Since then, he has continued writing (and winning prizes) as a novelist, short-story writer, and playwright.

Much of Denevi's work reveals a fondness for whimsy, fantasy, and—always just below the surface—social satire. The latter is reflected in «Las abejas de bronce,» a story that criticizes an aspect of modern life against which Denevi has always rebelled. As a resident of the second largest city in the world south of the equator, he feels compelled here to point out certain consequences of the technological progress characteristic of the great metropolises of our age.

A PRELIMINARY LOOK AT KEY EXPRESSIONS

1. **aparte de** *apart, aside from*
2. **tratar a** *to treat, deal with:* **Nadie como él sabía tratar a las Abejas.** *No one knew how to deal with the Bees as he did.*
3. **por otro lado** *furthermore, moreover*
4. **entenderse con** *to handle, get along with:* **El Zorro sabía entenderse con el Oso.** *The Fox knew how to handle the Bear.*
5. **llevarse bien** *to get along (well)* This is another reflexive verb that can be used with one subject or two subjects reciprocally: **El Zorro se lleva bien con el Oso.** *The Fox gets along with the Bear.* **El Zorro y el Oso se llevan bien.** *The Fox and the Bear get along (well).*
6. **al aire libre** *outside*
7. **darse prisa** *to hurry*
8. **(no) dejar de** + *infinitive* In the affirmative this expression means *to stop + pr. participle:* **Dejó de reír.** *He stopped laughing.* But in the negative it means *not to fail + infinitive* or *to be sure + infinitive:* **No dejes de llamar(me) si me necesitas.** *Be sure to call (me) if you need me.*
9. **a coro** *in chorus, all together*
10. **flamante** *brand-new*
11. **de acuerdo** *agreed, O.K.*
12. **de una buena vez** *once and for all*
13. **aprender a** + *infinitive to learn to + verb*
14. **a la legua** *a mile away:* **Se le reconoce a la legua.** *You can recognize him a mile away.*
15. **tener éxito** *to be successful*
16. **quejarse** *to complain*
17. **tardar** + *time* + **en** + *infinitive to take + time + infinitive:* **Tardaron diez días en volver.** *It took them ten days to get back.*
18. **optar por** *to pick, choose*
19. **más tarde** *later*
20. **ninguna parte** *nowhere* This expression is usually preceded by a preposition: **No va a ninguna parte.** *He's not going anywhere,* **No lo pude encontrar en ninguna parte.** *I couldn't find it anywhere.*

LAS ABEJAS DE BRONCE

Desde el principio del tiempo el Zorro vivió de la venta de la miel. Era, aparte de una tradición de familia, una especie de vocación hereditaria. Nadie tenía la maña del Zorro para tratar a las Abejas (cuando las Abejas eran unos animalitos vivos y muy irritables) y hacerles rendir al máximo. Esto por un lado.[1]

Por otro lado[2] el Zorro sabía entenderse con el Oso, gran consumidor de miel y, por lo mismo,[3] su mejor cliente. No resultaba fácil llevarse bien con el Oso. El Oso era un sujeto un poco brutal, un poco salvaje, al que la vida al aire libre, si le proporcionaba una excelente salud, lo volvía de una rudeza de manera[4] que no todo el mundo estaba dispuesto a tolerarle.

(Incluso el Zorro, a pesar de su larga práctica, tuvo que sufrir algunas experiencias desagradables en ese sentido.) Una vez, por ejemplo, a causa de no sé qué cuestión baladí, el Oso destruyó de un zarpazo la balanza para pesar la miel. El Zorro no se inmutó ni perdió su sonrisa. (*Lo enterrarán con la sonrisa puesta*, decía de él, desdeñosamente, su tío el Tigre.) Pero le hizo notar al Oso que, conforme a la ley, estaba obligado a indemnizar aquel perjuicio.

—Naturalmente —se rio el Oso— te indemnizaré. Espera que corro a indemnizarte.[5] No me alcanzan las piernas para correr a indemnizarte.[6]

Y lanzaba grandes carcajadas y se golpeaba un muslo con la mano.

[1] *Esto por un lado:* This to begin with. [2] *Por otro lado:* Furthermore. [3] *por lo mismo:* by the same token. [4] *lo . . . manera:* gave him such a crude manner. [5] *Espera . . . indemnizarte:* You just wait. I'll break my neck running to pay you back for the damage (*sarcastically, of course*). [6] *No . . . indemnizarte:* I can't hurry fast enough to pay you back for the damage.

—Sí —dijo el Zorro con su voz tranquila—, sí, le aconsejo que se dé prisa, porque las Abejas se impacientan. Fíjese, señor.

Y haciendo un ademán teatral, un ademán estudiado, señaló las colmenas. El Oso se fijó e instantáneamente dejó de reír. Porque vio que millares de Abejas habían abandonado los panales y con el rostro rojo de cólera, el ceño fruncido y la boca crispada, lo miraban de hito en hito,[7] y parecían dispuestas a atacarlo

—No aguardan sino mi señal[8] —agregó el Zorro, dulcemente—. Usted sabe, detestan las groserías.

El Oso, que a pesar de su fuerza era un fanfarrón, palideció de miedo.

—Está bien, Zorro —balbuceaba—, repondré la balanza. Pero por favor, dígales que no me miren así, ordéneles que vuelvan a sus colmenas.

—¿Oyen, queriditas? —dijo el Zorro melífluamente, dirigiéndose a las Abejas—. El señor Oso nos promete traernos otra balanza.

Las Abejas zumbaron a coro. El Zorro las escuchó con expresión respetuosa. De tanto en tanto[9] asentía con la cabeza y murmuraba:

—Sí, sí, conforme. Ah, se comprende. ¿Quién lo duda? Se lo transmitiré.

El Oso no cabía en su vasto pellejo.[10]

—¿Qué es lo que están hablando, Zorro? Me tienes sobre ascuas.

El Zorro lo miró fijo.

—Dicen que la balanza deberá ser flamante.

—Claro está, flamante. Y ahora, que se vuelvan.

—Niquelada.

—De acuerdo, niquelada.

—Fabricación extranjera.

—¿También eso?

—Preferentemente suiza.

—Ah, no, es demasiado. Me extorsionan.

—Repítalo, señor Oso. Más alto. No lo han oído.

—Digo y sostengo que . . . Está bien, está bien. Trataré de complacerlas. Pero ordénales de una buena vez[11] que regresen a sus panales. Me ponen nervioso tantas caras de Abeja juntas, mirándome.

El Zorro hizo un ademán raro, como un ilusionista, y las Abejas, después de lanzar al Oso una última mirada amonestadora, desaparecieron dentro de las colmenas. El Oso se alejó, un tanto mohino y con la vaga sensación de que lo habían engañado. Pero al día siguiente reapareció trayendo entre sus brazos una balanza flamante, niquelada, con una chapita de bronce donde se leía: *Made in Switzerland.*

[7] *de hito en hito:* from head to foot. [8] *No . . . señal:* They're just waiting for my signal. [9] *De tanto en tanto:* Every so often. [10] *El Oso . . . pellejo:* The Bear was beside himself (literally, "He didn't fit in his enormous hide"). [11] *de una buena vez:* once and for all.

Lo dicho:[12] el Zorro sabía manejar a las Abejas y sabía manejar al Oso. Pero ¿a quién no sabía manejar ese zorro del Zorro?[13]

Hasta que un día se inventaron las Abejas artificiales.

Sí. Insectos de bronce, dirigidos electrónicamente, a control remoto (como decían los prospectos ilustrativos), podían hacer el mismo trabajo que las Abejas vivas. Pero con enormes ventajas. No se fatigaban, no se extraviaban, no quedaban atrapadas en las redes de las arañas, no eran devoradas por los Pájaros; no se alimentaban, a su vez, de miel, como las Abejas naturales (miel que en la contabilidad y en el alma del Zorro figuraba con grandes cifras rojas); no había, entre ellas, ni reinas, ni zánganos; todas iguales, todas obreras, todas dóciles, obedientes, fuertes, activas, de vida ilimitada, resultaban, en cualquier sentido que se considerase la cuestión, infinitamente superiores a las Abejas vivas.

El Zorro en seguida vio el negocio, y no dudó. Mató todos sus enjambres, demolió las colmenas de cera, con sus ahorros compró mil Abejas de bronce y su correspondiente colmenar también de bronce, mandó instalar el tablero de control, aprendió a manejarlo, y una mañana los animales presenciaron, atónitos, cómo las Abejas de bronce atravesaban por primera vez el espacio.

El Zorro no se había equivocado. Sin levantarse siquiera de su asiento, movía una palanquita, y una nube de Abejas salía rugiendo hacia el norte, movía otra palanquita, y otro grupo de Abejas disparaba hacia el sur, un nuevo movimiento de palanca, y un tercer enjambre se lanzaba en dirección al este, *et sic de ceteris.*[14] Los insectos de bronce volaban raudamente, a velocidades nunca vistas, con una especie de zumbido amortiguado que era como el eco de otro zumbido; se precipitaban como una flecha sobre los cálices, sorbían rápidamente el néctar, volvían a levantar vuelo, regresaban a la colmena, se incrustaban cada una en su alvéolo, hacían unas rápidas contorsiones, unos ruiditos secos, *tric, trac, cruc,* y a los pocos instantes destilaban la miel, una miel pura, limpia, dorada, incontaminada, aséptica; y ya estaban en condiciones de recomenzar. Ninguna distracción, ninguna fatiga, ningún capricho, ninguna cólera. Y así las veinticuatro horas del día. El Zorro no cabía en sí de contento.[15]

La primera vez que el Oso probó la nueva miel puso los ojos en blanco,[16] hizo chasquear la lengua y, no atreviéndose a opinar, le preguntó a su mujer:

—Vaya,[17] ¿qué te parece?

—No sé —dijo ella—. Le siento gusto a metal.[18]

—Sí, yo también.

Pero sus hijos protestaron a coro:

—Papá, mamá, qué disparate. Si se ve a la legua que esta miel es muy

[12] *Lo dicho:* As I have said. [13] *¿a... Zorro? Who didn't that foxiest of all foxes know how to deal with?* [14] *et sic de ceteris:* and the same for all the rest (*Latin*). [15] *no... contento:* was beside himself with joy [16] *puso... blanco:* he rolled his eyes. [17] *Vaya:* Well now. [18] *Le... metal:* I get a metalic taste from it.

superior. Superior en todo sentido. ¿Cómo pueden preferir aquella otra, elaborada por unos bichos tan sucios? En cambio ésta es más limpia, más higiénica, más moderna y, en una palabra, más miel.

El Oso y la Osa no encontraron razones con que rebatir a sus hijos y permanecieron callados. Pero cuando estuvieron solos insistieron:

—Qué quieres,[19] sigo prefiriendo la de antes. Tenía un sabor...

—Sí, yo también. Hay que convenir, eso sí, en que la de ahora viene pasteurizada. Pero aquel sabor...

—Ah, aquel sabor...

Tampoco se atrevieron a decirlo a nadie, porque, en el fondo, se sentían orgullosos de servirse en un establecimiento donde trabajaba esa octava maravilla de las Abejas de bronce.

—Cuando pienso que, bien mirado,[20] las Abejas de bronce fueron inventadas exclusivamente para nosotros... —decía la mujer del Oso.

El Oso no añadía palabra y aparentaba indiferencia, pero por dentro estaba tan ufano como su mujer.

De modo que por nada del mundo hubieran dejado de comprar y comer la miel destilada por las Abejas artificiales. Y menos todavía cuando notaron que los demás animales también acudían a la tienda del Zorro a adquirir miel, no porque les gustase la miel, sino a causa de las Abejas de bronce y para alardear de modernos.[21]

Y, con todo esto, las ganancias del Zorro crecían como un incendio en el bosque. Tuvo que tomar a su servicio un ayudante y eligió, después de meditarlo mucho, al Cuervo, sobre todo porque le aseguró que aborrecía la miel. Las mil Abejas fueron pronto cinco mil; las cinco mil, diez mil. Se comenzó a hablar de las riquezas del Zorro como de una fortuna fabulosa. El Zorro se sonreía y se frotaba las manos.

Y entretanto los enjambres iban, venían, salían, entraban. Los animales apenas podían seguir con la vista aquellas ráfagas de puntos dorados que cruzaban sobre sus cabezas. Las únicas que, en lugar de admirarse, pusieron el grito en el cielo, fueron las Arañas, esas analfabetas. Sucedía que las Abejas de bronce atravesaban las telarañas y las hacían pedazos.

—¿Qué es esto? ¿El fin del mundo? —chillaron las damnificadas la primera vez que ocurrió la cosa.

Pero como alguien les explicó luego de qué se trataba,[22] amenazaron al Zorro con iniciarle pleito. ¡Qué estupidez! Como decía la mujer del Oso:

—Es la eterna lucha entre la luz y la sombra, entre el bien y el mal, entre la civilización y la barbarie.

[19] *Qué quieres:* Say what you want. [20] *bien mirado:* if one really thinks about it. [21] *alardear de modernos:* brag about being modern. [22] *de qué se trataba:* what it was all about.

También los Pájaros se llevaron una sorpresa.[23] Porque uno de ellos, en la primera oportunidad en que vio una abeja de bronce, abrió el pico y se la tragó. ¡Desdichado! La abeja metálica le desgarró las cuerdas vocales, se le embutió en el buche y allí le formó un tumor, de resultas del cual falleció al poco tiempo, en medio de los más crueles sufrimientos y sin el consuelo del canto, porque había quedado mudo. Los demás Pájaros escarmentaron.

Y cuando ya el Zorro paladeaba su prosperidad, comenzaron a aparecer los inconvenientes. Primero una nubecita, después otra nubecita, hasta que todo el cielo amenazó tormenta.

La serie de desastres quedó inaugurada con el episodio de las rosas artificiales. Una tarde, al vaciar una colmena, el Zorro descubrió entre la miel rubia unos goterones grises, opacos, de un olor nauseabundo y sabor acre. Tuvo que tirar toda la miel restante, que había quedado contaminada. Pronto supo, y por la colérica boca de la víctima, el origen de aquellos goterones repugnantes. Había sucedido que las Abejas de bronce, desprovistas de instintos, confundieron un ramo de rosas artificiales de propiedad de la Gansa con rosas naturales, y cayendo sobre ellas les sorbieron la cera pintada de que estaban hechas y las dejaron convertidas en un guiñapo. El Zorro no solamente debió de sufrir la pérdida de la miel, sino indemnizar a la Gansa por daños y perjuicios.

—Malditas Abejas —vociferaba mentalmente—. Las otras jamás habrían caído en semejante error. Tenían un instinto infalible. Pero quién piensa en las otras. En fin, nada es perfecto en este mundo.

Otro día, una Abeja, al introducirse como una centella en la corola de una azucena, degolló a un Picaflor que se encontraba allí alimentándose. La sangre del Pájaro tiñó de rojo la azucena. Pero como la Abeja, insensible a olores y sabores, no atendía sino sus impulsos eléctricos, libó néctar y sangre, todo junto. Y la miel apareció después con un tono rosa que alarmó al Zorro. Felizmente su empleado le quitó la preocupación de encima.[24]

—Si yo fuese usted, Patrón —le dijo con su vocecita ronca y su aire de solterona—, la vendería como miel especial para niños.

—¿Y si resultase venenosa?

—En tan desdichada hipótesis yo estaría muerto, Patrón.

—Ah, de modo que la ha probado. De modo que mis subalternos me roban la miel. ¿Y no me juró que la aborrecía?

—Uno se sacrifica, y vean cómo le pagan —murmuró el Cuervo, poniendo cara[25] de dignidad ultrajada—. La aborrezco, la aborreceré toda mi vida. Pero quise probarla para ver si era venenosa. Corrí el riesgo por usted. Ahora, si cree que he procedido mal, despídame, Patrón.

[23] *se llevaron una sorpresa:* were surprised. [24] *le . . . encima:* took the worry off his shoulders.
[25] *poniendo cara:* taking on an expression.

¿Qué querían que hiciese el Zorro, sino seguir el consejo del Cuervo? Tuvo un gran éxito con la miel rosa especial para niños. La vendió íntegramente. Y nadie se quejó. (El único que pudo quejarse fue el Cerdo, a causa de ciertas veleidades poéticas que asaltaron por esos días a sus hijos. Pero ningún Cerdo que esté en su sano juicio[26] es capaz de relacionar la extrãna locura de hacer versos con un frasco de miel tinta en la sangre de un Picaflor.)

El Zorro se sintió a salvo. Pobre Zorro, ignoraba que sus tribulaciones iban a igualar a sus Abejas.

Al cabo de unos días observó que los insectos tardaban cada vez más tiempo[27] en regresar a las colmenas.

Una noche, encerrados en la tienda, él y el Cuervo consideraron aquel nuevo enigma.

—¿Por qué tardan tanto? —decía el Zorro— ¿A dónde diablos van? Ayer un enjambre demoró cinco horas en volver. La producción diaria, así, disminuye, y los gastos de electricidad aumentan. Además, esa miel rosa la tengo todavía atravesada en la garganta. A cada momento me pregunto: ¿Qué aparecerá hoy? ¿Miel verde? ¿Miel negra? ¿Miel azul? ¿Miel salada?

—Accidentes como el de las flores artificiales no se han repetido, Patrón. Y en cuanto a la miel rosa, no creo que tenga de qué quejarse.

—Lo admito. Pero ¿y este misterio de las demoras? ¿Qué explicación le encuentra?

—Ninguna. Salvo...

—¿Salvo qué?

El Cuervo cruzó gravemente las piernas, juntó las manos y miró hacia arriba.

—Patrón —dijo, después de reflexionar unos instantes—. Salir y vigilar a las Abejas no es fácil. Vuelan demasiado rápido. Nadie, o casi nadie, puede seguirlas. Pero yo conozco un Pájaro que, si se le unta la mano,[28] se ocuparía del caso. Y le doy mi palabra que no volvería sin haber averiguado la verdad.

—¿Y quién es ese Pájaro?

—Un servidor.[29]

El Zorro abrió la boca para cubrir de injurias al Cuervo, pero luego lo pensó mejor y optó por aceptar. Pues cualquier recurso era preferible a quedarse con los brazos cruzados, contemplando la progresiva e implacable disminución de las ganancias.

El Cuervo regresó muy tarde, jadeando como si hubiese vuelto volando desde la China. (El Zorro, de pronto, sospechó que todo era una farsa y que quizá su empleado conocía la verdad desde el primer día.) Su cara no hacía presagiar nada bueno.[30]

[26] *sano juicio:* right mind. [27] *cada vez más tiempo:* longer and longer. [28] *si... mano:* if you grease his palm. [29] *Un servidor:* Yours truly. [30] *Su... bueno:* His face didn't indicate good news.

—Patrón —balbuceó—, no sé cómo decírselo. Pero las Abejas tardan, y tardarán cada vez más, porque no hay flores en la comarca y deben ir a libarlas al extranjero.

—Cómo que no hay flores[31] en la comarca. ¿Qué tontería es esa?

—Lo que oye, Patrón. Parece ser que las flores, después que las Abejas les han sorbido el néctar, se doblan, se debilitan y se mueren.

—¡Se mueren! ¿Y por qué se mueren?

—No resisten la trompa de metal de las abejas.

—¡Diablos!

—Y no termina ahí la cosa. La planta, después que las Abejas le asesinaron las flores...

—¡Asesinaron! Le prohíbo que use esa palabra.

—Digamos mataron. La planta, después que las Abejas le mataron sus flores, se niega a florecer nuevamente. Consecuencia: en toda la comarca no hay más flores. ¿Qué me dice, Patrón?

El Zorro no decía nada. Nada. Estaba alelado.

Y lo peor es que el Cuervo no mentía. Las Abejas artificiales habían devastado las flores del país. Entonces pasaron a los países vecinos, después a los más próximos, luego a los menos próximos, más tarde a los remotos y lejanos, y así, de país en país, dieron toda la vuelta al mundo y regresaron al punto de partida.

Ese día los Pájaros se sintieron invadidos de una extrãna congoja, y no supieron por qué. Algunos, inexplicablemente, se suicidaron. El Ruiseñor quedó afónico y los colores del Petirrojo palidecieron. Se dice que ese día ocurrieron extraños acontecimientos. Se dice que, por ejemplo, los ríos dejaron de correr y las fuentes, de cantar. No sé. Lo único que sé es que, cuando las Abejas de bronce, de país en país, dieron toda la vuelta al mundo, ya no hubo flores en el campo, ni en las ciudades, ni en los bosques, ni en ninguna parte.

Las Abejas volvían de sus viajes, anidaban en sus alvéolos, se contorsionaban, hacían *tric, trac, cruc,* pero el Zorro no recogía ni una miserable gota de miel. Las Abejas regresaban tan vacías como habían salido.

El Zorro se desesperó. Sus negocios se desmoronaron. Aguantó un tiempo gracias a sus reservas. Pero incluso estas reservas se agotaron. Debió despedir al Cuervo, cerrar la tienda, perder la clientela.

El único que no se resignaba era el Oso.

—Zorro —vociferaba—, o me consigues miel o te levanto la tapa de los sesos.[32]

—Espere. Pasado mañana recibiré una partida del extranjero —le prometía el Zorro. Pero la partida del extranjero no llegaba nunca.

[31] *Cómo... flores:* What do you mean there are no flowers. [32] *te... sesos:* I'll beat your brains out.

Hizo unas postreras tentativas. Envió enjambres en distintas direcciones. Todo inútil. El *tric, trac, cruc* como una burla, pero nada de miel.

Finalmente, una noche el Zorro desconectó los cables, destruyó el tablero de control, enterró en un pozo las Abejas de bronce, recogió sus dineros y a favor de las sombras[33] huyó con rumbo desconocido.

Cuando iba a cruzar la frontera escuchó a sus espaldas unas risitas y unas vocecitas de vieja que lo llamaban.

—¡Zorro! ¡Zorro!

Eran las Arañas, que a la luz de la luna tejían sus telas prehistóricas.

El Zorro les hizo una mueca obscena y se alejó a grandes pasos.

Desde entonces nadie volvió a verlo jamás.

EXERCISES

A. Cuestionario

1. ¿De qué había vivido el Zorro desde el principio del tiempo?
2. ¿Qué maña especial tenía el Zorro?
3. ¿Cómo era el mejor cliente del Zorro?
4. ¿Qué experiencia desagradable sufrió el Zorro a causa del Oso?
5. ¿Qué tuvo que traerles el Oso al Zorro y a las Abejas?
6. ¿Cuáles eran las ventajas de las Abejas de bronce?
7. ¿Qué hizo el Oso al probar por primera vez la nueva miel?
8. ¿Por qué acudían todos los animales a la tienda del Zorro a adquirir miel?
9. ¿Qué perjuicios sufrieron las Arañas?
10. ¿Qué le ocurrió a un Pájaro que se tragó una abeja de bronce?
11. ¿Por qué tuvo que tirar el Zorro toda la miel en una ocasión?
12. ¿Cuánto dinero le sacó la Gansa al Zorro?
13. ¿Qué tiñó de rosa la miel?
14. ¿Qué nueva miel tuvo un gran éxito?
15. ¿Cuánto tiempo demoró un enjambre en volver a la colmena?
16. ¿Qué sospechó el Zorro cuando el Cuervo regresó?
17. ¿Por qué no había flores en toda la comarca?
18. ¿Cuál fue la amenaza del Oso?
19. ¿Qué les ocurrió a algunos Pájaros? ¿Al Ruiseñor? ¿Al Petirrojo?
20. Al final del cuento, ¿cómo resolvió el Zorro el asunto?

[33] *a...sombras:* under cover of darkness.

B. Verb Exercise

Using the verbs in the right-hand column, give the Spanish for the English sentences on the left.

1. a)	He deals with a lot of young people.	*tratar a*
b)	Have you dealt much with students?	
2. a)	I know how to handle him.	*entenderse con*
b)	My cousin gets along with her fine.	
3. a)	It's possible that here you'll get along well with everyone.	*llevarse bien*
b)	Those two have never gotten along very well.	
4. a)	Please, hurry!	*darse prisa*
b)	We'll have to hurry if we want to get there on time.	
5. a)	Don't fail to do what I told you.	*(no) dejar de*
b)	I stopped writing to Bettina six months ago.	
6. a)	Did you learn to speak Spanish when you were in Bogotá?	*aprender a*
b)	We learned how to live well without much money.	
7. a)	We all hope you have success with your book.	*tener éxito*
b)	Martín was very successful in New York.	
8. a)	Why were you complaining?	*quejarse*
b)	I wouldn't complain if I had your job.	
9. a)	It took us an hour to go from his house to mine.	*tardar*
b)	It will take me a long time to do that.	
10. a)	Which would you pick, the big one or the small one?	*optar por*
b)	I chose to return to this country.	

C. Drill on Expressions

From the expressions on the right, select the one corresponding to the italicized words on the left and rewrite the entire sentence in Spanish.

1.	*O.K.*, estaré en tu casa alrededor de las ocho.	**aparte de**
2.	¿Por qué no se lo dijo *once and for all?*	**por otro lado**
3.	Se ve *from a mile away* que están enamorados.	**flamante**
4.	*Aside from* eso, ¿qué más ocurrió?	**a coro**
5.	*Later on,* me retiré a mi dormitorio.	**de acuerdo**
6.	Al Oso le encantaba trabajar *outside.*	**de una buena vez**
7.	Es cierto, Gustavo tiene un coche *brand-new.*	**a la legua**
8.	*Moreover,* hay un pequeño problema con el dueño de mi departamento.	**al aire libre**
		en ninguna parte
9.	«Buenos días, señora,» dijeron todos *in unison.*	**más tarde**
10.	Las abejas no encontraban más miel *anywhere.*	

D. "Context" Exercise (oral or written)

1. Say you hope that Mariana is very successful.
2. Indicate that you and Manuel always get along well.
3. Ask your friend if he gets along with his boss.
4. Indicate that it was so hot in Acapulco that everyone was complaining.
5. Say that you learned to speak Spanish in Buenos Aires.

E. Review Exercise

The adverbial *-mente* forms for the following adjectives appear in «Las Abejas de bronce.» Give for each the appropriate adverbial form and the meaning in English.

desdeñoso	melífluo	raudo	feliz
instantáneo	electrónico	rápido	íntegro
natural	infinito	exclusivo	nuevo
dulce			

LA MANO DEL COMANDANTE ARANDA

ALFONSO REYES

ALFONSO REYES (1889-1959) has been called "the most incisive, brilliant, versatile, cultured, and profound essayist of our day" in the Spanish language. He was surely the most influential humanist that Spanish America has produced in this century. Many authors, including Jorge Luis Borges, claim to have found in Reyes' exemplary style the most admirable model for their own Spanish prose. Born in Mexico, Reyes spent most of the years between 1914 and 1924 in Spain. He served in the Mexican diplomatic corps from 1925 to 1938, and his duties took him, among other places, to Argentina, Brazil, and France, where he wrote ceaselessly on an extraordinary range of subjects.

Less widely known than his essays and celebrated poetry are Reyes' prose writings. However, in this genre he also excelled, as the reader may deduce from «La mano del comandante Aranda,» a delightfully imaginative tale about a severed hand with a mind of its own. As Enrique Anderson Imbert has pointed out, this story in a very ingenious way is about itself. The appropriateness of this observation will become evident in the story's final lines. We have abridged this piece somewhat, leaving out a long section in which Reyes' astonishing erudition is drawn on to provide a series of antecedents of the human hand as a symbolic or artistic theme. The charm of this tale, nonetheless, is scarcely diminished—a gem no matter how it might be cut.

A PRELIMINARY LOOK AT KEY EXPRESSIONS

1. **de cuando en cuando** *from time to time, every now and then*
2. **volverse** + *adjective* *to become, get + adjective* This expression is usually used with a deep-seated, fundamental change, such as **sordo** *deaf,* **ciego** *blind,* **loco** *insane.* However, occasionally it is a substitute for either **hacerse** or **ponerse: Se fue volviendo familiar.** *It was getting familiar.*
3. **a los** + *number* + *units of time* *after + number + units of time:* **A los seis meses ya podía hacer lo que le daba la gana.** *After (at the end of) six months it could now do what it wanted.*
4. **empezar a** + *infinitive* *to begin, start to + verb,* synonymous with no. 10 below.
5. **cosa de** *a matter of, more or less:* **Todo le parecía cosa de juego.** *Everything seemed more or less a game to it.*
6. **llamarle la atención a uno** *to attract someone's attention*
7. **darle la gana a uno** *for someone to feel like:* **Desaparecía cuando le daba la gana.** *It disappeared whenever it felt like it.*
8. **en todo caso** *in any case*
9. **claro está** *of course, naturally*
10. **comenzar a** + *infinitive* *to begin, start to + verb,* synonymous with no. 4 above.
11. **a lo mejor** *when least expected; probably, as likely as not*
12. **no querer** *(in preterit)* + *infinitive* *to refuse + infinitive, not to try + infinitive:* **No quiso escribir sus memorias.** *It refused to write its memoirs.;* **¿No quiso escribir sus memorias?** *Didn't it try to write its memoirs?*
13. **por su cuenta** *on one's own, all by one's self*
14. **por el estilo** *like that.* This phrase is used as an adjective to modify a noun: **No me gustan cosas por el estilo.** *I don't like things of that type.*
15. **de veras** *really*
16. **ponerse en ridículo** *to look ridiculous, make a fool of oneself*
17. **puro** + *noun* *nothing but, only + noun* This expression is somewhat more difficult to translate when it follows the definite article. Compare **puras tonterías** *nothing but nonsense* with **las puras tonterías que dijo** *the complete and utter nonsense that he said.*
18. **enseñar a** + *infinitive* This expression is used with a direct or indirect object: **La (le) enseñó a pintar.** *He taught it to paint.*
19. **convencerse de** *to be convinced of*
20. **estar por** + *infinitive* *to be in favor of, almost ready to + verb:* **Estoy por decir que parecía llorar.** *I'm almost ready to say that it seemed to be crying;* **Estamos por irnos en seguida.** *We're in favor of leaving right now.*

LA MANO DEL COMANDANTE ARANDA

El comandante Benjamín Aranda perdió una mano en acción de guerra, y fue la derecha, por su mal.[1] Otros coleccionan manos de bronce, de marfil, cristal o madera, que a veces proceden de estatuas e imágenes religiosas o que son antiguas aldabas; y peores cosas guardan los cirujanos en bocales de alcohol. ¿Por qué no conservar esta mano disecada, testimonio de una hazaña gloriosa? ¿Estamos seguros de que la mano valga menos que el cerebro o el corazón?...

No hay duda, la mano merece un respeto singular, y bien podía ocupar un sitio predilecto entre los lares del comandante Aranda.

La mano fue depositada cuidadosamente en un estuche acolchado. Las arrugas de raso blanco —soporte a las falanges, puente a la palma, regazo al pomo— fingían un diminuto paisaje alpestre.[2] De cuando en cuando,[3] se concedía a los íntimos el privilegio de contemplarla unos instantes. Pues era una mano agradable, robusta, inteligente, algo crispada aún por la empuñadura de la espada. Su conservación era perfecta.

Poco a poco, el tabú, el objeto misterioso, el talismán escondido, se fue volviendo[4] familiar. Y entonces emigró del cofre de caudales hasta la vitrina de la sala, y se le hizo sitio[5] entre las condecoraciones de campaña y las cruces de la Constancia Militar.[6]

Dieron en crecerle las uñas,[7] lo cual revelaba una vida lenta, sorda, subrep-

[1] *por su mal:* to make things worse. [2] *fingían... alpestre:* looked like a miniature Alpine landscape. [3] *De cuando en cuando:* From time to time. [4] *se fue volviendo:* was getting. [5] *se le hizo sitio:* a place was made for it. [6] *la Constancia Militar:* his service record. [7] *Dieron... uñas: Its fingernails started to grow.*

ticia. De momento,[8] pareció un arrastre de inercia, y luego se vio que era virtud propia. Con alguna repugnancia al principio, la manicura de la familia accedió a cuidar de aquellas uñas cada ocho días.[9] La mano estaba siempre muy bien acicalada y compuesta.

Sin saber cómo —así es el hombre, convierte la estatua del dios en bibelot—, la mano bajó de categoría, sufrió una *manus diminutio,*[10] dejó de ser una reliquia, y entró decididamente en la circulación doméstica. A los seis meses, ya andaba de pisapapeles[11] o servía para sujetar las hojas de los manuscritos —el comandante escribía ahora sus memorias con la izquierda—; pues la mano cortada era flexible, plástica, y los dedos conservaban dócilmente la postura que se les imprimía.

A pesar de su repugnante frialdad, los chicos de la casa acabaron por perderle el respeto. Al año, ya se rascaban con ella, o se divertían plegando sus dedos en forma de figa brasileña,[12] carreta mexicana,[13] y otras procacidades del folklore internacional.

La mano, así, recordó muchas cosas que tenía completamente olvidadas. Su personalidad se fue acentuando notablemente. Cobró conciencia y carácter propios. Empezó a alargar tentáculos. Luego se movió como tarántula. Todo parecía cosa de juego. Cuando, un día, se encontraron con que se había calzado sola un guante y se había ajustado una pulsera por la muñeca cercenada, ya a nadie le llamó la atención.

Andaba con libertad de un lado a otro, monstruoso falderillo algo acangrejado.[14] Después aprendió a correr, con un galope muy parecido al de los conejos. Y haciendo «sentadillas»[15] sobre los dedos, comenzó a saltar que era un prodigio.[16] Un día se la vio[17] venir, desplegada, en la corriente de aire: había adquirido la facultad del vuelo...

Ello es que la mano, en cuanto se condujo sola, se volvió ingobernable, echó temperamento.[18] Podemos decir, que fue entonces cuando «sacó las uñas.»[19] Iba y venía a su talante. Desaparecía cuando le daba la gana,[20] volvía cuando se le antojaba.[21] Alzaba castillos de equilibrio inverosímil con las botellas y las copas. Dicen que hasta se emborrachaba, y en todo caso, trasnochaba.

No obedecía a nadie. Era burlona y traviesa. Pellizcaba las narices a las visitas, abofeteaba en la puerta a los cobradores. Se quedaba inmóvil «haciendo

[8] *De momento:* For the moment. [9] *cada ocho días:* once a week. [10] *manus diminutio:* a loss in value (*Latin*), literally a "hand" reduction. [11] *ya andaba de pisapapeles:* it was already being used as a paperweight. [12] *figa brasileña:* "Brazilian fig," an obscene gesture made with the hand. [13] *carreta mexicana:* "Mexican cart," another obscene gesture made with the hand. [14] *monstruoso falderillo algo acangrejado:* like a monstrous crab-shaped little dog. [15] *haciendo «sentadillas»:* jiggling up and down. [16] *comenzó... prodigio:* it began to jump around energetically. [17] *se la vio:* it was seen. [18] *echó temperamento:* it became temperamental. [19] *«sacó las uñas»:* it put its "claws" (fingernails) out. [20] *cuando...gana:* when it felt like it. [21] *cuando se le antojaba:* when it took a mind to.

el muerto,»[22] para dejarse contemplar[23] por los que aún no la conocían, y de repente les hacía una señal obscena. Se complacía, singularmente, en darle suaves sopapos a su antiguo dueño, y también solía espantarle las moscas. Y él la contemplaba con ternura, los ojos arrasados en lágrimas, como a un hijo que hubiera resultado «mala cabeza».[24]

Todo lo trastornaba. Ya le daba por asear[25] y barrer la casa, ya por mezclar los zapatos de la familia, con verdadero genio aritmético de las permutaciones, combinaciones y cambiaciones; o rompía los vidrios a pedradas, o escondía las pelotas de los muchachos que juegan por la calle.

El comandante la observaba y sufría en silencio. Su señora le tenía un odio incontenible, y era —claro está— su víctima preferida. La mano, en tanto que[26] pasaba a otros ejercicios, la humillaba dándole algunas lecciones de labor y cocina.

La verdad es que la familia comenzó a desmoralizarse. El manco caía en extremos de melancolía muy contrarios a su antiguo modo de ser. La señora se volvió recelosa y asustadiza, casi con manía de persecución. Los hijos se hacían negligentes, abandonaban sus deberes escolares y descuidaban, en general, sus buenas maneras. Como si hubiera entrado en la casa un duende chocarrero, todo era sobresaltos, tráfago inútil, voces, portazos. Las comidas se servían a destiempo, y a lo mejor,[27] en el salón y hasta en cualquiera de las alcobas. Porque, ante la consternación del comandante, la epiléptica contrariedad de su esposa y el disimulado regocijo de la gente menuda, la mano había tomado posesión del comedor para sus ejercicios gimnásticos, se encerraba por dentro con llave, y recibía a los que querían expulsarla tirándoles platos a la cabeza. No hubo más que ceder la plaza:[28] rendirse con armas y bagajes,[29] dijo Aranda.

Los viejos servidores, hasta «el ama que había criado a la niña,» se ahuyentaron. Los nuevos servidores no aguantaban un día en la casa embrujada. Las amistades y los parientes desertaron. La policía comenzó a inquietarse ante las reiteradas reclamaciones de los vecinos. La última reja de plata que aún quedaba en el Palacio Nacional desapareció como por encanto. Se declaró una epidemia de hurtos, a cuenta de[30] la misteriosa mano que muchas veces era inocente.

Y lo más cruel del caso es que la gente no culpaba a la mano, no creía que hubiera tal mano animada de vida propia, sino que todo lo atribuía a las malas artes del pobre manco, cuyo cercenado despojo ya amenazaba con costarnos

[22] *«haciendo el muerto»:* playing dead. [23] *para dejarse contemplar:* to let itself be viewed. [24] *que... «mala cabeza»:* who had turned out bad. [25] *Ya... asear:* Now it took a notion to tidy up. [26] *en tanto que:* while. [27] *a lo mejor:* as likely as not. [28] *No... plaza:* There was nothing else to do but give up. [29] *rendirse ... bagajes:* a total surrender (literally, "to give up weapons and horses"). [30] *a cuenta de:* attributed.

un día lo que nos costó la pata de Santa Anna.[31] Sin duda Aranda era un brujo que tenía pacto con Satanás. La gente se santiguaba.

La mano, en tanto,[32] indiferente al daño ajeno,[33] adquiría una musculatura atlética, se robustecía y perfeccionaba por instantes,[34] y cada vez sabía hacer más cosas. ¿Pues no quiso continuarle por su cuenta las memorias al comandante?[35] La noche que decidió salir a tomar el fresco en automóvil, la familia Aranda, incapaz de sujetarla, creyó que se hundía el mundo. Pero no hubo un solo accidente, ni multas, ni «mordidas.»[36] Por lo menos —dijo el comandante— así se conservará la máquina en buen estado, que ya amenazaba enmohecerse desde la huída del chauffeur.

Abandonada a su propia naturaleza, la mano fue poco a poco encarnando la idea platónica que le dio el ser, la idea de asir, el ansia de apoderamiento, hija del pulgar oponible:[37] esta inapreciable conquista del *Homo faber*[38] que tanto nos envidian los mamíferos digitados, aunque no las aves de rapiña. Al ver, sobre todo, cómo perecían las gallinas con el pescuezo retorcido, o cómo llegaban a la casa objetos de arte ajenos —que luego Aranda pasaba infinitos trabajos para devolver a sus propietarios, entre tartamudeos e incomprensibles disculpas—, fue ya evidente que la mano era un animal de presa y un ente ladrón.

La salud mental de Aranda era puesta ya en tela de juicio.[39] Se hablaba, también, de alucinaciones colectivas, de los *raps* o ruidos de espíritus que, por 1847, aparecieron en casa de la familia Fox,[40] y de otras cosas por el estilo. Las veinte o treinta personas que de veras habían visto la mano no parecían dignas de crédito cuando eran de la clase servil, fácil pasto a las supersticiones; y cuando eran gente de mediana cultura, callaban, contestaban con evasivas por miedo a comprometerse o a ponerse en ridículo.[41] Una mesa redonda de la Facultad de Filosofía y Letras[42] se consagró a discutir cierta tesis antropológica sobre el origen de los mitos»

[31] *la pata de Santa Anna: pierna* is normally used for a human's leg, *pata* for an animal's leg. (This is a reference to the generally negative view of the Mexican general and dictator, Antonio López de Santa Anna, 1795-1876, who fought in the war against the United States. Santa Anna lost a leg in battle against the French in 1838. During his subsequent dictatorship, his leg, which had been buried on his plantation, was dug up and given solemn reburial in the cathedral of Mexico City. Later, when Santa Anna was overthrown, a mob dug up his leg and dragged it through the city streets.) [32] *en tanto:* meanwhile. [33] *daño ajeno:* damage to others. [34] *por instantes:* continuously. [35] *¿Pues ... comandante?* You know, it even tried to continue the commander's memoirs all by itself. [36] *«mordidas»:* payoffs demanded by traffic policemen (literally "bites"). [37] *pulgar oponible:* opposing or prehensile thumb (enabling man alone among all animals to grasp objects dextrously and firmly). [38] *Homo faber:* man the maker (*Latin*). [39] *era... juicio:* was now questioned. [40] *la familia Fox:* The Spiritualist movement began in Hydesville N.Y., when two young girls, Margaret and Katherine Fox, were said to be able to hear the raps of the spirit of a man who had been murdered in their house. [41] *ponerse en ridículo:* appear ridiculous. [42] *Facultad... Letras:* College of Arts and Letters (Humanities) of a university.

Pero hay algo tierno y terrible en esta historia. Entre alaridos de pavor, se despertó un día Aranda a la media noche: en extrañas nupcias, la mano cortada, la derecha, había venido a enlazarse con su mano izquierda, su compañera de otros días, como anhelosa de su arrimo. No fue posible desprenderla. Allí pasó el resto de la noche, y allí resolvió pernoctar en adelante. La costumbre hace familiares los monstruos.[43] El comandante acabó por desentenderse. Hasta le pareció que aquel extraño contacto hacía más llevadera su mutilación y, en cierto modo, confortaba a su mano única.

Porque la pobre mano siniestra, la hembra, necesitó el beso y la compañía de la mano masculina, la diestra. No la denostemos. Ella, en su torpeza, conserva tenazmente, como precioso lastre, las virtudes prehistóricas, la lentitud, la tardanza de los siglos en que nuestra especie fue elaborándose. Corrige las desorbitadas audacias, las ambiciones de la diestra. Es una suerte —se ha dicho— que no tengamos dos manos derechas: nos hubiéramos perdido entonces entre las puras sutilezas y marañas del virtuosismo; no seríamos hombres verdaderos, no: seríamos prestidigitadores. Gauguin[44] sabe bien lo que hace cuando, como freno a su etérea sensibilidad, enseña otra vez a su mano diestra a pintar con el candor de la zurda.

Pero, una noche, la mano empujó la puerta de la biblioteca y se engolfó en la lectura. Y dio con un cuento de Maupassant[45] sobre una mano cortada que acaba por estrangular al enemigo. Y dio con una hermosa fantasía de Nerval,[46] donde una mano encantada recorre el mundo, haciendo primores y maleficios. Y dio con unos apuntes de un filósofo sobre la fenomenología[47] de la mano. . . ¡Cielos! ¿Cuál será el resultado de esta temerosa incursión en el alfabeto?

El resultado es sereno y triste. La orgullosa mano independiente, que creía ser una persona, un ente autónomo, un inventor de su propia conducta, se convenció de que no era más que un tema literario, un asunto de fantasía ya muy traído y llevado por la pluma de los escritores.[48] Con pesadumbre y dificultad —y estoy por decir[49] que derramando abundantes lágrimas— se encaminó a la vitrina de la sala, se acomodó en su estuche, que antes colocó cuidadosamente entre las condecoraciones de campaña y las cruces de la Constancia Militar, y desengañada y pesarosa, se suicidó a su manera, se dejó morir.

Rayaba el sol cuando el comandante, que había pasado la noche revolcándose en el insomnio y acongojado por la prolongada ausencia de su mano, la descubrió yerta, en el estuche, algo ennegrecida y como con señales de asfixia.

[43] *La . . . monstruos:* Habit makes everyday things out of monsters. [44] *Gauguin:* Paul Gauguin (1848–1903), a Post-Impressionist French painter. [45] *Maupassant:* Guy de Maupassant (1850–1893), a Naturalistic French novelist and short-story writer. [46] *Nerval:* Gérard de Nerval (1808–1855), a Post-Romantic French poet and short-story writer. [47] *fenomenología:* philosophical study of the phenomena that the human senses experience. [48] *ya . . . escritores:* by now very thoroughly worked over by writers. [49] *estoy por decir:* I can almost say.

No daba crédito a sus ojos. Cuando hubo comprendido el caso, arrugó con nervioso puño el papel en que ya solicitaba su baja del servicio activo, se alzó cuan largo era,[50] reasumió su militar altivez y, sobresaltando a su casa, gritó a voz en cuello.[51]

—¡Atención, firmes![52] ¡Todos a su puesto! ¡Clarín de órdenes, a tocar la diana de victoria![53]

EXERCISES

A. Cuestionario

1. ¿Qué le pasó al comandante en la guerra?
2. ¿Qué hicieron con la mano?
3. ¿Cómo era la mano?
4. ¿Cuáles fueron algunas cosas que hizo la mano cuando dejó de ser una reliquia?
5. ¿Era una mano obediente?
6. ¿Qué trabajo hacía la mano en la casa?
7. ¿Qué efecto tenía todo esto en la familia?
8. ¿Para qué usaba la mano el comedor?
9. ¿Les gustó esto a los criados?
10. ¿Qué ocurrió en el Palacio Nacional?
11. ¿Qué creía la gente?
12. ¿Por qué se despertó el comandante a la media noche?
13. ¿Por qué es una suerte que no tengamos dos manos derechas?
14. ¿Cuál fue el resultado de las lecturas de la mano?
15. ¿Por qué gritó el comandante esas palabras al final?

B. Verb Exercise

Using the verbs in the right-hand column, give the Spanish for the English sentences on the left.

1. a) The poor man became blind. *volverse*
b) I think the hand went crazy.

[50] *se . . . era:* he stretched himself to full height. [51] *a voz en cuello:* at the top of his voice.
[52] *firmes!* stand firm! [53] *¡Clarín . . . victoria!* Bugler, sound the victory call!

2. a)	We're beginning to think he's right.	*empezar a*
b)	Will she start to study right away?	
3. a)	A strange noise attracted my attention.	*llamarle la atención a uno*
b)	What will get their attention?	
4. a)	We didn't do it because we didn't feel like it.	*darle la gana a uno*
b)	The hand goes out whenever it pleases.	
5. a)	I want you to begin to think about these things.	*comenzar a*
b)	Did he start to get nervous?	
6. a)	He refused to go out with it in the car.	*no querer*
b)	Why wouldn't they believe me when I said it was too late?	
7. a)	My uncle made a fool out of himself.	*ponerse en ridículo*
b)	Why do you make yourself look ridiculous?	
8. a)	The one hand tried to teach the other to dance.	*enseñar a*
b)	Can you show me how to play the *tiple?*	
9. a)	I hope he'll be convinced of her innocence.	*convencerse de*
b)	I doubt that you'll be convinced of anything.	
10. a)	The people were about to attack him.	*estar por*
b)	We can almost believe what they told us.	

C. Drill on Expressions

From the expressions on the right, select the one corresponding to the italicized words on the left and rewrite the entire sentence in Spanish.

1. *As likely as not,* Juanito volverá mañana.	**de cuando en cuando**
2. Antonio me devolvió el libro *after* tres días.	**en todo caso**
3. *In any case,* mi hijo se quedará allí para esquiar.	**por su cuenta**
	de veras
4. Virginia prefiere hacerlo todo *on her own.*	**a lo mejor**
5. A Julieta le gusta la música populachera—*naturally!*	**por el estilo**
	claro está
6. Es la *absolute* verdad.	**puro**
7. ¡No es *a matter of* risa!	**cosa de**
8. *Really?* No te lo creo.	**a los**
9. *Every now and then,* le daban dinero y ropa al pobre.	
10. A Mateo le interesan la política, la economía y cosas *like that.*	

D. "Context" Exercise (oral or written)

1. Ask Joaquín in what year he began to study English.
2. Tell your friend that Ana taught you how to swim.
3. Say you didn't go to Elena's party because you didn't feel like it.
4. Tell Diego you can't come because you're about to leave for your classes.
5. Say that the actor's accent caught your attention.

VOCABULARY

The following words have been omitted from this vocabulary: (a) easily recognizable cognates; (b) well-known proper nouns; (c) proper nouns, cultural, historical, and geographical items explained in footnotes; (d) idioms and constructions explained in footnotes; and (e) forms that an average student of intermediate Spanish would be expected to know.

The gender of masculine nouns ending in **-o** is not listed, nor of feminine nouns ending in **-a, -d, -ez,** and **-ión.** Radical stem changes for verbs are indicated after the infinitive. When there is one change, it is for the present tense: **volver (ue).** When there are two, the first is for the present tense and the second for the preterit: **seguir (i, i).** Prepositional usage is given after verbs—without parentheses if the verb is commonly used with the preposition and a following element: **dirigirse a,** and with parentheses if the verb can be used alone: **casarse (con).** Idioms and multi-word expressions are listed under their most important words.

Many of the above criteria were not applied in an absolute fashion. Whenever we were not sure that an average intermediate student would understand a particular term, we included it.

ABBREVIATIONS

adj.	adjective	*m.*	masculine
adv.	adverb	*Mex.*	Mexican
arch.	archaic	*n.*	noun
Arg.	Argentine	*opp.*	opposite
aug.	augmentative	*p.p.*	past participle
aux.	auxiliary	*pers.*	person
coll.	colloquial	*pl.*	plural
dim.	diminutive	*pr.*	present
e.g.	for example	*pr. p.*	present participle
expl.	expletive	*prep.*	preposition
f.	feminine	*pret.*	preterit
Fr.	French	*sent.*	sentence
imp.	imperative	*sing.*	singular
inf.	infinitive	*subj.*	subjunctive
intrans.	intransitive	*sup.*	superlative
Lat.	Latin	*trans.*	transitive
lit.	literally		

A

abajo down, under, below; **para —** downward; **río —** downstream; **de arriba —** up and down, from top to bottom, from head to foot
abalanzarse to rush
abanicar to fan
abatir to depress, knock down; to humble, humiliate, discourage; **—se** to be disheartened
abeja bee
abismo abyss
ablandar to soften
abochornarse to be embarrassed
abofetear to punch, slap
abolido annulled
abominar to hate
abordaje *m.* getting on, boarding (*a train*)
abordar to get on, board (*a train*)
aborrecer to hate
abrasar to burn
abrazar to embrace
abrigar to keep warm
abrigo shelter, cover, blanket; coat
abrumado oppressed
abstraído absorbed
abundancia abundance
aburrirse to be (get) bored
acabar to finish, end; **— de** + *inf.* to have just + *p.p.*; — (in *pret.*) **de** + *inf.* to finish + *gerund* (e.g., **Acabó de escribir.** He finished writing.); **— por** to finish (end) up by
acaecer to happen
acallar to silence, shush
acangrejado crab-shaped
acariciador *adj.* caressing
acariciar to cherish; to caress, pet, fondle
acaso maybe, perhaps; **por si —** just in case
acceder to agree, consent
acceso attack
acechar to spy on
aceite *m.* oil
acerca de about, with regard to
acercarse (a) to approach, go (come) up (to), go (come) closer (to)
acero steel
acertar (ie) a to happen to, chance to; to succeed in
acicalado neat, clean
acogedor friendly, hospitable
acolchado quilted
acólito assistant
acometer to attack, come on; to undertake, attempt
acomodar to place, arrange; **—se** to settle oneself, settle down
acompañante companion
acompasado measured, rhythmic, slow
acongojado afflicted, grieved
aconitina aconitine (*a poison made from the roots of certain plants*)
aconsejar to advise
acontecer to happen
acontecimiento event, happening
acordar (ue) to decide, agree; **—se (de)** to remember
acorrer to help, aid
acosado beset, harassed
acostar (ue) to put to bed; **—se** to lie down, go to bed
acostumbrar + *inf.* to be in the habit of + *pr. p.*; **—se a** to get used to
acre sour
activo active
acto continuo immediately afterward
actual present, present-day
acudir to come, appear, run up; to come to the rescue; to hurry
acuerdo agreement, accord; **de — a** in accordance with, according to; **de —** agreed, in agreement; **ponerse de —** to come to an agreement
acurrucado huddled
adecuado adequate
adelantar to advance; **—se (a)** to excel, outdo; to take the lead, get ahead (of)
adelante forward, onward, ahead; **de hoy en —** from today on; **en —** from then (now) on
ademán *m.* gesture, movement of the hand
adentro inward, inside

aderezado set (*places at a table*)
aderezar to straighten
adherido pressed, held against
adinerado well-to-do, wealthy
adivinar to guess, figure out, divine, prophesy
adjudicar to award
admirable excellent, admirable
adornado decorated
adornito knick-knack
adosado stuck, fastened
adueñarse de to take possession of, to take charge of, to take over
adusto stern, sullen
advenimiento advent, arrival, coming
advertir (ie, i) to notify; to warn, inform; to notice, observe
afamado noted, famous
afán *m.* eagerness
afanosamente laboriously, painstakingly
afecto fondness, affection, feeling
afilado sharp
afirmar to assert; to rest, secure
afligir to afflict, sadden
aflorar to crop out, appear on the surface
afónico mute
afrentado insulted, ashamed
afrontar to face, put up with
agacharse to crouch, bend down
agarrado holding on
agarrar to catch, grab
agazapado hidden, crunched down
agiotista *m.* money lender
agitar to wave, agitate, move, stir; **—se** to move about
agonizante dying
agonizar to die slowly, be dying
agotado exhausted, worn out
agotarse to be exhausted; to run out (*material, food, etc.*)
agradar to please
agradecer to thank, be grateful for
agradecido grateful
agradecimiento gratitude
agrandar to enlarge
agregar to add
agremiado union member
agriarse to sour
agua: el — misma the very water; **—s arriba** upstream
aguamanil *m.* washstand
aguantar to endure, bear, suffer, stand; to wait
aguardar to wait (for)
agudo sharp
aguja needle
ahito gorged, stuffed
ahogado stifled, muffled
ahogar to drown (out), stifle
ahora (bien) now (then); **— mismo** right now
ahorrar to save
ahorro saving
ahuyentarse to run away
aire: al — libre outside
aislar (í) to isolate, put apart, separate
ajedrez *m.* chess
ajeno alien, of others
al + *inf.* (up)on + *pr. p.* (*e.g.*, **al levantarse** on getting up)
ala wing
alabado praised
álamo poplar tree
alardear to boast
alargado slender
alargar to extend, draw out, lengthen
alarido howl, scream, cry
alarma alarm
alarmante alarming
alba dawn
alborotar to make noise
alcaide *m.* special guard
alcance *m.* reach
alcanzar to reach, gain; **— a** + *inf.* to succeed in, get to + *verb*
alcoba bedroom
aldaba door knocker
aldea village
alegrar to make happy, gladden; **—se (de)** to be happy, glad (about)
alegre happy, joyful
alegría happiness, joy
alejar to take farther away; **—se (de)** to leave, go (move, draw) away, walk off
alelado stupefied

alentar (ie) to encourage
aletargado lethargic, drowsy, groggy
alfiler *m.* pin
alfombra rug, carpet
algazara din, clamor
algo: servir de — to do any good
algodón *m.* cotton
alguna parte somewhere
alhajar to adorn
alharaca clamor
aliado allied
aliento: sin — breathless
alimentar to feed, nurture, harbor
alimento food
alineados *pl.* lined up
aliviado relieved
alivio relief
allá there; **— arriba** up there; **más —** far away, farther on; **más — de** beyond; *m. n.* great beyond
alma soul, "heart"
almohada pillow
almuerzo lunch
alojamiento lodging, room
alojarse to stay, take lodging
alpestre Alpine
alquilar to rent
alquiler *m.* rent
alrededor (de) around; *m. n.* **a su—** around him (her, etc.); *pl.* surroundings, outskirts
alteración unevenness
alterado upset
altivez haughtiness
alto high, tall; loud; **lo —** high up; *pl. n.* upstairs **pasar por —** to overlook, pass over
altura height
alucinación hallucination
alumbrar to light
alvéolo cell, compartment
alzar to lift, raise; **—se** to rise, go higher
ama housekeeper
amanecer *m.* dawn; *v.* to dawn, to wake up
amante *m., f.* lover
amargo bitter
amargura bitterness
amarillento yellowish
amarillo yellow
amarrar to tie, fasten
ambicionar to aspire to, seek
amenazar to threaten
amistad friendship
amoldar to mold, fashion, figure
amonedar to coin, mold, fashion
amonestador admonishing, reproving
amontonar to pile up, gather together
amoratado livid
amortajar to wrap in a shroud
amortiguado muffled
amotinado in a mob, milling about
amparado protected
amparo protection
amueblado furnished
analfabeto illiterate
anclar to anchor
andar to walk, go; **con el — del tiempo** with the passing of time
andén *m.* platform (railroad station)
anegar to overwhelm
angustia anguish
anhelado longed for
anhelo desire, longing
anheloso longing (for)
anidar to nest
animal de presa predatory animal
animalejo odd-looking creature, nasty animal
animar to encourage; **—se (a)** to get up the energy (to), have the courage (to), to get lively, excited
ánimo courage, fortitude, strength; mind, spirit; **¡Buen —!** Cheer up!
aniquilar to destroy, wipe out, crush
anochecer *m.* nightfall
anonadado annihilated, crushed
anotación note
ansia eagerness; anxiety, fear; **con —s de** anxious to
ansiado anxious; long-awaited
ansiedad anxiety
ansioso anxious
antecámara anteroom
antecomedor *m.* small serving room (*adjacent to a dining room*)

antes: cuanto — without delay, as soon as possible, immediately
antojar: —sele a uno to take a fancy, have a whim
antojo fancy, whim
anudar to tie, bind
anular to eliminate, overcome
añadir to add
añorar to reminisce
apacible peaceful
apaciguador comforting, pacifying
apaciguar to soften, soothe, pacify, calm
apagado subdued
apagar to turn out, extinguish; muffle; **—se** to go out, die out
aparador *m.* sideboard, china cabinet
aparecer appear, show up
aparentar to feign, pretend
apariencia illusion, appearance
apartado isolated, retired
apartar to spread, separate, take away, push away; **—se** to move away (back)
aparte aside
apellidarse to have as a last name
apellido surname, last name
apenas scarcely, barely, hardly; just as, as soon as
apercibirse (para) to prepare (for)
apilado piled up
apilarse to pile up
aplacar to placate, soothe
aplastar to crush, smash, flatten; to stick (against)
aplaudidor *m.* admirer, applauder
apoderamiento seizure of power
apoderarse de to overcome, take possession of, seize
apodo nickname
apoltronado lounging
apostura good looks
apoyar to support, lean
apoyo support
aprehendido arrested
aprendizaje *m.* apprenticeship; learning
apresurar to hasten; **—se** to hurry
apretado clenched
apretar (ie) to press, squeeze, pinch, grasp
aprobar (ue) to approve
aprontarse to prepare
aprovechar to take advantage of, make use of
aproximarse to approach, to come closer
apunte *m.* note
apuñalar to stab
apuro difficulty, "tight spot"
aquel the former (*lit.*, that one)
araña spider; chandelier
arcano secret, mystery
arder to burn (*intrans.*)
ardid *m.* ruse, trick
ardiente burning; **vagón capilla —** funeral chapel car
ardor *m.* burning
arena sand
arengar to harangue, deliver a speech to
armadura armor
armario closet, wardrobe
armonía melody, harmony
arrabal *m.* slum, poor district
arraigado deep-rooted, fixed
arrancar to draw (pull, tear) out (off, away)
arrasar to demolish, flatten; to fill to the brim
arrastrar to drag, pull; **—se** to drag, crawl, creep
arrastre *m.* drag, pulling
arre (*expl.*) giddiyap
arrebañar to clear, clean up, off
arrebatadamente violently, excitedly
arrebatar to snatch away, wrest (from), carry off
arrebato fit of enthusiasm, passion
arreglar to arrange, fix
arremangar roll up (*sleeves*)
arrestos *pl.* boldness
arriba up, upstream; **aguas —** upstream; **allá —** up there; **de — abajo** up and down, from top to bottom, from head to foot; **para —** upward; **río —** up the river
arribar to arrive

arriesgar to risk; **—se** to take a chance, risk
arrimo support, attachment
arrinconado cornered
arrobo ecstasy, rapture, trance
arrodillarse to kneel
arrojar to throw
arroyito *dim. of* **arroyo** stream
arroyuelo *dim. of* **arroyo**
arroz *m.* rice
arruga wrinkle
arrugar to wrinkle
arrullar to lull
articular to utter
artificiales: fuegos — fireworks
asar to roast
ascensor *m.* elevator
ascua hot coal
asear to clean up, tidy up, groom
asegurar to assure
asentar (ie) to establish, put down
asentir (ie, i) to assent
asequible available, feasible
asserrín *m.* sawdust
asesinar to murder
asesinato murder
asesino murderer
así thus, like this (that), this (that) way
asiento seat; **tomar —** to be seated
asimismo in the same way
asir to grasp **—se (a)** to hold on (to), grab, grasp
asistir (a) to attend
asomarse (a) to peek at; to look out (of), appear (at)
asombrar to astonish, amaze
asombro astonishment, amazement
aspecto look
áspero rough, hoarse
asunto matter, affair
asustadizo jumpy, easily frightened
asustar to frighten
atajar to cut off (short)
atar to tie
atardecer *m.* dusk, late afternoon
ataúd *m.* casket, coffin
atender (ie) to take care of, tend to, pay attention to; to answer (*door or telephone*)
ateo atheist
aterrado terrified
aterrador terrifying
aterrizar to land
aterrorizado terrified
atestiguar to witness, attest
atinar (a) to succeed (in)
atónito astonished
atracado moored
atraer to pull back; to attract
atrás back, backward
atravesar (ie) to cross
atreverse (a) to dare (to)
atrio inner courtyard
atronar (ue) to boom, play deafeningly
atropellar (con) to knock down, over, to run over
atroz atrocious
audacia boldness, daring
auditorio audience
augusto magnificent, august
aula schoolroom, classroom
aullar (ú) to howl
aumentar to increase
aún still, yet
auricular *m.* receiver (*telephone*)
aurora dawn
ausencia absence
austral southern
auxiliado helped, aided
auxilio help, aid
avance *m.* advance
avaro greedy, stingy
ave *f.* bird, fowl; **— de rapiña** bird of prey
avejentado old-looking
aventajado favored, endowed
aventurarse (a) to risk, take a chance on
avergonzar (üe) to embarass; **—se** to be ashamed, embarrassed
averiado damaged, in bad condition
averiguar to ascertain, verify
avión *m.* airplane
avisar to inform, let know, warn
ayudante assistant
azar *m.* chance, luck, fate; hazard
azorado terrified, frightened
azotar to lash, whip

azucena white lily
azulado bluish
azulear to look blue (bluish)

B

baba drool
baboso drooling
badajo clapper of a bell
bagaje *m.* beast of burden
bailarina dancer
baja discharge (*from service, hospital*); **dar de —** to discharge
bajar to go (come) down; to get out (*of a vehicle*)
bajo under
bala bullet
baladí trivial
balanza scale
balbucear to babble, stammer
balde: en — in vain
baldosa sidewalk stone
balido bleat(ing)
ballena whale
bancarrota bankruptcy
banco bench
bandada flock
bandeja tray
baño bath
barato cheap
barba beard
barbudo bearded
barcelonés *adj.* from Barcelona
barco boat
barrer to sweep
barriada district, quarter (of city)
barriga belly
barro mud, clay
barroso muddy
barrote *m.* rung, bar
bastar to be enough, suffice; **¡Basta!** Enough!
bastón *m.* cane
basura garbage, trash
bata housecoat, robe
batón *m.* dressing gown, housecoat
beato devout, pious
belleza beauty
bendición blessing
bengala: luces de — Roman candles (*fireworks*)
bermejo vermillion
berrear to bellow, howl
besar to kiss
beso kiss
bestia beast
bibelot *m.* bauble, conversation piece
bicho bug, insect
bien: —mirado carefully considered; **— que** although; **ahora —** now then; **de —** honest; **más —** rather, more; **pues —** well then; *m. n.* good, benefit; **tener a —** to see fit, find convenient; **"No hay mal que por — no venga"** "Everything turns out for the best," "Every cloud has a silver lining"; *m. pl. n.* property, estate
bienaventuranza bliss
bigote *m.* whisker, moustache
billete *m.* bill (money)
bioquímica biochemistry
bisabuelo great-grandparent
bisturí *m.* surgical knife
blandir to brandish
blando soft
blandura tenderness, softness
blanqueado whitewashed
blanquear to whiten
bloqueado blocked (off)
boato luxury, pomp, pagentry
boca mouth
bocado bite, mouthful
bocal *m.* jar
bocanada whiff, breath, gasp; puff of smoke
bofetada slap
boga style, vogue; **en —** popular
bola ball
bolear to shine (shoes)
boleto ticket
boliche *m.* little store
bolsillo pocket
bolsita *dim. of;* **bolsa** bag
bolso purse, bag
bombón *m.* candy sweetstuff; "honey"
bondad kindness, goodness
bondadoso kind

borde *m.* edge
bordo: a — de aboard
borrachera drunkenness
borracho drunk, drunken
borrar to erase, remove
bosque *m.* woods
bota boot; leather wine bottle
bote *m.* bounce, rebound
botella bottle
botica medicine; shop
bravío wild, fierce
bravo wild, savage; mad, angry
brazo arm
brea tar
brillante *m.* diamond
brillar to shine, gleam
brillo gleam
brincar to caper, frisk
brinco leap, jump; **dar un —** to jump, take a jump; **de un —** with a leap; **pegar un —** to jump
brisa breeze
broma joke
bromear to jest
bronco solid, hard, rough
brotar to spring forth, sprout, appear suddenly
brujo sorcerer, wizard, warlock
brújula magnetic needle, compass
bruma mist, fog
brusco sudden, abrupt
bucle curl, lock (hair)
buche *m.* craw (of a bird)
bueno: ¡Buen ánimo! Cheer up!; **de —a gana** willingly; **de una —a vez** once and for all
buhardilla garret
buhonero peddler
bulto bundle
bullicio uproar
bullicioso noisy, bustling
bullir to bubble, boil
burbuja bubble
burdel *m.* brothel
burla scorn, just, mockery, taunt; **hacer — de** to mock
burlarse (de) to make fun of, mock, scorn
burlesco ludicrous
burlón mocking, teasing
busca search
buscar to look for, seek, search
butaca easy chair
buzo diver

C

cabal: a carta — through and through, in every respect
cabalgar to ride on horseback
caballero gentleman
cabellera head of hair
cabello hair, lock
caber to fit, be contained
cabestro halter
cabezal *m.* small pillow
cabo end, handle; **al fin y al —** after all
cabrita kid *(goat)*
cachorro cub; young of wild animals
cachucha cap
cada: — cual each one; **— vez más** more and more
cadáver *m.* body, corpse
cadeneta chain stitch
caer to fall; **dejar —** to drop; **—se** to fall down
cafetera coffee pot
cafetería coffee house, coffee shop
caída fall
caja box, case; main part of telephone
cajero cashier
cajón *m.* drawer, big box, case
calafate *m.* caulking
calafatear to caulk
calavera skull
calcular to figure, estimate
calentar (ie) to heat
cálido hot
cáliz *m.* center of a flower *(within the petals)*
calorcillo extreme heat, nice warmth
caluroso hot, warm
calvo bald
calza cord, fetter *(used on animals)*
calzado footwear; **— con** wearing *(on one's feet)*
calzar to wedge; **—se** to put on shoes, gloves
callado silent

callar(se) to be silent, shut up
calleja side street, alley
callejón *m.* alley
callejuela narrow street
camarero waiter
cambiación change
cambiar to change, exchange
cambio change; **a — de** in exchange for; **en —** on the other hand, on the contrary
camello camel
caminar to walk, go, travel
caminata long walk, hike
camino way, road; trip **— de** on the road to, in the direction of
camiseta undershirt
campanada ring of a bell
campanilla *dim. of* **campana** bell
campaña campaign
camposanto cemetery
canal *m.* channel
canalizar to channel
canastilla basket
canoso gray-haired
cansancio fatigue
cantaleta noisy ridicule
cántaro pitcher
Cantinflas stage name of Mario Moreno-Reyes (1911-), popular Mex. comedian
canto song, chant
caña reed, cane
cañaveral *m.* cane field
caño pipe
capa layer, coating, covering
capacitar to prepare, qualify
capataz de servicio head waiter
capaz capable
capilla chapel; **vagón — ardiente** funeral chapel car
capricho caprice
carcajada burst of laughter
cárcel *f.* jail, prison
carcelario *adj.* jail, prison
cárdeno livid
cardo thistle
carecer de to lack
carga charge, load; **—se** to become charged; **de —s** loading
cargar to carry, transport; **— (de)** to load, burden (with)
cargo charge; **a — de** in charge of
caricia caress
cariño affection, fondness, love
cariñoso affectionate, fond
caritativo charitable
carnicero *n.* butcher; *adj.* bloodthirsty, carnivorous
caro dear; expensive
carpeta table cover
carrera course; career; race; **a la —** hastily
carrero wagon driver
carreta cart, wagon
carretero driver (*of a cart*)
carretilla wheelbarrow
carroza carriage, coach
carta: a — cabal through and through, in every respect
cartera purse, wallet
caserón *m.* large, ramshackle house
casilla cage, booth
caso incident, fact; case; **darse el —** to happen; **hacer —** to pay attention, listen, heed
casta breed
casualidad chance, chance event, coincidence
casualmente by chance
cataplasma poultice
catarata waterfall, cataract
catecúmeno person being instructed in the Christian doctrine
catequista *adj.* pertaining to instruction in the Christian doctrine
catequizar to instruct in the Christian doctrine
caterva throng, crowd
cauda train, tail
caudal *m.* fortune, wealth, property
caudaloso of great volume, carrying a lot of water
caudillo boss, strong man, leader
causa: a — de because of
cautivador captivating, charming
cautivo captive
cauto cautious

cavilación penetrating, detailed thought; calculation
caza hunt, pursuit; **dar —** to hunt, pursue
cazador *adj.* hunting
cazar to hunt
cebar to brew, make
ceder to yield, give (up), give way; **— la plaza** to give up
cedro cedar
cegado stopped up
ceja eyebrow
celda cell
celeste celestial, heavenly; blue
cena supper
cenar to eat supper
ceniciento ash-colored
ceniza ash
centella flash
centenar *m.* hundred; **a —es** by the hundreds
centésimo hundredth
ceño brow
cera wax
cercanía nearness
cercano *adj.* near, nearby, close
cercar to enclose, encircle, surround
cercenar to cut, lop off, pare
cerciorarse (de) to find out (about), make sure (of)
cerco wall, fence (outside)
cerdo pig
cerebro brain
cernirse (ie) to spread against; to hover
cerrada: noche — completely dark
cerradura lock
cerrar el paso to block the way
cerro hill
cerrojo bolt, latch
certidumbre *f.* certainty
cesar to stop, cease
césped *m.* lawn, grass
cesta basket
cetrino yellow-skinned
cianuro de potasio potassium cyanide
cicatriz *f.* scar
cicatrizar to heal over
cicuta hemlock
ciego blind; sluggish
cielo: — raso ceiling; **¡Cielos!** Good heavens!
ciénaga marsh, swamp
cieno mire, slime
cifra sum total, number
cigarra locust
cintura waist
círculo circle
circunvecino neighboring, surrounding
cirio candle
cirujano surgeon
citarse to make an appointment (date)
ciudadano citizen
clamar to cry out
claridad light, brightness
clarín *m.* bugle; bugler
clarividencia clairvoyance
claro light (colored); of course
clausura closing
clavar to fix, nail; to stick in, pierce, prick, thrust with sharp instrument
clave *f.* key
clavo nail, spike
clientela clientele
coartada alibi
cobayo guinea pig
cobertizo covering
cobertor *m.* bedspread
cobrador *m.* bill collector
cobrar to charge (for), collect, take in (money)
cocimiento concoction
cocina kitchen; cooking
cocinera cook
cocotero coconut tree
cochero driver
codicia fervent desire; envy, greed, covetousness
cofradía religious brotherhood
cofre *m.* box, chest
coger to catch, pick up, grab
cogote *m.* back of the neck
cohete *m.* rocket
cohetón *m. aug.* of cohete
cojear to limp
cola tail
colarse (ue) to pass (steal) through, slip (sneak) in

colchón *m.* mattress
colear to pull an animal's tail
colegio secondary school
cólera rage
colgante hanging (down)
colgar (ue) to hang (up)
colmado complete, full
colmena hive
colmenar *m.* apiary (group of beehives)
colocar to place, set, put
colorado red
comadrear to gossip
comadrería gossip
comarca territory, region, district, neighborhood
comedor *m.* dining room
comer: dar de comer to feed
comercio business
comestible *adj.* edible
cometer to commit
comida food
comisario commissioner
como: – para as if to; **hacer – que** + *indicative* to pretend + *inf.*; **tal –** just as
cómoda dresser
cómodo comfortable
compadecer to pity
compadecido showing pity
compañero friend, companion
compañía: hacerle – a uno to keep someone company
compás *m.* compass
complacencia pleasure, satisfaction
complacer to please; **–se (en)** to take pleasure (in), be pleased with
comprensivo understanding
comprobar (ue) to verify, confirm, substantiate, prove
comprometedor compromising
comprometer to compromise
comprometerse to become engaged
compuesto *p.p.of* **componer;** dressed up, made up; tidy
con que so (*sent. introducer*)
concienzudamente conscientiously
concluir to finish, end; **– de** + *inf.* to finish; *pr. p.* (*e.g.*, **Concluyó de comer.** He finished eating.)
concordar (ue) to agree, tally
concurrir (a) to attend, go (to)
concurso aid, assistance
condiscípulo classmate
conducir to lead, direct, take; to carry, drive
conductor *m.* driver, conductor (*Mex.)*
conejo rabbit
confabularse to plot, scheme
conferencia speech, lecture
confesionario confessional
confianza confidence
confianzudo confident, trusting
confiar (í) to confide, entrust
conformarse (con) to make do, get along; to decide (to), agree (to), resign oneself (to)
conforme agreed; as soon as; accordingly; **– a** in accordance with
confundir to confuse, mix
congestionado congested, flushed
congoja grief, affection
congregar to gather together; **–se** to gather together, congregate
conjunto combination
conocedor *adj.* expert, competent (*as a connoisseur*)
conocer: dar a – to make known
conocido acquaintance, friend
conocimiento knowledge
consabido well-known, above-mentioned
consagrar to consecrate, dedicate
conseguir (i, i) to obtain, get, gain; **–** + *inf.* to get to, be able to, manage to + *verb*
consejo bit (piece) of advice
conservar to retain, keep
constancia record, account, proof, evidence
constar de to consist in, be composed of
consuelo consolation, comfort
contabilidad bookkeeping
contenido *n.* contents; *adj.* prudent, careful, restrained, controlled
contiguo adjoining
continuo: acto – immediately after
contoneo swaying

contorno vicinity
contra: dar — to hit against
contraer to contract
contrariar (í) to upset, annoy
contrario adverse; **por el —** on the other hand; **todo lo —** just the opposite
contrasentido contradiction
contratar to engage, rent
contraveneno antidote
contundente forceful
conveniente desirable, suitable; **—mente** *adv.* in the right way, as one is supposed to
convenir (ie) to be desirable, suitable, fitting, proper; to agree
convento monastery
convertir (ie, i) to turn into (*trans.*); **—se** to turn into, become
convivir to coexist
convoy *m.* train
copa drink (*alcoholic*); (*lit.* wine glass)
copetudo high, lofty
copudo thick-topped (*tree*)
corazón *m.* heart
cordón *m.* cord; curb
coro chorus; **a (en) —** in chorus (unison)
corola corolla, petals
coronar to crown, top
corporeidad body weight
corredor *m.* front porch
corregir (i, i) to correct
correr to run; to pursue, chase; to go through, over; to undergo; **—se** to slide, move sideways
corriente *f.* current; **darle la — a uno** to humor someone; **llevarle la — a uno** to let someone have his own way; *adv.* **—mente** in the usual way
cortadera *type of sharp-bladed grass*
cortar to cut (off), hang up (*telephone*)
cortejar to court, woo
cortésmente courteously
cortina curtain; **— metálica** steel shutter (*placed over store fronts at night*)
cosa de a matter of; about, more or less
cosmorama *m. exhibition of scenes from different parts of the world*
costado side; **de —** on one's side
costar (ue) poco to be easy
costear to go along the edge (*of a body of water*)
costilla rib
costoso expensive, costly
costumbre *f.* custom
cráneo skull, head
crapuloso foul
crecer to grow, increase (*intrans.*)
crecido large
creciente growing, increasing
crédito belief, faith
creencia belief
creer: ¡Ya lo creo! Of course!, Yes, indeed!
crepuscular *adj.* twilight
crepúsculo twilight, half-light
criado servant
crianza breeding
criar (í) to raise, bring up
crin *f.* mane
criollita *f. dim. of* **criolla** born in Spanish America of European descent
crispado curled, contracted, twisted
cristal *m.* glass, crystal
crónica chronicle
crujido rustle, creak
crujiente *adj.* rustling, crackling
cruz *f.* cross, crossing
cruzar to cross
cuadrilla crew, gang (*of workers*)
cuadro square
cuajado ornately decorated
cual: cada — each one; **tal o —** such-and-such, so-and-so
cuan how (*used only before adj. and adv.*)
cuando: — menos at least; **de — en —** from time to time; **de vez en —** from time to time, now and then
cuanto all that, everything that, as much as **— antes** without delay, as soon as possible, immediately; **en —** as soon as; **unos —s** a few, some
cubierto *p.p. of* cubrir: **a —** protected

cuchichear to whisper
cuchufleta joke, wisecrack
cuello neck; **a voz en —** at the top of one's voice
cuenta: a — de through the fault of; **dar — (de)** to give an account (of), relate; **darse — de** to realize; **por su —** on one's own; **tomar en —** to take into account
cuentagotas *m. sing.* dropper
cuento story
cuerda rope, string
cuero leather
cuerpo body; **— de policía** police force
cuervo crow
cueva cave, opening
cuidado care; be careful; **— con** watch out for
cuidadosamente carefully
cuidar de to take care (be careful) to; to take care of; **—se de** + *inf.* to take care + *inf.*
cuitado unfortunate
culpa blame, guilt; **tener la —** to be to blame
culpable blameworthy, guilty
culpar to blame
cumbre *f.* peak
cumplimiento fulfillment, performance
cumplir to fulfill, keep, observe; **— . . . años** to be . . . years old
cuna family, lineage; cradle
cundir to grow, flourish, expand
cuñada sister-in-law
cuota dues
curarse to get well
curtiembre *f.* tannery
cúspide *f.* tip, point
cuyo whose

CH

chacal *m.* jackal
chaleco vest, waistcoat
chapita small metal plate
chapotear to splash
chaqueta jacket, coat
charco puddle
charlar to chat
charol *m.* patent leather
chasqueado disappointed
chasquear to snap, crack; to disappoint
chicuelo *dim.* of **chico** boy, lad
chichón *m.* lump, bump
chillar to shriek, scream
chiquilín *m. dim. of* **chico** child, kid
chiribitil *m.* shack, hovel
chirigota joke
chirrido squeaking
chispa spark
chiste *m.* joke
chocar (con) to bump (crash, run) into, hit
chocarrero coarse, vulgar
chocolatín *m.* piece of chocolate candy
chorro stream, spurt
choza hut

D

dado que given the fact that, since
dados *pl.* dice
daga dagger
dama lady; queen (*chess*)
damnificado injured party
dañino harmful
daño harm, damage, injury; **hacer —** to hurt
dar to give; to strike (*the hour*) (*e.g.*, **Dieron las cinco.** The clock struck five.); **— a** to face; **— a conocer** to make known; **— a entender** to lead one to believe, imply, insinuate; **— caza** to hunt, pursue; **— con** to come across; **— contra** to hit against; **— cuenta (de)** to give an account (of), relate; **— de comer** to feed; **— de mamar** to nurse (*an infant*) **— en** to take to, get into the habit of; **— la vuelta (a)** to go around; **— que hablar** to give occasion for talk, comment; **— sobre** to fall (hit) on; **— un brinco (salto)** to jump, take a jump; **— una**

mirada to take a glance; **— un paso** to take a step; **—una vuelta** to take a walk; turn **—voces de socorro** to call for help; **— vuelta** to turn around; **— vueltas** to walk around; **— le a uno por** + *inf.* to take a notion + *inf.*; **—le la corriente a uno** to humor someone; **—le la gana a uno** for someone to feel like; **—se a** + *inf.* to devote oneself to, take to, up + *pr. p.*; **—se cuenta de** to realize; **—se el caso** to happen; **—se por satisfecho** to be satisfied; **—se prisa** to hurry; **—se una vuelta** to turn around

dársena dock, wharf

datos *pl.* information, data

deber *m.* duty, obligation; *v.* to owe; to be supposed to, should, ought to, must; **— (de)** *used to express probablility* (*e.g.*, **Deben (de) ser las ocho.** It must be (is probably) eight o'clock.); **—se** to be due

debidamente in the proper fashion

débil weak

debilidad weakness

decible utterable

decir (i): — entre dientes to mutter; **a — verdad** to tell the truth; **oír —** to hear, hear it said; **querer —** to mean

declinación fall

dedo finger, toe

definitivamente finally

defunción death

deglutir to swallow

degollar (üe) to cut one's throat, behead

dejar to let, allow, permit; to leave; **— caer** to drop; **—(se) de** + *inf.* to stop + *pr. p.* (*e.g.*, **Dejó de escribir.** He stopped writing.); **no — de** + *inf.* not to fail, be sure + *inf.* (*e.g.*, **No deje de escribirle.** Don't fail (be sure) to write to him.)

delantero *adj.* front

delatar to give away, betray

delator *m.* informer, stool pigeon

deleite *m.* delight

deletrear to spell

deleznable fragile, insubstantial

delgado slender, thin

delicadeza daintiness, tenderness

delicioso delightful

delirio delirium, ravings

delito crime

demacrado emaciated

demanda: en — de asking for

demás *pl.* rest, other(s)

demoler (ue) to demolish, tear down

¡Demonios! The Devil!

demora delay

demorar to delay

denostar (ue) to condemn

deporte *m.* sport

derecho *n.* right, privilege; *adj.* right (-hand)

derramar to pour, spill

derribar to destroy, raze, knock down

derroche *m.* flood, proliferation; squandering, waste

derrota defeat

derrotar to defeat

desafiante defiant

desafiar (í) to challenge

desafinado out of tune

desafío challenge

desaforado outrageous, wild, extraordinary, crazy

desagrado displeasure

desalentado out of breath

desaliento dejection, dismay

desamargar to make less bitter

desamparado unprotected, abandoned

desangrar to drain the blood

desapacible harsh, unpleasant

desarmar to take apart

desarrapado ragged

desatar to untie

desayunar to eat breakfast

desayuno breakfast

desazón *f.* annoyance, displeasure

desbocado runaway (*horse*)

desbordante overflowing

desbordarse to come out of, overflow

descalabrarse to fracture one's skull

descalzo barefoot

descansar to rest
descanso rest
descolgar (ue) to unhook, take down; to lift, pick up (*telephone*)
descomponerse to separate, come apart, break down
descompostura *n.* upset, disorder
descompuesto upset, broken
desconcierto uneasiness, uncertainty
desconocido unknown, strange; *n.* *stranger*
desconocimiento ignorance, lack of familiarity
descosido stitches that have come out
descoyuntar to dislocate
descubrimiento discovery
descubrir to uncover, discover
descuento discount
descuidado careless
descuidar to overlook, neglect, disregard
desde from, since; *to show lapse of time with* **hacer** (*e.g.*, **Vivo aquí desde hace cinco años.** I've been living here for five years.); **— luego** of course
desdecirse (i) to retract
desdeñar to disdain, scorn; **—se de** to scorn, disdain
desdeñoso disdainful
desdichado unhappy, unfortunate
desechar to discard
desembocar to come into, flow into
desempedrar to tear up
desempeñar to perform, discharge; to redeem, take out of pawn
desenfado ease, naturalness
desenfrenado unrestrained
desengañado disillusioned, disappointed
desengaño disillusion, disappointment
desenlace *m.* unfolding (*of the plot of a story*)
desentenderse (ie) to feign ignorance, pay no attention
desentonado discordant, out of tune
desenvainar to unsheathe
desenvoltura ease, freedom, confidence, poise
desenvolverse (ue) to develop, unfold
desenvuelto free, confident, open
deseo wish, desire
desequilibrado mentally unbalanced
desesperación desperation, despair
desesperado desperate
desesperante maddening
desesperanza desperation
desesperar(se) to lose hope, despair
desfile *m.* parade
desfondado with the bottom out
desgarradura break, tear
desgarrar to tear, claw
desgraciado unfortunate
deshacer to destroy, cut to pieces; **—se de** to get rid of; **—se** to be overwhelmed, overcome; to come apart, fall off
designio plan
desistir to stop, cease
deslizar *trans.* to slip, slide; **—se** to glide by
desmayado in a faint, unconscious
desmayarse to faint
desmoronarse to crumble, fall apart
desnucarse to break one's neck
desnudo naked, bare
desocupado idle; free, vacant
desorbitado disproportionate, excessive
desordenado wild, irregular
despacito *dim. of* **despacio** very slowly, very softly
despachar to deal with, attend to; to dismiss, put away
despacho office
desparpajo ease, self-confidence
despatarrado stupefied, motionless
despavorido terrified
despectivamente contemptuously
despedazado ruined, broken, crumbled
despedida farewell
despedir (i, i) to dismiss, fire, discharge; **—se (de)** to say good-bye (to), take leave (of)
despegar to unglue, separate, detach, remove
despertar(se) (ie) to wake up

despilchado poorly dressed (*Arg. slang*)
despistar to throw off the track
desplegado unfolded, opened up
desplomarse to collapse, topple over
despojado free, stripped
despojo loot, war trophy; *pl.* spoils, ruins
desposada maiden, bride
despotismo tyranny, despotism
despreciar to scorn
desprecio scorn
desprender to remove, detach; **—se** to come (peel) off, come loose, separate, detach
despreocupar to put someone's mind at ease; **—se** to become at ease, indifferent
desprovisto (de) bare, lacking, deprived (of)
destacarse to stand out, be prominent
destejer to undo, unravel knitting
destemplado out of tune
destiempo: a — at the wrong time
destreza skill, agility
destrozado ruined
destrozar to destroy
desvalido helpless
desvanecido vanished, out of sight, disappearing from sight; in a faint
desvanecimiento dizzy spell
desvelarse to stay awake
desvestir (i, i) to undress
desviar (í) to deflect, ward off; **—se** to stray, deviate, get sidetracked
detener (ie) to stop, hold back; to arrest; detain; **—se** to stop
detenido slow, careful, thorough
determinado definite, decided
devastar to destroy, ruin
devolución return
devolver (ue) to return, give back
di *imp. of* **decir**
día: al otro — on the next day
diafanidad transparency, translucency
diáfano translucent; of very light texture
diario *n.* daily newspaper; *adj.* daily
diarista *m., f.* writer for a daily newspaper
dibujar to draw, sketch
dicha happiness, good fortune
dicho *p. p. of* **decir; — y hecho** no sooner said than done; **lo —** as I (you, he, etc.) have said; *n.* saying, proverb; **mejor —** rather, I mean to say
dichoso happy, fortunate
diente *m.* tooth; **decir entre —s** to mutter
diestro right(-hand)
digitado with fingers
digno worthy; **— de fe** trustworthy
dilatar to stretch out, lengthen, widen
diluir to dilute
diminuto tiny, minute
dique *m.* dike
directorio board of directors
dirigirse a to turn to, go up to, go toward; to address, speak to
díscolo unruly
disculpa apology
disculparse to apologize
discurrir to pass, flow by
discurso speech
discutir to argue, discuss
disecado stuffed, mounted
disfrazar to disguise
disfrutar (de) to enjoy, benefit (from)
disfrute enjoyment
disgusto displeasure, disagreement, unpleasant occurrence
disimulado feigned, fake
disminución loss, decrease
disminuir to lessen, diminish
disolverse (ue) to disappear, to dissolve
disparar to shoot, fire
disparate *m.* nonsense
dispensar to excuse
displicencia disagreeableness, displeasure
disponer to order, command; **— de** to have available; **—se a** + *inf.* to get ready to + *verb*
dispositivo device, contrivance
dispuesto *p. p. of* **disponer;** ready, inclined, disposed
distinguir to make (pick) out, distinguish

distraer to distract
divagar to roam
divertido enjoyable, amusing
divertir (ie, i) to amuse; **—se** to enjoy oneself, have a good time
divisar to sight, see, perceive at a distance
doblar to bend (over), turn
doctorar to confer a doctor's degree on
dolencia illness, ailment
doler (ue) to hurt, pain
dolor *m.* pain
dolorcillo little pain, twinge
dolorido sore, painful
dolorosamente painfully
dominar: — + *language* to speak + *language* + fluently
don *m.* gift
dorado golden
dormitorio bedroom
dorso back
dosis *f. sing.* dose
dotar to give (*as a gift*)
dote *f.* dowry
duda doubt
dudar to doubt
duende *m.* goblin, elf
dueño owner
dulce *m. n.* piece of candy; *adj.* sweet
dulzura sweetness, softness
durar to last
durmiente *m.* railroad tie
duro *n.* dollar, peso; *adj.* hard, tougl **a —as penas** with great difficulty

E

¡ea! hey!
echar to stick out; to throw, toss; to put; to pour; to mail; **— a** to begin to; **— a perder** to spoil, ruin; **— llave** to lock; **— mano de** to make use of; **—se a** to begin to; **— una ojeada** to take a quick look, glance
edad age
educación upbringing, training, breeding
efectivamente really, actually, as a matter of fact
efecto: en — as a matter of fact, in fact, in effect, indeed
eficacia effectiveness
eficaz effective, efficacious
efímero fleeting, ephemeral
eje *m.* axle
ejecutar to carry out
ejercitar to exercise
ejército army
elaborar to make, manufacture, work out
electoral: guapo — ward heeler
eléctrico: linterna —a flashlight
elegir (i, i) to elect, choose
elevarse to rise
emanación glow
embalar to wrap
embalsamado embalmed
embanderar to decorate with banners or flags
embarcar to board (*a boat*), embark
embargo: sin — however, nevertheless
embaucar to deceive, trick
embelesado charmed, delighted, enraptured
embobado fascinated
emborracharse to get drunk
embotamiento dullness
embrujado bewitched, haunted
embrutecido depraved
embutir to imbed, force into
empalme *m.* road junction, freeway exit or entrance
empañado tarnished, sullied, cloudy (*glass*)
empapar to soak
empaque *m.* look, appearance
empeñar to pawn; **—se (en)** to insist (on), persist (in)
empeño effort
empero nevertheless
empezar (ie) (a) to begin (to)
empinarse to rise up
emplasto poultice
emplazar to summon
empleado employee

emplear to use
empleo employment, use
emponchado with a poncho on
emponzoñado poisoned
emprender to undertake
empresa company, firm; enterprise, undertaking
empujar to push
empujón *m.* push, shove
empuñadura hilt, handle
enamorarse (de) to fall in love (with)
encaminarse a to set out (head) for
encantador charming, delightful, enchanting
encantar to charm, delight, enchant
encanto magic, enchantment, delight
encaramarse to climb (up)
encarcelar to jail, imprison
encargado person in charge
encargar to order; **—se de** to take charge of
encargo charge, order
encarnar to embody, personify
enceguecido blinded, enraged
enceguedor blinding
encender (ie) to light, turn on
encendido bright, lit, burning
encerado waxed
encerrar (ie) to enclose; to shut (lock) up
encía gum *(mouth)*
encima (de) on top (of), over; **llevar —** to have on one's person; **por de —** on top of
encogerse de hombros to shrug one's shoulders
encogido huddled
encomendar (ie) to commend, entrust, put in the hands of
encomienda parcel
encontrar (ue) to find, meet; **—se con** to meet, run into
encorvado curved
encrespado curled up
encristalado *adj.* glass
encuentro meeting; **al — de** to meet (*e.g.*, **Salió al encuentro de su amigo.** He went out to meet his friend.)
endemoniado demoniacal, devilish
enderezar to go straight; to straighten out
enebro juniper
enérgico energetic
enfadarse to get angry
enfermedad illness, sickness
enfermería infirmary
enfermizo sickly
enfrentar to face
enfrente across the street
enfriamiento chill, chilling
enfundado encased, in a holster
enfurecerse to get furious
enfurecido furious
engañar to fool, deceive, cheat
engarzado joined, set in
engendro monster
engolfar to engulf, plunge
enharinado whitened with flour
enhiesto erect, lofty
enjambre *m.* swarm
enjugar to wipe dry
enlazar to join, unite, link, bind
enloquecer to drive crazy, madden
enmascarado masked
enmohecerse to get rusty
enmohecido rusty
enmudecer to become silent
ennegrecido blackened
ennoblecer to ennoble, embellish
enojarse to get annoyed, angry
enorgullecerse to become proud
enredadera vine
enrojecido reddened, reddish
ensangrentado bloody
ensayar to test, try (out); to rehearse; **—se** to try
enseñanza teaching
enseñar (a) to teach, show how (to)
ensillar to saddle
ensombrecido shaded, in shadow
ensueño illusion, fantasy
entablado herded *(Arg.)*
entablar to initiate, start, begin
ente *m.* being, entity
entender (ie) to understand; **—se** to imagine, understand; **—se con** to handle, get along with; **dar a —** to lead one to believe, imply, insinuate

entendimiento understanding, knowledge
enterarse (de) to find out (about), be informed
entero entire, full
enterrar (ie) to bury
entonar to sing, intone
entonces: en ese — at that time
entornado ajar, half-open
entrada entrance
entraña intestine, entrail
entrañable strong, deep, intense
entreabrir to open halfway
entrecerrado half-open
entrecruzar to criss-cross, interlace
entrega delivery
entregado a la meditación lost in meditation
entregar to give up, surrender, hand over, deliver; **—se a** to give oneself over to, lose oneself in
entrelazar to intertwine
entrenamiento training
entretanto meanwhile
entretener (ie) to entertain
entrevisto *p.p. of* **entrever** glimpsed
entristecer to sadden
entrometerse to intrude
entusiasmado enthusiastic
envenenar to poison
enviar (í) to send
envidiar to envy
envidioso jealous, envious
envoltura covering, wrapping, "skin"
envolver (ue) to wrap
envuelto *p.p. of* **envolver**
equivaler (a) to be equivalent (to)
equivocar to mistake; **—se** to make a mistake
érase (*imperfect of* **ser** + **se**) once upon a time there was (*used to begin a story*)
erguirse (ye, i) to straighten up
erigir to erect
erizado raised
errante *adj.* wandering
esbelto slender, well-built
escala stop, stopping place
escalera stairway
escalinata set of steps
escalofrío chill
escalón *m.* step
escándalo tumult, improper conduct
escaparate *m.* display window
escarmentar (ie) to take warning, learn one's lesson
escasear to be scarce
escena scene
escolar *m. n.* schoolboy; *adj.* school, academic
esconder to hide
escondidas: a — secretly
escribir: máquina de — typewriter
escrito *n.* writing
escritorio office
escudero page, squire
escupir to spit (out)
esforzar (ue) to exert, strengthen; **—se (por)** to make an effort (to)
esfuerzo effort
esguince *m.* slight movement, jerk
esmalte *m.* enamel
esmeralda emerald
eso: por — therefore
espada sword
espalda back (*of a person*)
espantado frightened, terrified
espantar to frighten, shoo off
espanto fright, terror
espantoso frightful, dreadful
esparcirse to spread
especie *f.* kind, type
espejismo mirage, illusion
espejo mirror
espera wait, waiting, expectation
esperanza hope
espetar to quiz, grill
espía *m.* spy
espina fishbone; thorn
espinazo spinal column
esposas *pl.* handcuffs
espuma foam
espumarajo froth (*at the mouth*)
espumoso foamy
esquila bell
esquina corner
esquivo aloof, unsociable, shy
estación season; station

estada stay, sojourn
estadística statistics
estallar to explode, break out (*war*)
estallido explosion
estampa picture
estampido crack, report of a gun
estante *m.* shelf
estar: — en vena de to be in the mood for; **— para (por)** to be about (ready) to; **—se** to be, stay, remain
estatura figure; height
este *m.* east
éste the latter (*lit.*, this one)
estelar stellar
estilo: de — usual, customary; **por el —** like that
estirar to stretch
esto: en — just then
estómago stomach
estorbar to disturb, get in the way
estragar to despoil, ruin
estrago havoc, ruin
estrecho *adj.* close, narrow
estrella star
estremecer (se) to shake, tremble, shudder, shiver
estremecimiento chill, shudder
estrépito noise, ruckus
estrepitosamente noisily
estribo running board
estridente harsh, strident
estropear to injure, cripple
estrujar to wring, squeeze
estrujón *m.* squeezing, pressing
estuario estuary, meeting of the mouth of a river and the sea's tides
estuche *m.* box, case
estupefacto stupified
estupidez stupidity
etéreo ethereal, delicate, airy
eterno eternal
etiqueta label
eucalipto eucalyptus, gum tree
evasiva evasion
evitar to avoid
exangüe bloodless, anemic
exánime lifeless
exigencia demand
exigir to demand
éxito success
expectativa expectation
expedición sale
expediente *m.* means, resource, device
expender to sell
experiencia experiment; experience
explicar to explain; **—se** to understand, see
expuesto *p.p. of* **exponer;** liable, exposed
expulsar to expel, get rid of
extender (ie) to draw up (*a document*)
extenuarse (ú) to languish
extorsionar to extort
extranjero foreign; **al —** abroad
extrañar to surprise, seem strange; to miss
extrañeza strangeness, oddness; surprise
extraño strange
extraviarse (í) to get lost, misplaced
extravío aberration, deviation
extremo: en — a great deal
exvoto votive offering

F

fabricación manufacture
fabricar to make
fabril *adj.* manufacturing
facción feature
facultad college, school (*of a university*)
fachada facade
faja de goma girdle
falange *m.* bone of the finger
falda slope
falderillo little dog
fallar to fail
fallo mistake
falta lack, need; **hacer —** to be necessary, needed
faltar to be lacking, missing, needed; **— a** to be absent (from)
falla defect, failure, handicap
fallecer to pass away, succumb
fallecimiento death
fama fame

fanfarrón *m.* boaster, loudmouth
fango mud
fantasma *m.* ghost, spirit, phantom
farol *m.* street light, lamp
fastidio arrogance, nuisance
fastidioso annoying, bothersome
fastuoso pompous, lavish
fatiga fatigue, weariness
fatigar to fill (*figurative*)
fatigoso tiresome; **—amente** *adv.* laboriously
fauna the animals from a given region
favor: a — de with the help of; **por —** please
faz *f.* face
fe *f.* trust, faith; **digno de —** trustworthy
fecundo fertile, fruitful
felizmente happily
feo ugly
feria fair, festival
ferrocarril *m.* railroad
ferrocarrilero *adj.* railroad
ferroviario *adj.* railroad; **guía —a** timetable
festejar to celebrate; admire, praise
feúcho ugly, homely
fiambre cold food (*as cold cuts*)
fidedigno trustworthy, creditable
fiebre *f.* fever
fiel faithful
fiera beast
fierro iron
figa fig
figurar to have the shape of; **—se** to imagine
figurilla *dim. of* **figura** shape, form, figure
fijamente steadily, unwaveringly
fijar to fix, establish; **—se (en)** to notice
fijo fixed
fila row, line
filiación description
filo line; edge of a blade
fin: al — finally, after all; **al — y al cabo** after all; **en —** anyway (*expl.*); **por —** finally, at last
finca farm
fingir to feign, simulate, pretend
finura refinement
firmar to sign
fiscal *m.* prosecuting attorney
fisgón *m.* snooper
flaco thin, skinny
flamante brand new; bright, polished
flamear to flutter
flanco side, flank
flaquear to get weak, weaken
flaqueza weakness
flecha arrow
florecer to blossom, flower; to flourish
florero flower vase
florón *m.* big flower
fluctuante floating, fluctuating
follaje *m.* foliage
fonda inn
fondo bottom, depth; background; back, rear (*of a house*)
forastero stranger (*from another city or town*)
forense *m.* coroner
forjado wrought, built, constructed
fornido husky
fortuna: por — fortunately
forzado compelled, forced
forzar (ue) to break open
fosa grave, hole, ditch
fósforo match
fracaso failure
fracasar to fail
fraile friar, monk
franquear to open, clear, pass, get through
frasco bottle, flask
frasquito *dim. of* **frasco**
fray brother (*religious title*)
frenar to check, restrain
frenesí *m.* frenzy
frenético frenzied
freno brake
frente *f.* forehead; *m.* front; **—a** opposite; in front of; **en —** opposite, in front
fresco *n.* cool, coolness; **tomar el —** to get some fresh air; *adj.* fresh, cool; ruddy, healthy
frescura coolness, freshness

fresquito very fresh *dim. of* **fresco**
frialdad coldness
frotar to rub
fruncido wrinkled
fuego fire; **—s artificiales** fireworks
fuente *f.* fountain, stream; large serving dish
fuera away; off (with), **— (de)** outside (of), out (of)
fuertemente tightly
fuerza(s) force, strength, **sin —** exhausted
fuga flight
fugazmente fleetingly
fulgurar to flash
fullero "shady," dishonest
fumar to smoke
funda slipcover, case, cover
funesto fatal, disastrous
furgón *m.* railroad car
furor *m.* rage, fury

G

galantear to court, pay attention to
galería hall
gallardo gallant
gallina hen
gana desire, whim; **darle la — a uno** for someone to feel like; **de buena —** willingly; **de mala —** unwillingly; **tener—s (de)** to feel like
ganarse el pan to earn a living
gansa goose
garabatear to scribble, scrawl
garbo jauntiness, grace
garboso jaunty, graceful
garganta throat
garito gambling house
garra claw, talon
gastar to waste, spend, wear out; **—se** to wear out
gasto expense
gaveta small drawer
gemido moan, cry
gemir (i, i) to moan
genial brilliant
genio genius
germencito seed
gesto gesture
gira trip, visit
girar to spin, turn, swing, rotate
gis *m.* chalk
globo balloon
glutinoso gluey, sticky
gobernar (ie) to rule, direct
goce *m.* joy
golosina sweet, "goody"
golpe *m.* blow; **de —** suddenly
golpear to hit, knock, strike
golpecito tap, rap
golpeo beating
goma: faja de goma girdle
gota drop
gotera leak
goterón *m.* large drop, glob
gozar (de, con) to enjoy
gracia: hacer — to be funny
gracioso funny
gradas *pl.* gallery (*of an amphitheater*)
grado degree
granate garnet, deep red
grandullón *m.* big brute
grasoso greasy
gresca uproar, row
griego Greek
gris gray
gritar to cry out, shout
gritería shouting
grito cry, shout
gritón loud-mouthed
grosería rudeness, boorishness; coarse word *or* action
grosero rude, crude, boorish, coarse, rough
grúa crane, derrick
grueso thick
gruñir to growl
gruta cavern, grotto
guante *m.* glove
guapo *adj.* good-looking; *n.* **— electoral** ward heeler
guardagujas *m.* switchman
guardar to keep
guarida lair, den
guía guide, guidebook, directory, telephone book; **— ferroviaria** timetable

guiar (í) to guide, lead
guijarro pebble
guiñapo tattered rag
guiño wink
guisar to cook
guiso cooked fish
gula gluttony, greed
gusano worm
gusto pleasure; taste

H

haber to have *aux.*; **— de** to be supposed to, be to, have to; **— que** to be necessary to
habilitación backing *(business)*
habitación room
habituarse (ú) (a) to become accustomed (to)
hablar: dar que — to give occasion for talk, comment
hacendado rancher, landowner
hacer to do, make; *to show lapse of time* (*e.g.*, **Vivo aquí desde hace cinco años.** *or* **Hace cinco años que vivo aquí.** I've been living here for five years. **Llegué hace pocos días.** I arrived a few days ago.); *to express weather* (*e.g.*, **Hace calor.** It's hot.); **— burla de** to mock; **— caso** to pay attention, listen, heed; **— como que** + *indicative* to pretend + *inf.*; **—le compañía a uno** to keep someone company; **— daño** to hurt; **— falta** to be necessary, needed; **— gracia** to be funny; **— llegar** to convey, send; **— saber** to inform, notify; **—se** to "play," pretend (*e.g.*, **No se haga el tonto.** Don't play dumb.); to become; **—se el sordo** to turn a deaf ear
hacia toward
hacienda estate, ranch
hacha axe
hachar to chop
hachazo blow with an axe
hada fairy
hallar to find; **—se** to be, be found
hallazgo find, discovery
hambre *f.* hunger
hambriento hungry
hartarse to get one's fill
harto full, fed up
hastío weariness, tedium
hazaña feat, deed
hebra string, thread *(of yarn)*
hechicero sorcerer, wizard
hecho *p. p. of* **hacer; dicho y —** no sooner said than done; **lo —** that which was done; *n.* fact, deed; **— de sangre** crime, bloody deed
helado frozen, icy
helarse (ie) to freeze
hembra female
hendija crevice, crack
herboristería herb shop
herencia heredity
heresiólogo *scholar who specializes in the study of heresies*
herida wound, injury
herido wounded, injured, struck
herir (ie, i) to wound
hermanar to harmonize
herrumbrar to rust
hervir (ie, i) to boil, seethe
hiato hiatus, gap, interval
hidalgo nobleman, gentleman
hiel *f.* gall
hielo ice
hierro iron, piece of iron
higo fig
hilarse por to filter through
hilera file, row
hilo thread, wire
hinchado swollen
hipócrita: a — s hypocritical(ly)
hipotensión insufficient tension
historieta comic strip
hito: de — en — from head (top) to foot (bottom)
hogar *m.* home
hoja leaf; page, sheet
holgazán *m.* idler, loafer
holgazanería idleness, laziness
hollar (ue) to tread, trample
hombro shoulder; **encogerse de —s** to shrug one's shoulders

homicida *f.* murderess
hondo deep
hongo mushroom
honradez honesty
honrado honest
hormiguear to swarm
hormiguero anthill
horno oven
horror *m.* horror
hoy: de — en adelante from this day on
hoyuelo little hole
hubo *3rd pers. pret. of* **haber** there was (were)
hueco *n.* hollow, open space; *adj.* hollow; **a —as** hollow
huella trace
huérfano orphan
huerto orchard
hueso bone
huésped *m.* guest; host
huida flight
huir (y) to flee
humear to smoke *intrans.*
humedecer to wet, moisten
húmedo damp, wet, humid
humilde humble
humildoso excessively humble
humillar to humiliate
humo smoke
humor *m.* mood, humor
hundir(se) to sink
húngaro Hungarian
hurgar to handle, move, agitate
hurto theft

I

ida: — y vuelta round trip; **boleto de —** one-way ticket
idear to conceive the idea of
idilio idyll
idioma *m.* language
ignorar not to know, to be ignorant of
igual: por — equally
igualado equalized, the same
ilusionista *m.* magician
imagen *f.* statue, image
imborrable indelible, unremovable
impar odd, unequal
impedir (i, i) to prevent
imperioso overbearing, haughty, urgent, overriding
impermeabilizar to make waterproof
impermeable *m.* raincoat
implacable relentless
imponente imposing
imponer to impose
impracticable rough, impassable
imprecisable unforeseeable
imprevisto unforeseen
imprimir to press; to print
impropio inappropriate, unsuited
imprudencia indiscretion
impulso impulse
inadvertencia accident, oversight
inadvertido unnoticed
inapreciable invaluable, inestimable
inaudito unheard of, inconceivable
incapaz incapable
incendiado ruined by fire
incendio fire, blaze
incluso even, including
inconsciente unaware, unconscious
inconveniente *m.* objection; disadvantage, obstacle, difficulty, problem; **tener — (en)** to mind, object (to)
incorporarse to stand, sit up
incorpóreo bodiless, intangible
increpar to rebuke, chide
indagar to ascertain
indecible inexpressible
indefenso defenseless
indemnizar to pay for, compensate (damages)
índice *m.* index finger
indicio hint, clue
indigesto undigested
indistintamente indifferently, without distinction
inerte paralyzed
infamación infamy
infamar to dishonor, slander, defame
infamia disgrace, insult
infausto unlucky, ill-starred
infeliz unhappy
informe *adj.* formless; *m. pl. n.* information

infortunio misfortune, bad luck
infranqueable impassable
infundir to infuse
ingeniero engineer
ingenio talent, skill, cleverness
ingenuo candid, ingenuous
ingestión eating
ingrato unpleasant
ingravidez lightness, weightlessness
injuria insult, slander
inmóvil motionless
inmovilidad motionlessness
inmutarse to become disturbed, lose one's composure
inopinado unexpected; **—amente** unexpectedly
inquietar to make uneasy; **—se** to worry, become uneasy
inquieto restless, anxious, uneasy
inquietud uneasiness
inquilino tenant
inquina ill will
inquieto uneasy
insano unhealthy
insidia snare, trap; sneakiness, treachery
insobornable incorruptible
insoportable insufferable, unbearable
instante: por —s continuously
íntegro whole, complete; **—amente** wholly, completely
intemperie *f.* bad weather
intempestivo sudden, unexpected, inopportune
intentar to try
intercalar to insert
internarse to go into
interponer to interpose, place between
interrogatorio interrogation; questioning, grilling
intimar to order, require
intransitable impassable
inútil useless; **—mente** *adv.* in vain
inutilizar to disable, render useless
inverosímil unlikely, implausible
inyectar to inject
ir to go; **¡Vaya!** *imp.* Well! (*to express surprise*)
irlandés Irish (man)
irrespetuoso disrespectful
irrumpir (en) to burst (into)
isla island
itinerario schedule, timetable
izquierdo *adj.* left

J

jactarse to brag, boast
jadear to pant, gasp
jadeo panting, heavy breathing
jaque mate checkmate (*chess*)
jaqueca severe headache
jaula cage
jefatura police station
jinete *m.* rider (*horseback*), cavalryman
jirón *m.* shred, piece
joya jewel
jubilado retired
juego game
jugada move (*chess*), play
jugar (ue) to play; to gamble
juguete *m.* toy, plaything
juguetear to frolic, gambol
juicio senses, judgment; **poner en tela de —** to question
juicioso wise, prudent
juncal *m.* field of reeds, rushes
juntar to gather, join
junto together; **— a** next to, against
jurar to swear, take an oath
justamente just, exactly, right
justicieramente fairly, justly
justo exact
juzgar to judge

L

laberinto labyrinth
labio lip; **sellar los —s** to silence
labrador *m.* farmer
lacrimógeno: gas — tear gas
ladear to tilt, tip
lado side
ladrar to bark
ladrillo brick
ladrón *m.* thief
lago lake
lágrima tear
laja rock protruding out of the water

lambiscón *adj.* "boot-licking," fawning
lamentarse (de) to be sorry (about)
lamento wail, lament
lámina sheet, layer
lámpara lamp
lana wool
lancha launch
languidecer to be weak, languish
lanzallamas *m.* flame thrower
lanzar to launch, fling, throw; to issue, let out, emit
lápida gravestone
lares *m. pl.* home
largar to release, launch
largo *n.* length; *adj.* long; **a lo — de** along, the length of
lástima pity, sorrow; **tener — de** to feel sorry for
lastimosamente painfully
lastre *m.* steadiness, good sense; ballast
lateral *adj.* side
latigazo crack, blow of a whip
látigo whip, lash
latir to beat, pulsate
lavandera laundress
lavar to wash
lavatorio lotion; lavatory
lazo tie, band, bond
lectura reading
lechería dairy bar
lecho bed
legista: médico — criminal pathologist
lego lay brother, friar
legua league (*distance*); **a la —** a mile away
legumbre *f.* vegetable
lejano *adj.* far, distant
lejos: a lo — in the distance
lengua language; tongue
lente *m.* lens; **—s** eyeglasses
lentitud slowness
lento slow
leña firewood
leño timber
lepra leprosy
lesionado injured
letanía litany
letargo lethargy
letrero sign
levantar vuelo to take off (as a bird or a plane)
leve light (*in weight*); slight
levita frock coat
levitar to float
ley *f.* law
libar to sip
librarse (de) to be free (from), get rid of
libre: al aire — outside
librería bookstore
libreta memorandum book, notebook
licenciar to license; to confer a degree (on)
ligado bound, fastened
ligadura bond, tie
ligar to tie, join
ligero quick, fast; light (*in weight*)
lijado ground, worn down
lila lilac
limitar to border, bound
limpidez cleanness, purity
limpieza cleaning, cleanliness
limpio clean, neat; **sacar en —** to gather, conclude
lindar con to border on
linde *f.* border, edge
lindo pretty, nice
linfa stream
linterna lantern; **— eléctrica** flashlight
liquidación sale
lirio lily
liso smooth
lisonjero flattering
listo ready
liviandad lewd, immoral behavior
liviano light (*in weight*)
lo: — + *adj.* the + *adj.* + part (*e.g.*, **lo milagroso** the miraculous part)
lobo wolf
lóbrego gloomy, somber, dark
locura madness, insanity
lodo mud
lograr to win, succeed; **—** + *inf.* to manage (get) + *inf.*
loro parrot
losa stone, flagstone

losange *m.* diamond-shape
lote *m.* lot, group
loza china
luciérnaga firefly
lucir to shine
lucha fight, battle, struggle
luchar to fight
luego then; immediately, soon; afterward; **desde —** of course
lugar *m.* place; village
lúgubre mournful, gloomy
lujo luxury
lujoso luxurious, lavish
luna moon
luto: de — (*dressed*) in mourning
luz *f.* light; **luces de bengala** Roman candles (*fireworks*)

LL

llaga wound
llama flame
llamado call
llamarada flame
llanos *pl.* plains, flatlands
llanura flatland
llave *f.* key, electric switch; **echar —** to lock
llegada arrival
llegar (a) to arrive, get (to); **— a +** *inf.* to manage (get) + *inf.*; **hacer —** to convey, send
llenar (de) to fill (with)
lleno full
llevadero bearable
llevar to carry, take; to lead; **— +** *time* + *gerund* to be + *gerund* + for + *time* (*e.g.*, **Lleva dos años trabajando aquí.** He's been working here for two years.); **— encima** to have on one's person; **—le la corriente a uno** to let someone have his own way; **—se** to take away, carry off; **—se con** to get along with; **—se una sorpresa** to be surprised
llorar to cry, weep
lluvia rain

M

macizo *n.* flower bed; *adj.* solid, massive
mácula stain, blemish
madeja skein (of yarn)
madera wood
maderero lumberman
madriguera den
madrugada dawn; **muy de —** at daybreak
maduro grown-up
magia magic
mágico magician
mago magician, sorcerer
majadería nonsense
mal *m.* sickness; evil, wrong; **"No hay — que por bien no venga."** "Everything turns out for the best." "Every cloud has a silver lining."; *adv.* badly, poorly
maldad evil
maldecir (i) to curse, damn
maldición curse
maldito *p.p. of* **maldecir** cursed, damned
malear to spoil, sour, corrupt
maleficio curse, spell
malestar *m.* indisposition
malgastar to waste, squander
malo: de —a gana unwillingly
maltrecho battered
malva mallow (*plant*)
malvado evil, wicked
mamarracho grotesque figure
mamífero mammal
mamotreto huge, imposing book or volume (*slang*)
mañanita bed jacket
mancebo young man
manco one-handed; crippled in one hand or arm
mancha stain, spot
manchar to stain
manchón *m.* large stain, spot
mandar to send; to command, order
manejar to drive (*vehicle*); to manage, handle
manejo use

manera way; **de — que** in such a way that, so; **de otra —** otherwise; **de todas —s** anyway
manga sleeve
mango handle
maniatar to tie one's hands
maniático crazy, eccentric
manicura manicurist
manifestar (ie) to declare, reveal, make clear, indicate
manivela crank
mano: echar — de to make use of; **untar la —** to grease the palm
manotada blow with paw, hand
manotear to cuff, flail
manotón *m.* slap with the paw
manso meek, tame
manta blanket, poncho (*Chile*); **a —s** by the dozen, in abundance
mantenerse (ie) to stay, continue
manuscrito handwritten
manzana apple
maña skill, art
mañana *f.* morning; *m.* tomorrow; **— mismo** tomorrow at the latest; **pasado —** day after tomorrow
máquina machine; car; **— de escribir** typewriter
maquinalmente automatically, mechanically
maquinista *m.* engineer (*railroad*)
mar *m.* sea, ocean
maraña trick, ruse
maravilla wonder, marvel
maravillado in wonderment, marveled, amazed
maravillar to amaze, surprise
marca brand
marco picture frame, window case
marcha motion, walk, course, way, journey, route, advance; **en —** moving, going; **poner en —** to start (*a vehicle or machine*)
marcharse to leave
mareado dizzy, slightly nauseated
marfil *m.* ivory
marido husband
marino *adj.* sea
mármol *m.* marble
martillar to hammer
mas but (*literary*)
más: — allá far away, farther on; **— allá de** beyond; *m. n.* great beyond; **— bien** rather, more; **a — de** besides; **no — que** only; **no poder —** not to be able to go on (stand anymore), to be all tired (worn) out, to be "all in", **sin —** without further ado; **valer —** to be better
máscara mask
mascullar to mumble
matadero slaughterhouse
matinal *adj.* morning
matrimonio married couple
matutino *adj.* morning
mayólica plaster wall decorations
mayor *m. n.* adult; *adj.* older, oldest; greater, greatest; **persona —** adult
mayordomo butler
mecha wick, fuse
mediado halfway through
mediano average
mediante by means of
medias *pl.* stockings
médico legista criminal pathologist
medida measure; **a — que** while, at the same time as
medio *n.* way, manner; middle; means; *adj.* half
medrar to thrive, prosper
mejilla cheek
mejor better, best; **— dicho** rather, I mean to say; **a lo —** when least expected; probably, as likely as not
mejorar(se) to improve, get better
melífluamente sweetly, like honey
mellizo twin
memoria: de — by heart
mendicante *m.* beggar
menos less, least; **a — que** unless; **cuando—** at least; **no poder — de** + *inf.* not to be able to help but + *v.* (*e.g.* **No se podía menos de imaginarlos.** One could not help but imagine them.); **por lo —** at least
menosprecio scorn

mensajero messenger
mentecato idiot
mentir (ie, i) to lie (*tell a falsehood*)
mentira lie (*falsehood*)
menudo small; **a —** often
mercado market
merced favor, benefit
mercería dry-goods store
merecedor *m.* deserving person
merecer to deserve
merienda luncheon, light meal (*taken in the afternoon*)
meter to put into; **— la pata** to butt in, to stick one's foot in it, "goof"; **—se** to enter, slip into
meticulosidad meticulous care
mezclar to mix (up)
mezquite *m.* cactus-like shrub
miaja bit
miedo fear; **tener — de** to be afraid of
miel *f.* honey
mientras while; **— tanto** meanwhile
milagrería miracle-making area
milagrero miraclemaker
milagro miracle
milagroso miraculous
millar *m.* thousand
mimar to spoil, indulge
mimbre *m.* wicker
mimo spoiling, pampering
mimosidad indulgence, solicitousness
minar to sap, weaken
mío: a pesar — against my wishes
miope nearsighted
mirada glance, gaze, look; **dar una —** to take a glance
mirado: bien — carefully considered
mirador *m.* bay window
misa mass (*church service*)
misántropo misanthrope, hater of mankind
misericordia pity, mercy
mísero miserable
mismo same, —self, very; **ahora —** right now; **el — rey** the king himself; **mañana —** tomorrow at the latest; **por lo —** by the same token; **yo —** I myself; **el agua —a** the very water
mitad half, middle
mito myth
mobiliario furniture
mocedades *pl.* youth, younger days
mocetón *m.* lad
mocoso brat
modo way, manner; **a — de** in the manner of, like; **de (tal) — que** in such a way that, so; **de todos —s** anyway, at any rate
mohino peeved
mojar to wet; **—se** to get wet
moler (ue): — a palos to give a severe beating to
molestar to bother; **—se (en)** to bother, take the trouble (to)
molestia bother, trouble
molesto bothersome, annoyed
momento: al — at once; **de —** for a (the) moment
moneda coin
monja nun
mono monkey, ape
monstruo monster
montar to ride (*horseback*)
morada abode, dwelling
morder (ue) to bite, gnaw
mordida payoff (*lit., "bite"*)
moreno dark (*skin or hair*)
morfología structure, morphology
moribundo dying
morir(se) (ue, u) to die
morisco Moorish
mortífero deadly, lethal
mosca fly
mostrador *m.* counter, bar
mostrar (ue) to show; **—se** to appear, look
mote *m.* nickname
motivo reason, motive; occasion
movedizo shifting, moving
moverse (ue) to move *intrans.*
movimiento motion
mozo boy, lad; waiter
mucama maid (*Arg.*)
muchachada group of children
muchacherío group of children
muchedumbre *f.* crowd, multitude
mudar to change

mudo mute
mueble *m.* piece of furniture
mueca grimace, grin, "face"
muelle *m.* wharf, pier
muerte *f.* death
muestra example, sign; sample
mugir to moo, bellow
mugriento dirty, grimy
multa fine (*traffic*)
mundo world; **todo el —** everyone
muñeca wrist
muñeco manikin, dummy
muralla wall
murmullo murmur
murmurar to gossip; to murmur
muro wall
muslo thigh
mustio withered

N

nadar to swim
naftalina naphtalene
naranja orange
nariz *f.* nose, nostril
naturaleza nature
náufrago castaway, shipwrecked person
neblina fog, mist
necesitado needy person
negar (ie) to refuse, deny; **—se (a)** to decline, refuse (to)
negocios *pl.* business, commercial affairs
negro: torre —a rook (*chess*)
ni siquiera not even
niágara stream (*poetic*)
nido nest
nieto grandson
niquelado nickel plated
noche: — cerrada completely dark; **de —** at night
nombre: poner un — to name
noticias *pl.* news; **recibir — (de)** to hear (from)
novedad something new
noveno ninth
novio boyfriend, fiancé
nube *f.* cloud
nubecilla *dim. of* **nube**
nublado cloudy
nuca back of the neck
nuevamente again
nuevas *pl.* news
nuevo: de — again
numen *m.* deity
nupcias *pl.* wedding
nutrirse to be nourished

O

obispado bishopric (*office or diocese of a bishop*)
oblicuamente slanting, obliquely
obra work, deed
obrar to work, operate, to behave
obrero *n.* worker; *adj.* working, labor
ocaso setting sun, sunset
occidente *m.* west
ocultar to hide *trans.*; **—se** to hide *intrans.*
oculto hidden
ocuparse de to take care of, pay attention to
ocurrencia witticism
ocurrir (a) to have recourse (to), apply (to); **—sele a uno** to get an idea
odiar to hate
odio hate, hatred
odioso hated, hateful
oeste *m.* west
ofrecer to offer
oído ear (inner)
¡oiga! *imp.* of **oír** Hey!, Listen!
oír decir to hear, hear it said
ojalá may, I hope, God grant (*e.g.*, **Ojalá que te acompañe siempre.** May he always be with you.)
ojeada glance; **echar una —** to take a quick look, glance
ojeroso having circles under the eyes
ojota *sandal of tanned llama leather*
ola wave
óleo oil
oler (ue) to smell *trans. and intrans.*
olfatear to smell *trans.*
olor *m.* smell, odor

olvidarse (de) to forget
olvido forgetfulness, oblivion
onda ripple, wave
opaco opaque
opinar to have an opinion, judge
oponerse (a) to oppose
oprimir to press down, oppress
optar (por) to choose (to)
oración prayer
orar to pray
orbe *m.* earth
orden *f.* order, command; **a sus —es** at your service; *m.* order (*arrangement*)
ordenadamente in an orderly manner
oreja ear
orfeón *m.* singing society
orgullo pride
orgulloso proud
orilla shore, bank, edge
oro gold
orondo serene (*Arg.*)
osar to dare
oscurantismo ignorance
o(b)scurecer to get dark
oso bear
otorgar to grant, give, authorize
otro: —a parte elsewhere; **—a vez** again; **al — día** on the next day; **de —a manera** otherwise; **por —a parte** on the other hand; **unos a —s** each other, one another
ovillo ball of wool, string

P

pábulo food
pacífico peaceful
padecer to suffer
padrino godfather
página page
paisaje *m.* landscape, view
paja straw
pajarera bird cage
pájaro bird
paladear to savor
palanquita *dim. of* **palanca** lever
palidecer to turn pale
palidez paleness, pallor
pálido pale
palma palm tree, palm
palmada pat with the hand
palmera palm tree
palmotear to clap, slap
paloma dove, pigeon
palos: moler a — to give a severe beating to
palpar to feel (touch)
palúdico noxious, malarial
pan: ganarse el — to earn a living
panal *m.* honeycomb
pandilla gang
pañoleta woman's triangular shawl
pantalla lamp shade; screen
pantera panther
pantalón *m.* pair of pants
pantuflas *pl.* slippers
pañuelo handkerchief
papagayo parrot
papel de plata tinfoil
papeleta ticket, slip of paper
par *m.* pair, couple, few; **a la — de** even with; *adj.* even (numbers)
para: — abajo downward; **— arriba** upward; **— que** so that; **— siempre** forever; **como —** as if to; **estar —** to be about (ready) to
parábola parable
parada stop
parado standing, stopped
paraguas *m. sing.* umbrella
pararse to stop *intrans.*
parecer to seem look like, appear **—se a** to look alike, resemble
parecido similar
pared wall
paredón *m.* thick wall
pareja couple
pariente *m.* relative
párpado eyelid
parroquiano customer
parsimonia sparingness
parte: alguna — somewhere; **otra —** elsewhere; **por otra —** on the other hand; **todas —s** everywhere
particular private
partida game, match; departure; shipment; group, party

partir to leave, depart; to break, split, share
parvada flock
pasada pacing
pasadizo passageway, corridor
pasado: — mañana day after tomorrow
pasador *m.* bolt
pasajero passenger
pasamano *m.* railing
pasar to spend (*time*); to pass, happen; to enter, come (go); to swallow (*food or drink*); **— por alto** to overlook, pass over; **¿Qué pasa?** What's the matter?
Pascua Easter; *any one of several important Church holidays*
paseante *m.* stroller, passerby
pasear to walk, stroll; to pass; to go on a pleasure trip
paseo walk, stroll, outing; wide street, boulevard, avenue
pasillo hall
pasmo wonder, astonishment
paso passage, passing, way, crossing, path; step; **cerrar el —** to block the way; **de —** in passing, by the way; **dar un —** to take a step; **vedar el —** to block the way
pasto fodder
pastoso pasty
pata paw, foot, leg (*animal*), **meter la —** to butt in, to stick one's foot in it, "goof"
patalear to kick, thrash around
patente obvious, evident
patitieso stupefied
patito duckling
patraña story, hoax
patria country, homeland
patrimonio heritage
patrón *m.* boss
paupérrimo very poor
pausadamente slowly, deliberately
pavor *m.* fear, terror
paz *f.* peace; **en —** alone
pebete *m.* fuse
pecado sin
pecho chest, breast
pedazo piece
pedrada blow from a stone stoning
pegado attached, stuck
pegar to stick, attach; to hit, strike; **— un brinco** to jump
pejerrey *m.* mackerel
pelea fight
pelear to fight
peligroso dangerous
pelo hair
pelota ball
peludo hairy, furry
pellejo skin (*animal*)
pellizcar to pinch
pena pain, sorrow; **a duras —s** with great difficulty
penacho crest
pender to hang
pendiente waiting
pensativo thoughtful, pensive
penumbra shadows, semidarkness
penumbroso shadowy
peón *m.* farm worker
percance *m.* misfortune, mishap
percatarse (de) to be aware (of), to notice (take note of)
percha hat rack
perder (ie) to lose; **— (el) pie** to lose one's footing; **echar a —** to spoil, ruin; **—se** to lose one's way, disappear
pérdida loss
perdonar to excuse
perecer to perish
peregrinación pilgrimage
perfil *m.* profile, outline
periodismo journalism
periodista journalist
perito expert
perjuicio damage
permanecer to stay, remain
pernoctar to spend the night
perplejo perplexing
persa Persian
persecución pursuit
perseguir (i, i) to chase, pursue
persiana slatted shutters; **—s** Venetian blinds
persona mayor adult

personaje *m.* person, character
personal *m.* personnel
perspicacia shrewdness
pertenecer to belong
pesadilla nightmare
pesado heavy, weighty
pesadumbre *f.* grief, sorrow
pesar to weigh, have weight; *m. n.* grief, sorrow; **a — de** in spite of; **a — mío** against my wishes
pesaroso sorrowful, sad
pescado fish (*after it is caught*)
pescante *m.* driver's seat
pescar to fish
pescuezo neck (animal)
pese a despite
peso weight; peso
petirrojo robin
pétreo stony
pez *m.* fish (*before it is caught*)
piadoso pious, merciful
pica lance
picado perforated
picaflor *m.* hummingbird
picardía: con — roguishly
pico beak
pie: de — standing up; **perder —** to lose one's footing; **ponerse en (de) —** to stand up; **puntas de —** tiptoes
piedad pity
piedra stone
piel *f.* skin
pierna leg
pieza part (*of a machine*), piece; room
pila heap, pile
pillar to catch, grab
pillo rogue, scoundrel
pinchar to prick, puncture
pino steep
pintoresco picturesque
pintura paint
pinturería paint store
pinturero paint dealer
pirueta pirouette
pisapapeles *m. sing.* paperweight
pisar to step on; to set foot
piso floor
pisotear to trample
pistolero gunman
placer *m.* pleasure
plano blueprint, plan, map
planta sole (*foot*)
plata money, "dough"; silver; **papel de —** tinfoil
platanar *m.* group of banana trees
plateado silvered, silver(y)
playa beach
plaza: ceder la — to give up
plazo term, period of time
plazuela *dim. of* **plaza**
plegada fold
plegar (ie) to fold, bend
plegaria prayer
pleito lawsuit
pleno: —amente fully, completely; **en —a selva** right in the middle of the jungle
pliegue *m.* line, wrinkle, crease
plomo lead (*metal*)
pluma feather; pen
población town
poblar (ue) to populate, inhabit
pocillo demitasse
poco: a — in a little while; **costar —** to be easy
poder *m.* power; *v.*: **no — más** not to be able to go on (stand) anymore, to be all tired (worn) out, to be "all in"; **no — menos de** + *inf.* not to be able to help but + *v.* (*e.g.*, **No se podía menos de imaginarlos.** One could not help but imagine them.); **puede que** maybe
poderío power
poderoso powerful, mighty
podrido rotten
policía: cuerpo de — police force
polvo dust
pólvora powder
polvoriento dusty
pomada ointment
pomo fist (*figurative*)
poner to put, place, set; **— a prueba** to put to the test; **— en marcha** to start (*a vehicle or machine*); **— en tela de juicio** to question; **— reparos (a)** to find fault (with); **— un nombre** to name; **—se** to

become, get; **—se**+ *article of clothing* to put on; **—se a** to begin to; **—se de acuerdo** to come to an agreement; **— en (de) pie** to stand up; **—se en ridículo** to look ridiculous, make a fool of oneself
por: — el contrario on the other hand; **— eso** therefore; **— favor** please; **— lo visto** apparently; **— si acaso** just in case; **— su cuenta** on one's own; **estar —** to be about (ready) to
porfía persistence, stubbornness
portador *m.* bearer
portazo door slam
portentoso prodigious, marvelous
pórtico hall, portico
portón *m.* gate
portoncito little door
porvenir *m.* future
postergar to delay, postpone
postizo artificial
postre: a la — at last
postrero last, final
potasio: cianuro de — potassium cyanide
potrero pasture, field
potro colt
poyo stone seat
pozo well, pit
precipitado hasty, wild, hurried
precipitar to hasten; **—se** to rush, race, charge
preciso necessary
predilecto favorite
prefijar to determine beforehand
premio prize
prenda article, garment
prendarse (de) to become attracted (to), fond (of)
prendedor *m.* pin, brooch
prender to light; to attach
prendido (de) grasping, holding on (to)
prensa press
preocupar to worry
presa capture, catch; prisoner, captive; **animal de —** predatory animal
presagiar to foretell
prescindir de to do without, do away with
prescribir to indicate
presenciar to witness
presentarse to show up
presente present
presentir (ie, i) to sense, have a premonition
presidio prison
presión pressure
preso prisoner
préstamo loan
prestar to lend; to pay (*attention*)
pretender to claim; — + *inf.* to try + *inf.*
pretendiente *m.* suitor
preterido left out, ignored
prevalecer to prevail
prevenir (ie) to warn, caution
prever to foresee, anticipate
previsible foreseeable
previsión foresight
previsor foresighted
primera: de — first class
primogénito first-born
primor *m.* beauty, elegance
principiar to begin
principio: al — at first
prisa hurry, haste; **darse —** to hurry; **tener —** to be in a hurry
privar to deprive
proa prow, bow (*ship*)
probar (ue) to prove; to try out, test
procacidad insolence, indecency
proceder (de) to come (from), originate (in)
prodigar to lavish
prodigio prodigy, marvel
proferir (ie, i) to utter, speak
prófugo fugitive
profundidad depth
progresista progressive
prometer to promise
pronto: de — suddenly; **por de —** in the meantime; **por lo —** meanwhile, for the present
propicio favorable, right, propitious
propiedad: con — properly
propietario owner

propio own; characteristic; **—** self (*e.g.*, **la propia botella** the bottle itself)
proponerse to plan, intend
proporcionar to furnish, provide
propósito purpose, end; **a —** on purpose
proseguir (i, i) to go on, continue
prospecto brochure, pamphlet
prosternarse to prostrate oneself
protegido protected
provisto (de) provided (with)
prueba proof, test, trial; **poner a —** to put to the test; **viaje de —** trial run; *pl.* evidence
¡puaf! bah! (*or any similar exclamation of exasperation*)
puchuela trifle, insignificant sum
puente *m.* bridge
puerto waterfront, harbor
pues well *expl.*; since, because; **— bien** well then
puesta de sol sunset
puesto *p.p. of* **poner;** on (wearing, *as with clothing*); **— que** since; *n.* post, position, job; place-setting
pulgar *m.* thumb
pulmón *m.* lung
pulsar to feel one's pulse
pulsera bracelet; **reloj de —** wrist watch
punta tip, end; point; **—s de pie** tiptoes
puntapié *m.* kick
puntería marksmanship, aim
punto dot, point; popular song, stitch; **al —** at once, instantly
puñado handful
puñal *m.* dagger
puñalada stab
puño fist, handle
puro pure (*when after the noun*); nothing but, only (*when before the noun; e.g.*, **puras tonterías** nothing but foolishness)

Q

quedar to remain, be, be left; **— en** to agree to, on; **—se** to stay, remain
quedo quiet, still
quehacer *m.* task, chore
queja complaint
quejarse (de) to complain (about)
quejido moan, groan
quejumbroso plaintive
quemadura burn
quemar to burn *trans.*
querella quarrel
querer (ie) to want, wish, try; to love like; **— decir** to mean; **sin —** unintentionally
querida beloved; mistress
querido dear
quiebra bankruptcy
quieto still, motionless
quimera chimera (*unreal creature of the imagination*)
quimérico fanciful, hopeless
quinta farm; villa, countryhouse
quitar to take off, away; **—se** + *article of clothing* to take off
quizá perhaps, maybe

R

rabia rage, fury
rabiosamente furiously
racha gust, streak
ráfaga small cloud, a gust of wind
raicilla little root
rajar to cleave, slit
rama branch
ramalazo gust, lash
ramo bouquet
rapaz *m.* lad; bird of prey
rápido express train
rapiña: ave de — bird of prey
rapto impulse
raro strange
rascacielos *m. sing.* skyscraper
rascar to scratch, scrape
rasgar to scratch vigorously, tear
rasgo feature
raso satin; **cielo —** ceiling
raspar to scrape, scratch
rastro track, trace
rato time, while; **al —** in a little while
raudamente rapidly

raya line, streak, stripe
rayar to emit rays, **— en** to border, verge on
rayo streak of lightning
raza race
razón *f.* reason; **en — de** with regard to, due to; **tener —** to be right
razonamiento reasoning
real real; royal
realizar to carry out
reanudar to resume
rebatir to refute
rebozo shawl
rebullir to stir, move about
rebuscar to search carefully
recargo extra charge, new charge
receloso suspicious
receso recess
receta prescription
recibir noticias (de) to hear (from)
recinto enclosure, place
recio tough, robust
reclamación claim, demand
reclamar to claim, demand
recobrar to recover; **—se** to recover, recuperate
recoger to gather, take in, collect, pick up; **—se** to crouch
recogimiento withdrawal, quietness
recomenzar (ie) to begin again
recóndito obscure, profound
reconocer to recognize
reconquistado regained
reconvenir (ie) to reproach, reprimand
recordar (ue) to remind (of), remember
recorrer to travel (go) through (over, across)
recorrido search, check; journey, route, course
recortado outlined
recostado reclining
recostarse (ue) to lie down, recline, lean back
recova street market
recreo play, recreation
recruzar to recross
rectángulo rectangle
recto straight
recuerdo memory
recurrir a to resort to
recurso means, resort, recourse
rechazar to turn away, reject
red *f.* net
redactor *m.* editor
redondel *m.* circular area
redondelito little circle, ring, disc
redondo round
reencender (ie) to rekindle
referir (ie, i) to relate, tell; **—se a** to refer to
reflejo reflection
refrán *m.* proverb
refuerzo reinforcement
refugiarse to take refuge (shelter)
refunfuñar to growl, mutter
regalar to present, give as a gift
regaño scolding, reprimand
regazo lap
registrar to search
registro record
regla: en — in order, in proper form
regocijo joy, elation
regresar to return
regreso return
reguero trickle, stream of drops, line left by liquid
rehuir to shun, avoid
rehusar to refuse
reina queen
reino kingdom
reírse (í, i) (de) to laugh (at)
reiterado repeated
reja grill, bars
relamer to lick
relámpago lightning, flash of lightning
relato story, narrative
relieve *m.* importance
reloj de pulsera wrist watch
relucir to glitter, glisten
rellano landing (*of a stairway*)
relleno stuffed
remanso quiet place, haven, oasis
remedio solution, remedy, choice
remendar (ie) to patch, repair, fix up
remero boatman
remordimiento remorse
remudar to change

rencor *m.* ill-will, hatred
rendija crack
rendir (i, i) to produce, achieve, give to; **—se** to give up, surrender
renegrido very black
renguear to limp
renuevo shoot (*plant*)
reojo: de — suspiciously
reparar (en) to notice
reparo: poner —s (a) to find fault (with)
repartir to divide, distribute
reparto distribution
repasar to go over, through
repaso review
repechar to go uphill
repente: de — suddenly
repentinamente suddenly
repentino sudden
repicar to ring out, resound
repique *m.* peal, ringing
repleto crowded, full
replicar to reply
reponer to repair; to reply
reposición recovery, recuperation
reprobar (ue) to blame, condemn
resabio bad taste
resecar to dry thoroughly
resentir (ie, i) to weaken, damage
resolver (ue) to solve; to resolve
resonar (ue) to resound, echo; to ring
resorte *m.* spring
respirar to breathe
resplandecer to gleam, shine
resplandeciente shiny, luminous
resplandor *m.* glow
respuesta reply, answer
restablecido recovered, recuperated
restante remaining
restar to subtract
restos *pl.* remains
restregar (ie) to rub
resuelto *p.p. of* **resolver;** determined, prompt
resultado result
resultar to be, turn out (to be), end in
resultas: de — as a consequence
retirado remote
retirarse to withdraw, retreat, leave, go away, retire
retomar to take again, regain, go back to
retorcer (ue) to twist *trans.*; **—se** to twist, writhe, squirm
retozar to frolic, caper
retrato portrait
retroceder to retreat, move backward, back up
reunir (ú) to gather, collect
reventar (ie) to burst
revés *m.* reverse, back; **al —** in reverse, backward; **al — de** just the opposite from
revisar to examine
revolcarse (ue) to roll about, turn over and over
revoloteo fluttering
revolver (ue) rummage, to go through, turn over; **—se** to move back and forth
revuelto *p.p. of* **revolver;** intricate, tangled, mussed up, topsy-turvy
rey: el mismo — the king himself
riachuelo stream
ribera bank (*river*)
ridículo: ponerse en — to look ridiculous, make a fool of oneself
riel *m.* rail
riesgo risk
rincón *m.* corner
río: — abajo downstream; **— arriba** upstream
risa laugh, laughter
risita giggle
risotada loud laugh, guffaw
roble oak
robo robbery
roce *m.* poise, ability to get along with others; brushing, rubbing
rodar (ue) to roll, tumble; to travel
rodear to surround, circle, cover
rodeo: sin —s without "beating around the bush," straight to the point
rodilla knee
rogar (ue) to beg, request
rollizo sturdy, stocky
rombo diamond-shaped parallelogram, rhombus

romper to break, tear; **— a** + *inf.* to begin to + *verb*
roncar to snore
ronco hoarse; rough
rondar to patrol, prowl
ronronear to purr (also **runrunear**)
ropero wardrobe
rosado rose-colored, pink
rosal *m.* rosebush
rostro face
rozar to brush, rub against
rubor *m.* blush, flush
ruborizado blushing
rudeza roughness
rudo hard, vigorous
rueda wheel
rugido roar
rugir to roar
ruido noise
ruidoso noisy
ruiseñor *m.* nightingale
rumbo course, destination, direction; **— a** bound (headed) for, on the way to
rumor *m.* noise, sound
runrunear to purr (also **ronronear**)

S

sábana sheet
sabandija nasty insect, vermin
saber to know; **— con** to have to do with; **hacer —** to inform, notify
sabiduría knowledge, wisdom
sabio wise
sabor *m.* flavor
saborear to relish, enjoy
sacar to take out; **— en limpio** to gather, conclude; **—se** to take off (*hat*)
sacerdote *m.* priest
sacristán *m.* sexton (*of a church*)
sacudida shake
sacudir to shake
sacudón *m.* violent jerk, shake
sagrado sacred
sal *f.* salt
salado salty
salida exit; departure, outing; an errand to run; **trampa de —** trapdoor
salitre *m.* saltpeter
salobre salty
salón *m.* room, living room
salpicado sprinkled
saltar to jump, leap
salto jump, leap; **dar un —** to jump, take a jump
salud health
saludar to greet, hail
saludo greeting
salvador *m.* saviour
salvar to save; to cross (*an obstacle*)
salvo except; **a —** safe
sangrante bleeding
sangrar to bleed
sangre *f.* blood; **hecho de —** crime, bloody deed
sano sound, healthy, harmless
santiaguino *adj. pertaining to Santiago*
santidad: Su S— His Holiness
santiguarse to cross oneself
santo *n.* saint; *adj.* holy, saintly
sañas *pl.* fury
Satanás Satan
satisfecho: darse por — to be satisfied
saya skirt
sayuela petticoat
secar to dry
seco dry
secuestrar to kidnap
sed thirst
seda silk
seguida: en — right away, at once, immediately
seguir (i, i) to follow, continue, keep on
segunda: de — second class
selva jungle, forest; **en plena —** right in the middle of the jungle
sellar to seal; **— los labios** to silence
semejante similar, such a
sencillo simple
sendero path
seno bosom, breast
sensible sensitive
sentar (ie) to seat; **—le a uno** to look good on someone; to agree with (suit) someone

sentenciar to pass judgment, decide
sentido meaning, sense
sentimiento feeling
sentir (ie, i) to feel, note; to regret; **—se** to feel
señal *f.* signal, sign
señalar to show, point out
señas *pl.* distinguishing marks; **por más —** to be exact, more specific
señorío stateliness, elegance
separado: por — separately
sequía drought
ser: como es de imaginar as one might imagine; *m. being*
seráfico Franciscan (*religious order*)
serenar to calm
sereno calm
seriedad seriousness
serpentina streamer
servicio: capataz de — headwaiter
servidumbre *f.* staff of servants
servir (i, i) to serve; **— de algo** to do any good; **— para** to be good for; **—se** to do business
sesos *pl.* brains
sí: volver en — to come to (*regain consciousness*)
siempre: para — forever
sien *f.* temple (of the head)
siervo slave
sigilo secrecy
siglo century
signo sign
siguiente following, next
silbido whistle
silla chair
sillón *m.* chair, easy chair
simulacro image, idol; fake, sham
sin: — embargo however, nevertheless; **— fuerzas** exhausted; **— más** without further ado; **— querer** unintentionally; **— tregua** unceasingly
síncope *f.* failure (medical)
sindical *adj., from* **sindidicato** labor union
siniestro sinister; left (*opp. of right*)
sino but, except; **— que** but, rather
siquiera at least, even; **ni —** not even
sirviente, —a servant
sitio place, spot
sobrar to be more than enough, exceed, be left over
sobre *m.* envelope; *prep.* **— todo** especially; **dar —** to fall (hit) on
sobrecoger to startle, take by surprise
sobrellevar to bear, endure
sobrenatural supernatural
sobrepasar to exceed, surpass
sobreponerse to recover
sobresaltar to startle, frighten
sobresalto start, scare, sudden fear
sobrevenir (ie) to take place, follow, to come along unexpectedly
sobrio plain, ordinary
sobrino nephew
socavar to undermine
socio member, partner
socorro help, aid; **dar voces de —** to call for help
soga rope
sol *m.* sun; **de — a —** from sunup to sundown; **puesta de —** sunset
solazo hot sun
soledad solitude; lonely place
soler (ue) to be in the habit of, to be accustomed to
solidez solidity, weight
soltar (ue) to let go of, loosen, set free, release
soltero unmarried
solterona "old maid"
solucionar to solve
sollozar to sob
sollozo sob
sombra shade, shadow; **a la —** in the shade
sombrío dark, shadowy, brooding, gloomy
sonajero rattle
sonar (ue) to sound, ring
sonido sound
sonreír(se) (i, i) to smile
sonriente smiling
sonrisa smile
sonrosado pink
sonsonete *m.* mocking sing-song
soñador dreamy

soñar (ue) (con) to dream (about)
sopa soup
sopapo punch on the chin
soplar to blow
soplo puff, breath
soporífero boring, sleep-inducing
soportar to stand, endure, bear
soporte *m.* support
sorber to sip
sordidez meanness, nastiness
sordina: a la — very quiet, muffled
sordo deaf; muffled, quiet, silent, dull; **hacerse el —** to turn a deaf ear
sorna sarcasm
sorprendente surprising
sorprender to surprise
sorpresa surprise; **llevarse una —** to be surprised
sospecha suspicion
sospechar to suspect
sospechoso suspicious
sostenerse (ie) to hold on, endure
sótano cellar
suave soft
subalterno subordinate
subir to rise, go up; to raise; **— a** to get on (in) (*a vehicle*)
súbito sudden
subrayar to underline
subrepticio surreptitious
subvenir (ie) to provide, supply
succionar to hold by suction
suceder to happen, occur; to turn out
suceso event
sucio dirty, filthy
sudor *m.* sweat
suela shoe
suelo floor, (ground)
suelto *p.p. of* **soltar;** loose
sueño sleep, sleepiness; dream
suerte *f.* luck, fate, destiny; type, kind; **de — que** so that; **por —** luckily, fortunately; **tener —** to be lucky
sugerir (ie, i) to suggest
suizo Swiss
sujetar to hold (down, tight); **—se (de)** to hang on (to)
sumamente exceedingly, highly
sumar to add
sumirse to sink
supercheria trick, fraud
superior upper
súplica entreaty, plea
suplicante pleading
suplicar to ask, beg, entreat
suplicio torture, torment
suponer to suppose, assume
supuesto *p.p. of* **suponer;** supposed
surco furrow, row
surgir to come into existence; to come out (forth)
surtir to supply
suscribir to sign
suspirar to sigh
suspiro sigh
sustento livelihood
sustraerse to withdraw, elude
susurro murmur, hum (of voices)
sutil subtle
sutileza subtlety
suyo: de — naturally; **los —s** the members of his family (*lit.* his)

T

tablero chessboard; board, panel
taconear to strut, put one's heels down hard
tacha defect
tahur *m.* gambler
tal such, such a; **— como** just as; **— o cual** such-and-such, so-and-so; **— vez** perhaps; **de — modo que** in such a way that
taladrar to drill, bore into
talante *m.* will, mood
talismán *m.* amulet, charm
talón *m.* heel (*foot*)
tamaño size
tambaleante staggering
tambalear(se) to stagger
tamborilear to drum, pound
tangente bordering
tanque *m.* reservoir, tank
tanto so much (many), as much (many); **de — en —** every so often; **en —** meanwhile; **en — que** while; **mientras —** meanwhile; **un —** somewhat

tapa cover, top
tapar to stop up, plug; to cover
tapia wall
tardanza slowness, delay
tardar to delay, be late; to last, take (time); **— en** + *inf. to take time + inf.* (*e.g.*, **Tardó un día en terminar.** It took him a day to finish.)
tarea task
tarifa fare
tarima low bench; platform
tarlatán *m. shiny-surfaced thin cloth*
tartamudear to stammer, stutter
tartamudeo stammering, stuttering
taza cup
techo roof
tecla key (piano, typewriter, taperecorder, etc.)
teja roof tile
tejer to weave
tejido knitting
tela cloth, fabric; **poner en — de juicio** to question
telaraña spider web
temblar (ie) to tremble, shake
temblor *m.* tremor
temerario reckless, bold
temeroso afraid, fearful
temor *m.* fear
tempestad storm
templar to harden; to temper, moderate
tenazmente tenaciously
tender (ie) to spread (hold) out, to make (bed), extend, lay down; **—se** to stretch out
tendero shopkeeper
tener (ie) to have, hold; to be; to be wrong with one (*e.g.*, **¿Qué tienes?** What's wrong with you?); **— a bien** to see fit, find convenient; **— ganas (de)** to feel like; **— inconveniente (en)** to mind, object (to); **— la culpa** to be to blame; **— lástima de** to feel sorry for; **— miedo de** to be afraid of; **— prisa** to be in a hurry; **— que** to have to; **— razón** to be right; **— suerte** to be lucky; **— . . . años** to be . . . years old
tentativa attempt, try, effort
tenue thin, light, delicate
teñir (i, i) to tinge, stain, darken, dye, tint
terminantemente absolutely, definitely, strictly, flatly
ternura tenderness
terraza terrace
terreno earthly, terrestrial, lot (property)
terrón *m.* clod (*of earth*)
tesoro treasure
testarudo stubborn
testigo witness
tez *f.* skin
tibio warm
tiempo: con el andar del — with the passing of time
tientas: a — feeling around, groping
tierno tender
timbrazo ringing of a small bell or buzzer
timbre *m.* tone, quality; bell, buzzer
tímpano eardrum
tinieblas *pl.* darkness
tinta ink
tinto stained
tiple *m. stringed instrument similar to guitar*
tipludo falsetto, soprano-like
tirador *m.* marksman
tirante tight, clutching
tirar to pull; to throw; to shoot
tiro shot
tirón: de un — all at once
tiroteo shooting
titubear to hesitate
título: a — de by way of, in the capacity of
tiza chalk
tocadiscos *m. sing.* juke box, record player
tocador *m.* dressing table
tocar to touch, knock; to ring (bell, buzzer); to sound, play (*musical instrument*); **—le a uno** to be someone's turn (*e.g.*, **Le toca a él.** It's his turn.)
todo: —as partes everywhere; **— el**

mundo everyone; **— lo contrario** just the opposite; **a — trance** at any cost; **de todas maneras** anyway; **de —s modos** anyway, at any rate; **del —** completely; **sobre —** especially
todopoderoso all-powerful, omnipotent
tomar to take; to eat, drink; **— asiento** to be seated; **— el fresco** to get some fresh air; **— en cuenta** to take into account; **—lo a la tremenda** to be surprised, get excited; **—sela con** to have a grudge against, pick on, quarrel with
tonelada ton
tonito tone of voice
tontería foolishness, nonsense
torcer(se) (ue) to twist
tordo thrush
tormenta storm
tornar to return; **— a** + *inf.* to do again; **—se** to turn, become
tornasolado iridescent
torno: en — de around
torpe clumsy, slow
torpeza clumsiness, slowness
torre *f.* tower; **— negra** rook (*chess*)
torrentera ravine
torta loaf
toser to cough
tozudo stubborn
trabajosamente with great effort
trabar to block, trip, tie (the tongue)
tráfago hustle-bustle
tragar(se) to swallow
trago swallow, gulp, drink
traición betrayal
traicionar to betray
traje *m.* suit; dress
trajeado well-clothed
tramar to plot, scheme
trámites *m. pl.* procedure
tramo section, link, division
trampa trick, trap; **— de salida** trapdoor
trance: a todo — at any cost
tranquear to bound, take long strides
transcurrir to pass, elapse, transpire
transeúnte *m.* passer-by
transigir to compromise, give in
transitar to travel, pass through
tránsito passage, way
transitoriamente temporarily
transportarse to be carried away
transporte *m.* rapture, ecstacy; transportation
tranvía *m.* streetcar
trapo rag
tras after, behind; **— de** behind
traslado act of moving
trasnochar to stay up (out) late
traspasar to transfix, penetrate, go through
trasponer to go behind
traspirar to perspire
trastienda back room
trastornar to upset, confuse
trastorno disorder, disturbance
tratar to treat; to discuss, deal with; **— (de)** to try (to); **—se de** to be a question (matter) of
través: a — de through, across
travieso mischievous
trayecto section, stretch
trecho space, stretch, lapse
tregua: sin — unceasingly
tremendo terrible, tremendous (*with unfavorable connotation*); **tomarlo a la —a** to be surprised, get excited
trémulo trembling
trepar to climb
tricota knitted sweater
trigésimo thirtieth
tripulante *m.* crew member
tristeza sadness
trocarse (ue) (en) to be transformed, changed (into), be exchanged (for)
trompa proboscis (*of an insect*)
tronco trunk
tropezar (ie) (con) to stumble (against, over), trip (over)
tropilla herd
trueno thunder
tugurio slum
tupido dense, thick
turbar to disturb, upset
turbio turbulent, muddy; misty, cloudy
tutear to speak in the familiar **tú** form

U

u or
ubicar to locate
ufano conceited, haughty
últimamente lately
ultrajado outraged
umbral *m.* threshold
unir to join, unite; **—se** to join *intrans.*
unísono: al — all together
unos: — a otros each other, one another; **— cuantos** a few, some
untar to grease, oil, smear; **— la mano** to grease the palm
uña claw, fingernail
urbanidad politeness, manners
usurero money lender

V

vacante *f.* vacancy
vaciar (í) to empty
vacilación hesitation
vacilante hesitating, stumbling
vacío empty
vagabundo vagrant
vagar to roam, wander
vago *n.* bum, tramp; *adj.* lazy, idle
vagón *m.* railroad car; **— capilla ardiente** funeral chapel car
vahido dizziness
valer to be worth, be of value; **— más** to be better; **—se de** to make use of
valija suitcase, valise
valimiento benefit
valioso valuable
valor *m.* courage; worth, value
válvula valve
valla barrier
vanagloria excessive pride in one's accomplishments
vano empty
vapor *m.* steam
vaqueta *type of cow leather*
varilla stick, bar
varón man, male
vasito vessel
vaso glass (*container*)
vaya *imp. of* **ir** Well! (*to express surprise*)
vecino *n.* neighbor; *adj.* nearby, neighboring
vedar el paso to block the way
velador bed lamp
velar to stay awake, keep watch over
veleidad whimsy
veloz swift, fleet, rapid
vello fuzz, down, hair
velludo hairy
vena: estar en — de to be in the mood for
venalidad corruptibility
vencer to conquer, defeat
venda bandage
vendar to bandage
vendedor *m.* clerk
veneno poison
venenoso poisonous
venganza revenge
venida coming
venta sale
ventaja advantage
ventajoso advantageous
ventanilla *dim. of* **ventana** window (*of a vehicle*)
ventura happiness
venturoso lucky, successful, prosperous
ver to see; **a —** let's see; **—se** to find oneself (*in a particular situation*); **—se (con)** to have it out (with), have a talk (with)
veras *pl.*: **de —** really
verdad truth, true; **¿—?** isn't it?, aren't they?, *etc.*, **a decir —** to tell the truth; **de — que** really
verdadero real, true
verdoso greenish
verdugo executioner
verdura vegetation, foliage; *pl.* green vegetables
vergüenza shame, embarrassment
vericueto difficult terrain
verja iron railing (fence).
verosímilmente understandably, logically
verter (ie) to pour, spill
vértice *m.* tip, apex
vertiginoso dizzy

vértigo dizziness, dizzy spell
vestíbulo hall
vestirse (i, i) to dress, get dressed
vete *imp.* of **irse** Go away!, Get out!, Leave!
veteado streaked
vez time; **a la —** at the same time, simultaneously; **a su —** in turn; **cada — más** more and more; **de — en cuando** from time to time, now and then; **de una (buena) —** once and for all, finally; **en — de** instead of; **otra —** again; **tal —** perhaps
vía track, line (*railroad*)
viajar to travel
viaje *m.* trip, journey; **— de prueba** trial run
viajero traveler; *adj.* traveling
víbora viper, snake
victimario person responsible for someone else's misfortune or suffering
vida: con — alive
vidriera large window
vidrio glass; pane of glass; glass case
viejecillo *dim. of* **viejo**
viento wind
vientre *m.* belly, innards
vigésimo twentieth
vigilante *m.* watchman, guard
vigilar to watch over, stay on guard
vigilia wakefulness
vilano down of a thistle
vilo: en — up in the air
vinagre *m.* vinegar
vincular to link, connect
vínculo link, bond, tie
virrey *m.* viceroy
virtuosismo virtuosity
viruela smallpox
víscera also *pl.* inner organ; entrails, bowels
visita caller, visitor (*lit.*, visit)
visitante *m.* visitor
víspera eve, night before
vista sight
visto *p.p. of* **ver; por lo —** apparently
vitrina china cabinet
viuda widow
víveres *m. pl.* food, provisions
vivo alive; lively, active; **—amente** quickly
vocablo word, expression, term
vocación calling, vocation
vocecita weak voice
volandas: en — in the air, as if flying
volante *m.* balance wheel
volar (ue) to fly; **—se** to fly away
volcar (ue) to overturn
voltear to overturn, demolish, knock down
voluntad will
volver (ue) to return, go (come) back; to turn; **— a** + *inf.* to do again (*e.g.*, **Volvió a ocupar su asiento.** He sat down again.) **— en sí** to come to (*regain consciousness*); **—se** to turn around; to become; to return
voto vow
voz *f.* voice; shout, call; the "word"; **a — en cuello** at the top of one's voice; **voces** rumors, news, **dar voces de socorro** to call for help
vuelo flight; **levantar —** to take off
vuelta return; turn; **a la — (de)** around the corner (from); **dar —** to turn around; **dar —s** to walk around; **dar una —** to take a walk, turn; **dar la — (a)** to go around; **darse una —** to turn around; **estar de —** back (return); **ida y —** round trip
vuelto *p.p.* of **volver;** turned
vulgar common, ordinary

Y

ya already, now, then; **¡— está!** there! *expl.* O.K.!; **— lo creo** of course!, yes, indeed!; **— no** no longer, not anymore; **— que** since
yacente reclining
yacer to lie
yermo *n.* wasteland; *adj.* deserted, barren
yerno son-in-law
yerto stiff

Z

zafar to dislodge; to untie
zafiro sapphire
zaguán *m.* entrance hall
zángano drone
zapateo stamping, foot-tapping
zarpazo blow with the paw
zorro fox
zozobra sinking, floundering
zumbar to buzz
zurcir to mend
zurdo left-handed, clumsy

PERMISSIONS AND ACKNOWLEDGEMENTS

We wish to thank the authors, publishers, and copyright holders for their permission to reprint the stories in this book.

Jorge Luis Borges, *Los dos reyes y los dos laberintos,* by permission of the author.

Conrado Nalé Roxlo, *Trabajo difícil,* by permission of the author.

Enrique Anderson Imbert, *El fantasma,* by permission of the author.

Pepe Martínez de la Vega, *El muerto era un vivo,* by permission of Ediciones de Andrea, Mexico City.

Manuel Rojas, *El hombre de la rosa,* by permission of Agencia Literaria Carmen Balcells.

María Elena Llana, *Nosotras* from *Cuentos cubanos de lo fantástico y lo extraordinario* (Colección Escuela Social, 1968), by permission of Equipo Editorial, S.A.

W. I. Eisen, *Jaque mate en dos jugadas,* by permission of the author.

Rómulo Gallegos, *El piano viejo,* by permission of Sonia Gallegos de Palomino.

Alfonso Ferrari Amores, *El papel de plata,* by permission of the author.

Augusto Mario Delfino, *El teléfono,* by permission of Esther Delfino.

Juan José Arreola, *El guardagujas,* by permission of the author.

Horacio Quiroga, *La gallina degollada,* by permission of María Elena Bravo de Quiroga and María Elena Cunil Cabanellas.

Marco Denevi, *Las abejas de bronce,* by permission of the author.

Alfonso Reyes, *La mano del comandante Aranda,* by permission of Alicia Reyes.